強力伝・孤島

新田次郎著

新潮社版

1701

目次

強力伝・孤島

強《ごう》力《りき》伝《でん》

一

昭和七年の夏、富士山頂には今までかつて見なかった大掛りな工事が行われていた。石田は富士山頂観測所に出張を命ぜられて単身東京を出発するとき、この春大学を出て、今回が初めての出張であり、しかも夏といってもまだ設備の点で充分でない富士山頂に、観測所設立の一員として加わることがひどく心に重く感じられた。先輩の技師達《たち》は既に雪溶けとともに頂上に滞在していたから、石田はすべてその指揮を仰げばいいのだが、山にかけて全然経験のない石田には、登ることからして、そう簡単には考えられなかった。

御殿場の駅は登山客で渦《うず》を巻いていた。ここで汽車を降りた人は一晩御殿場に泊って、早朝出発すれば都合がいいので、多くは既に宿を予約していた。白衣の行者姿の富士講の団体や、学生の団体などが一塊りになって降り立つと、客引きの番頭がうるさくその周囲をかけまわって勧誘する。石田はどうやら駅の外に押し出されてほっとして周囲を見廻《みまわ》した。実は誰《だれ》かが迎えに来るのではないかと期待していたが、教わった通り、真直《まっす》ぐ前の通りを行けば多分指定旅館は見つかるはずだと思った。

駅前の広場には宿の決らない客と、これを追う番頭との間に幾つもの人の輪ができ、その向うの土産物《みやげもの》売場には、黄色い声を出して登山杖《とざんづえ》を売りつけている女の群れが見える。何か書いた木札を首から胸に吊《つ》り下げた白衣の行者の一人が金剛杖を選んでいた。二、三本選《え》り取って、箱の隅《すみ》に立てかけて、一本の手頃《てごろ》の杖を広場の方に向ってしきりに振って見ていた。立てかけて置いた方の杖がばたりと音を立てて倒れると、驚く程黄色い土煙りがぱっと上り、売場の女が杖を拾い上げようと、かがみ込んでいる足許《あしもと》から、小さい、可愛《かわい》らしい、風の渦ができて、くるくると広場の中心に移動を始めた。一応客の始末が済んだ後の、昂奮《こうふん》から醒《さ》めた、ものうい時間であった。

間もなく同じような渦巻は広場の中心あたりに二つ三つ現われてすぐ消えた。と全く突然、ヒューと誰かが笛を吹いたような音が空間でするど、広場の中心に、地面が動き出したように、物凄《ものすご》い摩擦音とともにおよそ直径の一間もあるような大きなつむじ風が湧《わ》き立った。その中心から斜めに突き出た、棒のように見えていて極めて早い回転軸は、何か生殺与奪の権利を突然与えられた生物のように、しばらく頭を振っていたが、一方の方向をきめると意志を持つもののように徐々と軸の位置を変え始める。軸の心棒を中心とする方向に広場の総《すべ》てのものは吸収されようとする空気の動きが、石田の立っている駅の柱のところまで押し寄せて来る。妙に身体《からだ》が軽く、黒茶色の竜《たつ》巻《まき》の中心の軸に向って引き込まれそうになる幻覚に似た、明らかに物理的な牽引力《けんいんりょく》に対して石田は無意識に柱につかまってじっとしていると、眼《め》の前の地面は見事に平面のまま宙に持ち上り、キュンキュンと鳴り響く渦巻の中心軸が漏斗《じょうご》状にかわり、漏斗の先端は斜めに垂れ下って地上の総てのものを上空にたやすく吸い上げ、広場の上空は、滅茶《めちゃ》滅茶《めちゃ》に風の乱舞する、暗い、恐怖さえも感じている暇のない程、早い速度とエネルギーの重圧を感ずる世界になった。

「竜巻だ！」

そんな声が聞えたような気がする。一人の女の児《こ》が、どうして広場を横切ろうとしたのか、あっというまに竜巻の手に髪を掴《つか》まれると、引摺《ひきず》られるように、漏斗の鼻に抱きついたようにも見える格好で、広場から土産物売場の方へ引摺られていく。女の児の、絶望的な眼《まな》ざしが瞬間石田の眼をかすめると、石田は思わずぞっとするような恐怖を覚えた。

「今、いくぞう！」

動物の吠《ほ》えるような声だった。物売屋の軒下から、顔面を片方の手で防ぎながら、竜巻に向って強引に飛び込もうとしている男の姿が熊《くま》のようにたくましく見えた。男は女の児を横抱きにすると、ばったり地面に伏せてしまった。熊のような身体が一、二寸動いたようにも見えたが竜巻はあっさり二人を思い切ったように突然速度を出すと、張り出し屋台の屋根を剝《は》ぎ取って去った。それから後は嘘《うそ》のように静かになった。空一杯に吹き上げられた、土産物の扇子や手拭《てぬぐい》が天から降った花のようにひらひらと中央にうっ伏している男に降りそそいでいた。

男は女の児の埃《ほこり》をはたいてやりながら、泣くんじゃあない、もういいんだ、と言っているようだった。女の児の泣き声が物音一つない広場にわんわん鳴り響いているのを、何となく面目なさそうな顔をして見下ろしている男は、すぐ狂気のように飛びすがってくる女の児の親の姿を見ると、手を頭に上げてにやっと笑って、少女を泣かせて済まなかったと謝るように腰を折っている。男はその児の母親に軽く頭を下げると突然くるっと後ろを振り向くと、さっきから石田に向って歩いていたように落着いた足取りで真直ぐに近づいて来る。

「気象台の石田さんですか」

前に立止った男は気をつけの姿勢でこう言った。そして人懐《ひとなつ》こい眼をいかにも嬉《うれ》しそうに輝かせながら、

「えへへへへへ」

と鼻の上に幾つも皺《しわ》を寄せて笑った。驚く程、がっちりした体格の男だ。全体に見て不釣合《ふつりあい》なくらい肩の張った、眼の澄んでいる、黒光りする程日に焼けている男だった。職人風に頭髪を刈り込んで乗馬ズボンのようなものを穿《は》き、履いている下駄《げた》から足が半分ほどもはみ出していた。下駄の鼻緒から見て宿の番頭でもあるかと思ったが、すごい程たくましい肩幅と、黒光りの顔と、でかい足から見て、石田はこれが富士山の強力《ごうりき》であろうかと改めて見直した。

「さあ、荷物はこれだけですか。お山ではみなさんが待っていますよ」

そう言って石田のルックザックを軽く肩に担《かつ》いでから、急に思い出したように、

「えへへへへ、私はこういうものです」

そういってチョッキのポケットから取り出した名刺には小宮正作とあり、それにフリ仮名がコミヤショウサクと打ってあって、名前の右側にはぎっしり肩書が並んでいた。富士山案内人組合幹事、冬期富士山登山組合理事、足柄村《あしがらむら》消防組頭、何々山岳会員、何々組合員、恐らく十以上も並べ立てられている肩書にあきれかえって小宮正作の顔を見直すと、待ってましたというようにすぐ鼻の上に深い皺を作って、

「えへへへへ、どうも」

と頭を掻《か》いた。

石田は、何かほのぼのとした気持になって、

「僕、石田です。よろしく……」

そう言ってから、

「山に登ったことがないので」

とつけ加えた。

宿へ着くまで小宮は独りで喋《しゃべ》っていた。石田は御殿場駅頭で計らずも受けた局地性熱旋風の饗宴《きょうえん》に完全にのされた形でいた。しかもそこに現われた、何か超人を思わせる小宮正作の盛り上っている肩のあたりを後ろから見ていると、すぐ前にひかえている富士山頂での気象観測がとても自分には太刀打《たちう》ちのできない程の、荒っぽい自然との果し合いのようなものではないかと思われてくる。このまま東京へ引返して、図書室にでも引籠《ひきこも》って凡庸に気象学の勉強でもする方が自分にうってつけの仕事のように思われた。

「石田さん、ほら、お山が晴れた」

小宮が響くような声を出した。指さす方を見ると雲間からくっきり全姿を現わした富士が、石田の頭からおっかぶさるように、夕陽《ゆうひ》の中に切り出された、鋭い稜線《りょうせん》を浮き出していた。

「明日は天気ですぜ。登りましょうね、石田さん」

石田はそういう言葉を聞いて、どうしても小宮とともに富士山に登らなければならない、そして間もなくやってくる恐るべき冬期観測に好む好まざるに拘《かか》わらず突込んで行かねばならない運命を小宮から念を押されたように感じながら、やり切れない程の不安の眼を小宮の背から富士山に向けてちらりと投げると、今までその全貌《ぜんぼう》があんなに綺麗《きれい》に浮き出していたはずの富士山が一塊の積雲に閉じこめられて、前にかわる白い視界は、たえずもくもく動く雲に遮蔽《しゃへい》されていた。

突然、富士が消えて、白い雲をバックとして、下駄穿姿の小宮の全体が浮び上った時、石田は前を行く小宮に眼に見えないつながりのようなもので引っぱられて行く自分に動揺した。何の関係もない強力小宮との初対面は石田の感傷を大きくゆさぶり、二人の間に何かの宿命さえも感じさせるような強い力が、確かに作用しているのを、石田はこころよく受け取ろうとした。

二

昭和十六年もきびしい夏になったばかりの時、石田はふと新聞紙上に、無理に作ったような笑顔でいる小宮の写真を見てびっくりした。記事によると小宮は、白馬山頂《はくば》に山の方向を示す風景指示盤という巨石を背負って登るというのであった。地元を探しても、この巨石を背負い上げる程の者が無く、結局富士山一の名強力小宮がその役を引受けることになったらしい。

　石田はその記事の中に五十貫近くある花崗岩《かこうがん》二個とあるのを見て、これは到底人間業でないと思った。しかし新聞に出る以上は既に彼がその仕事を引受け相当な処《ところ》まで深入りしていると思われる。石田は小宮が何の動機でこの巨石を白馬山頂に上げる必要性があるかを考えるよりも、この仕事を新聞社が後援しているということに非常な不安を感じた。新聞は宣伝になることならば如何《いか》なることでもやってのけ、それに付随して起る人間的な思惑は考慮しない。新聞の槍玉《やりだま》に上った者は一時に帝王のように有名にもなれるし、一夜にしてその人の一生を支配するだけの暗い銘板を打ちつけられることもある。

　石田の知っている小宮はその新聞が大好きだった。彼は新聞に書かれることは何よりも尊いもののように感じていた。地方新聞の片隅《かたすみ》に誰《だれ》か著名人の案内をして登山した自分の記事でも出ると、その切抜きを宝のようにして持って歩く。そんな小宮の平常の姿を思うと、この仕事は新聞に取っても小宮に取っても願ったりかなったりになる。小宮は思った通り日本一の名強力として名を残す。新聞も充分な紙面をその題材にさいて、日本的運動の一つとして宣伝価値はこれ以上のものはない。

ただ、小宮は自分の力に対しての判断が間違っていないだろうか。小宮の肉体には人間としての制限があるはずだ。富士山以外に登ったことのない小宮が五十貫近い巨石を背負って、あの沢から尾根、尾根から沢と続く長い道中、そしてあの急傾斜の雪渓《けい》をどうして登るか。富士山に比較して随分と違う、いわば長い複雑さの山の中に、その巨石をいかに処理する積りだろう。石田は自分が登った白馬の経験から推して、あの長い雪渓に石を背負った小宮を想像すると不安でならなかった。地勢を熟知している地元で敬遠したという事実が何よりもよく事情を説明している。それに小宮は確かにたくましい力と精力を持っていて超人的と批評する人もいるが、それは彼等《かれら》の仲間の常に先頭にいる位置の表現のようなもので、圧倒的に超越している力を彼が持っているというものではない。

恐ろしく常識外の重量のその石を、もし小宮が予定通り背負い上げたとしても、それに代るべき代償を小宮は支払わなければならないだろう。小宮は自分の肉体を賭《か》けてまでその石と取組むだけの何かの理由があるのだろうか。

石田が富士山頂観測所の交替員として勤務していた夏のこと、夜中に変なうめき声がするので起き出て見ると、中央ホールに寝ていた荷上げの強力のうちで誰かが酷《ひど》く夢にでもうなされているらしい。提電灯を向けると、それが小宮だった。額に脂汗《あぶらあせ》をぎらぎら光らせて、歯を喰《く》いしばって身もだえしている様子は、毒でも飲んだかと思う程悽惨《せいさん》な感じがした。じっと立ってそこに寝ている他《ほか》の強力の顔を見ても、どの顔も安らかな眠りでなく、互いに身体《からだ》を反転しては楽になろうなろうとしている様子は、何かから抜け出ようとする動物のあがきのように心を寒くするものだった。日中の度を過ぎた労働が彼等の肉体を夜になって責めているのに違いない。

石田は頭の芯《しん》が締めつけられるような気持でその小宮の姿を見下ろしながら、小宮の示す馬力は常に規定以上のものであって、いつか彼自身の本体にひびが入りはしないかと思ったものである。それから数年、こうして東京にいても、石田と小宮とは殆《ほとん》ど何の交渉もなくて過ぎて来ていたが、今、手にしている新聞をそこに置いて、ばかだな、小宮は――そう言ってすまされぬものがあるように石田は思えてならなかった。

石田は小宮に生命の危機を助けて貰《もら》ったことがある。思い出の中に閉じこめて置くにはあまりにも激しい記憶であり、小宮に対して何か大きな報恩のようなことをしなければならない、そんな風な漠然《ばくぜん》とした精神的な借金を石田は長い間感じていた。富士山頂に日の丸が翻《ひるがえ》っていたり、真赤な日輪が富士山をバックとして浮き出ているような子供っぽい年賀状を毎年小宮から受取る度に、吹雪の夜、盲腸炎で死にかかっている自分が、小宮に背負われて富士山頂観測所から降りたことを思い出す。樽《たる》のように毛布に巻かれて小宮の背にくくりつけられた石田は、四十度の熱の中にもその夜の風の音がはっきり耳に残っていた。

小宮に関する思い出はすべて暖かいものであった。誰にでも愛されていた小宮の人のよさの一つ一つの追憶をたどると、苦しかった冬期の富士登山も、百米《メートル》以上も吹いた強風も、落雷も、総《すべ》ての現象の中に彼の鼻の上に皺《しわ》を寄せる笑い顔が浮び上ってくる。

だが、こうして五年前の小宮との想《おも》い出の最後にこつんと一つだけが妙に石田を不安にしたものがあった。強力小宮は話好きだった。富士山麓《さんろく》一帯の風俗習慣に彼一流の尾鰭《おひれ》をつけて話すと、どれもこれも小説のように美化されて面白《おもしろ》かった。唯《ただ》一つ小宮のそれを話す時、厳粛な顔をする伝説だけは小説でなく事実だとしている確信の程が、熱を帯びては、時によると彼自身が渦中《かちゅう》の人物になりかかっている錯覚を認識できないのかとも思わせるものがあった。

小宮は金時《きんとき》の再現を信じていた。金時は何年かに一度、必ず金時山の麓《ふもと》、彼の生れた足柄村《あしがらむら》付近を中心として生れるものだと信じていた。もちろん、時代的推移はこの伝説に装飾して、金時とは、或《あ》る種の偉人であるという妥協にまで導いていた。

石田は一度だけ小宮の生家を訪問したことがあった。四方山に囲まれた谷の合い間に白い泡《あわ》を立てている急流のほとりにぽつんと置き忘れられたような彼の一軒家があった。小宮は桃の苗を持って出掛けるところであった。確かその時、娘の鶴子《つるこ》の誕生日だから植えるのだと言っていた赤い筒袖《つつそで》を着た丸い眼《め》の鶴子が出て来て、石田をじろじろ眺《なが》めていた。石田は小宮の縁側で長いこと話したのだが、最後まで鶴子と仲好《よ》しになれなかった。石田の出した土産の菓子にも手を出さずに、悪人かなんぞを見るように立ちはだかっている鶴子を前にして、小宮は、その時も前に聳《そび》え立つ金時山を指して金時再現説を出した。

「金時が変った形に再現する。よくわかったよ、もう。それは日本中、世界中に共通するありふれた英雄思想ですよ」

小宮は石田の言葉が嘲笑《ちょうしょう》であってもなくても、金時山の麓《ふもと》には金時の再現がより可能であるべきだとくどくど述べていた。

「力だったら君は金時の資格があるね」

冗談にいった言葉に小宮の顔は意外に輝いていた。その人のよい顔から、にじみ出ている、不敵な野望のようなものが小宮の茶色がかった眼の奥に光ったように感じた時、石田は今までにない不安な気持で小宮を見直したのであった。

——石田は官舎の窓から外を見る。充分に延び過ぎる程延びた日まわりの大輪が傑出した生長の跡を誇るように周囲のいかなる植物よりも優位な高さで咲いている。間もなくやってくる台風に真先にやられるだけの用意をその茎と根には蓄えず、吸えるだけの水を吸って、同化作用の極限まで奮闘して頭を上げ、放《ほう》って置けば必ず倒れる不安定の中に超然としたがっている。

石田は突然立上って台所にいる妻を呼んだ。

「今夜の汽車で、長野県へ行こうと思うが」

「出張？」

「違う、私用なんだが、どうしても行きたいんだ」

石田は新聞を開いて小宮の記事を指してから、早速机の上の整理に取掛った。

石田は妻がうるさく旅行の理由を聞きたがる前に、うず高く積み上げてある、本や、グラフ用紙や、原稿や、計算器などを片付けていった。

〝台風の上層に於《お》ける気温の変化に就て〟——そんな長い題目の書いてある論文の原稿を丁寧に整理袋に仕舞うと、

「帰って来てから書き上げよう……。登山靴《とざんぐつ》は下駄箱《げたばこ》だったね……。明日は月曜日だと……、三日も賜暇《しか》を取ればいいだろう……。そうだ、ちょっと天気図を見てくるよ」

石田はひとりごとをいいながら下駄を履いた。

三

小宮は信濃《しなの》四谷につくと、すぐ石の置いてある二股《ふたまた》まで行って白馬別館に宿を取った。二股は白馬山に登る根拠地としてふさわしい。夏の間だけ人だかりがして、すぐ火が消える、物語に最後まで取残されて置かれ、やがて印象から消えて、思わぬ時にひょいっと浮び上るような、立派ではないが、心持よく入って行ける夏だけの人のたまり場であった。

小宮が白馬別館の奥の一室に旅装を解いていると、麓の部落、四谷の鹿野《しかの》という者ですと言って面会を求めて来た男があった。四角い顎《あご》の張った顔で、じっとしていると眠ったように細い眼《め》をしているが、何かの折々に、その細い瞼《まぶた》の奥から鋭い鎌《かま》のような光を投げる男だった。無口な男であった。ただ、私があなたの案内をするという意味だけのことを言って後は小宮の豁達《かったつ》にしゃべりまくるのを黙って聞いていた。男

は帰るとき、

「では、明日案内致しますが、富士山とは少しちがいますので……」

そういって振返りもせずに帰っていく後ろ姿に、初めて投げられた同業者の挑戦のようなものを感じた小宮は、あらためて鹿野の姿を見直した。背は小宮よりずっと低い。肩幅も広い、腰のすわりも理想的だ。猪頸《いくび》は山案内人として荷物の運搬には底力を何時《いつ》までも蓄積できる、梃子《てこ》のようなものだ。しかし、ざっと見た時、小宮は鹿野より遥《はる》かに自分がたくましいと感じて楽な気持になった。

——朝露を踏みながら先に歩いていた鹿野が黙って指した草の中に殆《ほとん》ど埋もれたように放り出してある幾つかの石がこれから頂上へ運び上げるものであった。総《すべ》てぴかぴか光る花崗岩《かこうがん》で作ってあり、たたけばかあんと音のするように思われた。台石になる三つの平らな石の上に胴体となる二つの石が積み上げられ、その上に二つの笠石《かさいし》が置かれて組立てを完了すると、ちょうど石灯籠《いしどうろう》のような形になり、その笠石に当るものに白馬の頂上から見た山の形や方向を彫《きざ》み込んである。風景指示盤という名称はここから出たものだと小宮は思った。

小宮は一つ一つ石を動かして見ていたが、手加減で台石、笠石はいずれも動かしてみても二十貫は優にあり、胴体の二つの石は成程五十貫は確かにあった。小宮はうんと一声気合いをかけてその大石を抱き起してから、草叢《くさむら》を退き腕組みをしてじっと考え込んでしまった。小宮の振舞いを細い眼でじっと睨《にら》んでいた鹿野の顔ににやっとした薄笑いのようなものが走った。先祖代々、力持ちにかけては近隣どころか山向うの越中にもひけを取らぬ麓の部落でさえも、手を上げたほどの巨石を、なんぼ富士山の強力衆が力が強いと言っても、無理に決っている――駄目《だめ》だろう、鹿野はそう考えると、軽い気持にもなるが、すぐその後で、足柄《あしがら》の山奥からわざわざ来てくれた小宮を、このまま返すのは何となく可哀《かわい》そうな気もした。

「どうです、え？」

鹿野は小宮の決心を確かめるようにいった。

「なんとかなるでしょう。……でもねえ鹿野さん、こいつを上げるには、よほどがっちりした背負子《しょいこ》がいりますねえ……」

小宮は腰に手を当てて鹿野の顔を見ながら、ちょっと悲しそうな顔をしたが、すぐ相好を崩して、

「さあ案内して貰《もら》いましょうか、今日は実地検分ですからね」

そう言って上へ続く登山路に眼をやった。

耳にからんで離れない風のような渓谷《けいこく》の音はどこを歩いてもつきまとって来た。時

折眼の下に青い水を発見して、その上流が登る道とすぐ駆け違うだろうと目測しても、やがて沢を下ると待っていたように白い泡《あわ》を立てて流れ落ちる滝瀬が前を横断する。幾つもの渓流が登山路にからみ合っているのかと思う程、流れが煩《わずら》わしく気になって来る。何故《なぜ》煩わしいのか小宮にはその理由が分らなかった。複雑な古い山の奥に連れ込まれたという感じは山案内人――富士山塊を得意とする案内人にとっては一つの法則がないことに眼狂《まぎら》わしい混乱を感ずるのかも知れない。富士を中心として小宮の歩く山の法則、つまり馬鹿《ばか》でかい富士山の麓につながる一連の地形上の影響力が位置の観念を誤らない、いわば平凡に大き過ぎる富士山から始まる単調さに馴《な》れていた小宮は、白馬の麓に踏み込んだ時から異様な胸騒ぎを感じたのであった。

先に立って行く鹿野の説明に小宮は一々頷《うなず》き、一々鹿野の故郷の美しさを賞讃した。二股から闊葉《かつよう》樹林の中を登ったり下ったりしながら、猿倉《さるくら》に着く。猿倉から白馬尻《はくばじり》、やがて椈《ぶな》の樹林が尽きてイタドリの草原を突切ると、前にぱっと白く展開する大雪渓。二股から石を背負って二日の行程だと小宮は目算した。

小宮は眼の前を流れ落ちるように迫っている白馬の大雪渓に片足を踏み出して雪渓の地勢をいち早く感じ取ろうとした。小宮の眼は雪渓に沿ってさっと振り上げられるかと思うと側面にそそり立つ岩肌《いわはだ》に鋭い視線を投げる。やがて彼は背を低くして覗《のぞ》き上げるように雪渓の傾斜を目測してから、ルックザックを下ろした。小宮は登山靴《とざんぐつ》に鋭く磨《みが》かれた八本歯のアイゼンをすばやくつけ替え、どしんどしんと足ぶみをしながら雪渓の中心を登り始める。すぐ出発点に引返し、今度は雪渓の両端を別々に登る。それがすむと念入りにジグザグコースを取ってみる。やがて雪渓の一箇所に落着くと、ピッケルで雪を掘り返しに掛った。

「雪がこんなに固いのは、砂や小石が雪の中に層を作っているからですね」

鹿野が顎をしゃくる。そこには見事に平行模様を出した雪渓の断層があった。雪と砂とは一律の規定によるかの如《ごと》く、あるいは厚く、あるいは薄く、雪と砂岩の層とが水平に重なり合っていた。

「足場はかたい。だが、この歯の短い八本歯のアイゼンでは……」

鹿野はもっとものことだと思った。雪は固いが、重い荷を背負ったまま滑ったら、それで総てが終ってしまう。滑らないためには、常にがっちり雪に喰《く》い込む長い歯をした軽い特別なアイゼンが必要だ。それには、この地方で使っている四本歯の大町アイゼンこそ適当なものである。だが鹿野はそれを言わずに、足場を測っている小宮の、ちょっと寄りつき難《がた》い程の体格と仕草に羨望《せんぼう》とも畏怖《いふ》とも嫉妬《しっと》ともつかない複雑な眼を向けて押し黙っていた。引返す道々、小宮はしきりにアイゼンと背負子のことを口に出していた。

「背負子とアイゼンのいいのがないとねえ」

額に小皺《こじわ》を並べて深い哀愁の中に立ち尽している小宮の顔を見ながら、鹿野はこの人とは喧嘩《けんか》はできそうもない、ずうたいの大きい割に黄色い声を出す小宮の悲しそうな顔を見ただけで、何もかも負けてやれという気にもなる。小宮に対しては敵意というものを、それは地元を代表している表現であるとは必ずしも言えないが、それを感ずることはできそうもない。鹿野は十歩も歩いてから振返って、

「小宮さん、明日の朝、私の家へ来て下さい。いいアイゼンを見せますから……」

小宮はぽかんと口を開いて鹿野の顔を見詰めていた。鹿野に初めて小宮さんと言われたのも変だが、アイゼンを急に持ち出したことが、なおさら不思議なことであった。

四

二股《ふたまた》より一里下って朝霧の底に沈む四谷は目覚めたばかりであった。鶏の鬨《ときのこえ》に混って子供達《たち》の声が聞える。鹿野の家はすぐ分った。萱葺《かやぶき》の小ぢんまりした家で、小宮の故郷の萱葺家よりも屋根の傾斜が急であった。

「めしまだずら」

　鹿野は明るい顔で立っていた。今まで鹿野が無口であったせいもあるが、つとめて方言を斥《しりぞ》けている態度に、小宮も富士山に来る客を案内する時、いつか身についた言葉の使い分けを思い出していささかの卑屈な矛盾のようなものを感じていた矢先、鹿野が急にくだけて言った、まだずらという方言を聞いて、

「ああまだだよ。よばれずか」

　とすぐ返事が出た。鹿野は珍しい言葉でも聞くように、この地方の方言をどうして小宮が知っているのかをちょっと疑うように、相手の顔色を探り、すぐそれが、もみ手をして笑っている小宮の自然の表現であると知ると、急にたまらなく嬉《うれ》しくでもなったように、はっはっと大きな声を上げた。

「これが大町カンジキだよ」

　縁側に坐《すわ》って外を見ている小宮の前に、がちゃんと置かれたアイゼンは、ひとでのように四本の鉄の爪《つめ》を充分延ばして内側に折り曲げ、対向する二本の爪に一つずつの鉄の輪をつけてこれに紐《ひも》がつけてあった。成程、小宮はそれを見て頷《うなず》いた。アイゼンは、靴《くつ》の裏の窪《くぼ》みにぴったりはまる。全身の重量を足からそのまま垂直に受けて、四本の長い歯ががっちり雪渓《せっけい》に喰《く》い込む。足の爪先《つまさき》とかかとはアイゼンから解放されて

いるから、踏み込む時にやや不安だが、かちかちに凍った富士山の氷の肌《はだ》と違って、夏の白馬の雪渓は適当なあの堅さだから、深く喰い込んで滑らないということを主に考えて作ったこのアイゼンは素晴らしい。

「有難《ありがた》い」

小宮は押し戴《いただ》くように両手で持ち上げた。

「小宮さん、もう一つ見せるものがある」

鹿野は草履を足につっかけるとさっさと裏に廻《まわ》った。母屋《おもや》に継ぎ足して作ったような物置があった。かけっ放しに置いてあるらしい長い梯子《はしご》を伝って暗い裏二階に登ると、養蚕の道具らしい竹籠《たけかご》や莚《むしろ》が一杯に積み上げられている。鹿野はそこに立ち止って天井を見上げる。暗くてよく分らないが、何か黒い大きな道具を下ろそうとしているらしい。

入口に立っている小宮の前に鹿野が持って来たのは相当時代がかった大きな背負子《しょいこ》だった。背負子というよりも背負子のお化けと言った方がよいかも知れない。小宮が埃《ほこり》を払って手で表面を擦《こす》ると赤黒く、すべすべした木の細かい肌が幾年目かに日の目を見たように輝いている。どっしりした重量感と充分に枯化した渋みと、何よりも太い固い材質の材木の一本一本を撫《な》でている小宮の眼《め》は驚きからやがて欲望の眼に移り、鹿野がわざわざこの裏二階に案内したのは、彼の家に来いと誘ったのは、あるいは稀《まれ》に見る、この逸物《いちもつ》を売ろうとする魂胆ではなかったかとも思う。

「木はなんですか、鹿野さん」

急に鋭くなった自分の言葉を小宮は充分承知していた。

「牛殺しです」

小宮の緊張にすぐ感じたように鹿野の声も冷淡に響く。

「牛殺し？」

「そうです。この地方では、この木のことを牛殺しと言います。ずっと山奥に、めったにしかない生長の遅い木です。この木には鉈《なた》でさえ歯が欠けます。枯れてしまったら鋸《のこぎり》も寄せつけない程、はがねのように堅いのがこの木です。牛をも一撃で倒せるというところから名前が出たのでしょう。私の父が作って置いたものです。一度も使わずに、父の目的が何であったか、とにかく、こうして二十年もここにあるのです」

売るつもりではない。それでは単に見せびらかすのか、それにしては……やはり掛け引きの一つの方法か、小宮は心臓の音が聞える程、欲しいという意欲が激しく動いているのをどうしようもなかった。この背負子が手に入りさえすれば、あの五十貫の巨石は白馬の頂上に持ち上げることができる。小宮にそう確信させる強いものが、身体《からだ》中から滲《にじ》み出る汗のように、小宮の全体をゆすぶった。小宮は背負子を両手にしっかり摑《つか》んで、鹿野が牛殺しの説明をする時から急に他人行儀の冷たい言葉になったのを考えてみた。駄目《だめ》かも知れない。

「鹿野さん、いくらで譲ってくれますか」

小宮の眼は牛殺しの棒の前に怒り立った本当の牛のように血走っていた。鹿野がなんと言おうと絶対にこれは離さないぞと言うように小刻みに両方の足が震えて、やがてどんと床を踏み鳴らせば天井の抜けんばかりの気勢が彼の腰のあたりにみなぎったようだ。

鹿野は入口を向いていた。小宮は暗い方に顔を向けて立っている。だから鹿野には光線の具合で小宮の表情はよく見えなかった。ただ、いきなりいくらで売るかと小宮が言い出したのがいささか癪《しゃく》にさわったのだ。

「売らないね」

鹿野は平然と言ってから初めて小宮の表情の変化に驚いた。何だか殴りかかって来るような小宮を見て、なんとなくその位置に立っているのが危険のように思われた。

「考えときましょう……」

簡単に言い足して、急いで長梯子を下りると、まだ未練がましく裏二階にいる小宮に、どなりつけるような声で呼びかけた。

「小宮さん、山がよく見えます」

――小宮には四谷から二股までの一里の道が、十里の道のりにも思えた。あれ程頼んでも、うんともすんとも言わずに黙り込んでしまった鹿野の四角い顔が情けなく思い出された。じゃあ、何故《なぜ》あの背負子を見せたのか。鹿野には使いこなせない。あの背負子を背負う人は特定の体軀《たいく》に限られてしまう。あの背負子に巧みに持たせたそりに合う背中は自分より他《ほか》にはない。じゃあ、何故あれを売らないのか、金に換えたくない。じゃあ何故貸さないのだ。鹿野という人間の依怙地《いこじ》と念の入った悪趣味に小宮は怒りよりも、強い子にいじめられた弱虫のようにただ悲しいあきらめに引摺《ひきず》り込まれながら、遠く故郷を離れたことをしみじみと感じた。そして、ふと鹿野の庭で見たすばらしい白馬連峰の姿を思い出した。

すべてが緻密《ちみつ》に作り上げられた、複雑多岐な様相をした峰々が屛風《びょうぶ》のように前に立ちはだかっている。その麓《ふもと》にほんのちょっぴり開けた水田に寄り集まった虫のように部落の隅々《すみずみ》にまで古い因習と封建と土地への執着から一歩も、もちろん、一躍もしたくない人々、それは小宮の生れた足柄山《あしがらやま》の村と同じであると考えられた。足柄村よりはるかに偉大な美に習慣的に圧倒し尽されて来ている、先祖伝来の環境への反逆が鹿野にあんな真似《まね》をさせたのであろうか。忘れよう——小宮は眼をつむってさっきの白馬連峰をもう一度思い起した。右から白馬連峰、杓子《しゃくし》、鑓《やり》ヶ岳、続く天狗《てんぐ》尾根、不帰岳……。すべてが老化した山の美。その一つ一つの峰にも雪を残す山峡にも、かつて富士山の単調な大きな円錐体《えんすいたい》の土の塊のどこにも発見できないものがある。不可解な程、深い谷、何故あれ程薄気味悪く碧青《へきせい》に流れる水、木にも草にも小宮の知らない自然の謎《なぞ》が全部集まって隠されているような気がした。

「だから信州人はつき合いにくいのだ」

小宮は結論のような言葉を吐くと、すぐその後で、よし信州の案内人なんか要るもんかと再び激しくこみ上げてくる熱いものに押し出されて現実に返る。そして彼の眼に浮ぶのは、故郷から用意して来た樫《かし》の木の背負子だった。

「ああ、あれでは……」

あきらめの言葉であった。

五

暗いのは電灯の光度のせいばかりではない。部屋中どこを見廻《みまわ》しても明るく眼《め》に映ずるものは一つとして見当らない。何もかも荒けずりで、装飾もないし、誇張もない、山小屋という程貧弱ではないが村宿程薄汚なくない、暗い、少しばかりしっとりして、いつまでじっとしていても別に厭《いや》にもならない。周囲がしんとした山気に包まれて、その涼しさと静寂さが、ちょっとした言葉の合間にも遠慮なくやってくる。それが全体を湿っぽく感じさせているのだ。

「秋のようだね、まるで」

石田はぽつりと一言言う。

小宮は黒光りのする背負子《しょいこ》に丹念に包帯を巻きつけている。ドテラ姿の二人の姿が六畳の間にこんな状態で向き合ったまま、かれこれ二時間にもなるだろうか。石田はその日の午後二股《ふたまた》に着くとすぐ例の石の置いてあるところに行って見て、既に仕事の一部が始められたことを知った。しかしまだ残っている二個の四角な石の周囲をぐるぐる廻って見て、石田は自分がえらいおせっかいの気持を出して信州までやって来たことが、いささかおかしくなって来た。残された石はあまりに大き過ぎた。だから一眼見て石田は、如何《いか》なる人間でもこの石を背負って歩けるはずがないと思って気が楽になった。小宮も恐らく例の癖で頭を掻《か》きながら、これはとてもとか何とか言いながら諦《あきら》めたに違いないと思った。他の小さい方、小さいといっても三十貫はあるだろう、その方を持ち上げてお茶を濁す積りだろう。石田はそう思って小宮の帰りを待っていた。

ところがどうだ。小宮は明日いよいよそれに取掛る積りだと平然と言ったではないか。なあに今迄《いままで》は足馴《あしな》らしでさあ、富士山の焼砂と、白馬の砂とは大分足ごたえが違いますからね、小宮は石田が何しに来たかも聞かないうちに、それを言った。

（何だって、この命知らず）

石田はとっさにそう出そうになる口元を締めつけて、小宮がある虚勢を張っているのではないかと見直した。そうしなければならない何かの抜き差しならぬことでもして仕舞ったのかとも思ったが、すべてが思い過ぎで、無理に探せば、最後の決心の動機というものは、鹿野から名木牛殺しで作った背負子の寄贈を受けたことにあるらしい。初め何といって小宮が頼んでも返事をしなかった鹿野が、翌朝小宮が寝ている間に、それを持って来て、

〈小宮さん、これえ、おめえ様にあげずよ〉

そう言って渡してくれた黒光りの背負子を摑《つか》んだ時に腹は決ったのだと小宮は言った。

「じゃあ、やる気なんだね」

「ええ」

小宮は笑わなかった。そして、むっつり黙って背負子に白い包帯を念入りに巻きつけていた。石田が人間の力の限界がどうのこうの、途中で止《や》めたらかえって恥になる、今止めて帰った方がいい、新聞の宣伝に乗っていい気になって、あの雪渓《せっけい》で一滑りしたらどうなる、そんなことをいくら言っても小宮は、

「こうなったら、やります」

それだけを繰返していた。

「じゃあ勝手にするがいい。コミさんは昔から新聞に書かれることが大臣になったくらいに自慢だからね……」

石田は小宮と数年ぶりで逢《あ》ったのに、こんなところで話が切れたままにしたくなかった。あの背負子の黒い肌《はだ》が白く包み隠されるまでに何とかならないものかとしきりに策を練っていた。

「虫が鳴いてますねえ」

小宮の取ってつけたような言葉もそのまま切れてしばらくすると、

「そうそう石田さん、お花畑にねえ、蜜蜂《みつばち》がいるんです。驚きましたよ……そうそう、高山植物をね、うちの鶴子《つるこ》に頼まれて、押し花にしています」

小宮は押入れを開けると新聞に挟《はさ》んで積み上げた植物の採集をぱらぱらとめくって見せ、その上に重しのかわりに載せてあった、分厚い日記帳を取って引返すと、

「ほら、ね……」

小宮が開いた日記帳の十月の空白には紫の小さな花が挟んであった。

「ああ、鶴子さんっていったねえ、学校は？」

「もう五年です」

あの時は眼をくるくるさせて筒袖《つつそで》の赤い着物を着ていたが、もう小学校の五年にもなるか。石田は鶴子の幼い時の顔から、今を想像しようとしながら、ふと小宮を見ると、妙に嬉《うれ》しそうな顔で紫の押し花を引っくり返している彼の指が、しおれかかった小さい花びらを延ばそうとする動作の中に愛娘《まなむすめ》の鶴子の髪でも撫《な》でている幻想に浸り込んだ父親としての姿が見えるようだった。

石田は電気のようなあるヒントを感じた。石田は一つの昔話に関連して、小宮の一番弱いところをぐいっとつけば、あるいは心が変るかも知れないと思った。

石田はこんな話をしたのである。

——私の生れた村には、その近隣どこにもあるように道祖神がある。その脇《わき》に非常に大きい二つに割れた石が置いてあり、道祖神と並んで二郎丸さんと村人が呼んでい

る字がすっかり消えてしまった古い石碑がある。二郎丸さんとその二つに割れた石との関係について村の伝説はこうだ。ずっと昔太郎丸と二郎丸という二青年がこの村にいた。村一の美人かやを競争して、結局間に人が入り、道祖神の前で、五十貫もあるような力石の持ち上げっこをして勝った方がかやを娶《めと》ることにした。古代はそういった、実に簡単な方法でもめ事を解決したものらしい。ところで結果は二郎丸が勝った。勝ってかやを娶ったが、結婚の翌日から寝込んだ。そして一年も病んで死んでしまった。二郎丸はその競争に勝ったが余り力を入れ過ぎて肛門《こうもん》が破れて腸が出た。それが彼の命を取った。村人は二郎丸の哀れさを葬《とむら》うためと、無謀な力競《くら》べに警告を与えるために石碑を立て、力石は真二つに割った。

「なあコミさん、面白《おもしろ》い話だと思わないかね。後に残ったかやがどうしたか知らないが、この話をコミさんに振り替えるとある点で似てくるものがある。君には二郎丸と違って奥さんも可愛《かわい》い鶴子さんもある。な、ここだ、よく考えて貰《もら》いたいのは。君がたとえあの石を無事頂上に持ち上げても、そのままでは済まないと思うことだ。二郎丸のように肛門が破れなくとも君の身体《からだ》全体にひびが入って、やがてそれが二郎丸の経路を取ったらどうなるか。二郎丸が石碑を四ツ辻《つじ》に残したのと、君が白馬頂上に風景指示盤を残したのと、どれだけ違うかね……。なコミさん、高山植物の押し花の土産《みやげ》を待っている鶴子さんのことを考えたら……やめろよ。やめて足柄山《あしがらやま》へ帰れ、君の心の偶像金時は石を担《かつ》ぎ上げる馬鹿《ばか》力の人間のことではない。もっと深い人間的な偉さを持った本当の金時の出現を足柄山の麓《ふもと》に期待している風のような声なんだ……。なコミさん、やめて帰れ。名声と生命《いのち》の取りかえっこはやめた方がいい……」

小宮は深く首を垂れて一言も言わなかった。二郎丸から鶴子に話を持って行ったあたりから、彼の顔には明らかに反省の徴候を示す色が動いたようだ。やがて両手を膝《ひざ》に置いてじっと聞いている彼の眼に何か光るものが、それが涙だとはっきり見詰めるにはあまりに残酷なほど冷たい光がきらりとした時、石田はいささか薬が効き過ぎたと思った。

「な、今夜はゆっくり寝よう。僕も疲れた、明日かたをつければいいからね」

石田はそう言って自分の部屋に引返した。

暗い夜だった。窓を開けると空は曇っているらしい。遠くから山全体が静かにゆすぶられるような風の音にまじって、谷川の音がすぐ届く程近くに聞えていた。天気が変るかも知れない、石田は窓を閉めた。

石田が翌朝眼を覚ますと外は霧が立ちこめていた。乳色の濃い霧が窓を擦るように濡《ぬ》らしていく。時折霧の隙間《すきま》から庭の白樺《しらかば》が見えたりする。昨夜あれ程よく聞えていた谷川の音が、今朝は止ったように静かだ。それに気付くと石田は急に不安な何かを感じて、寝巻のまま小宮の部屋へ走って行った。小宮の部屋はきちんと整理されて、あの背負子さえ見当らない。石田は下駄《げた》を履くと霧の中に飛び込んで行った。宿の女中の叫び声を後ろに聞いたような気がしたが、すぐ石田は霧に呑《の》まれてしまった。夏草をおどり越えて石の置き場所に来て見ると、二つのうち一つが無い。近寄って調べて見ると小宮が力一杯ふんばった地下足袋の生々しい跡が一寸程も黒土にめりこんでいた。

「馬鹿野郎、コミさんの馬鹿」

石田は霧に向っていつまでも怒鳴っていた。石田の声が泣き声に変っていく頃《ころ》、太陽が出て、霧が桃色のはなやかな朝の中に消えていった。

六

二股《ふたまた》から猿倉《さるくら》まで普通の足で二時間かかる。この間を一日の旅程に組んでいた小宮は朝四時に起きるといつもの通り女中が枕許《まくらもと》に用意して置いてある冷飯を食い、水を飲み、新しいサラシ木綿で幾重にも腹を巻くと、握り飯の包みを提げて外へ出た。

大物の石の一つを台にして、一つを背負子《しょいこ》にくくりつけ、腕を背負い紐《ひも》に通して振り仰ぐと髪に凝結した朝露がぽたりと頰《ほお》を濡らした。静かに腰を折って行く。石の重さが六分は背中に掛って、あとの四分が腰に掛る。充分に両足を拡《ひろ》げて、右手の杖《つえ》に力をこめる。重心が僅《わず》かに右に振れる。背負子の左下端が僅かに台石を離れる。ぐらっと、すかさず逆に腰を振って、振らつく重心が腰骨に乗っかる瞬間、

「えいっ!」

腹の底から固まった息が吹き出る。曲げた膝《ひざ》のあたりがぶるり震えて、重心は腰より前、胸の下の空間に動く。そこへ小宮の身体《からだ》は倒れかかる。たっ、たっ、右と左の足が見事にこれを支えて前へ出る。小宮はついにその石を担《かつ》ぎ上げた。

一歩、二歩、小宮は慎重に呼吸を測った。締めつけられる肩の感覚はしばらく気を遠くしたが、少しでも立ち止って重さが膝に固定されると膝関節が折れそうになるので、彼は重量の負担を運動の荷重に転化した。一定の歩調で絶えず動くことがいくらかでも公平に仕事を身体中に分配できることになる、下腹に幾重も巻いた晒木綿《さらし》が破れそうに張って、肩の次に痛いところは下腹だった。小宮は数歩、やがて十歩、そしてやっといくらかの自信のようなものを感ずるとすぐ石田の蒼白《あおじろ》い顔を思い出した。切目の長い石田の眼《め》が悲しそうにじっと自分を見送っているような気がしてならない。

そして石田が昨夜話した二郎丸の話が思い出されて来る。下腹の痛みとともに肛門《こうもん》が破れて腸の出た話は石田の作り話ではないとはっきり思った。霧はどこまでも深く、浴びるように露に濡れていても、頰は火のようにほてっていた。

幹を削って目印をつけておいた木の下に来て、岩の上にそっと荷を下ろし、小宮は時計を見た。二股を出発してからちょうど四十分経《た》っていた。小宮は二股と猿倉間に十二箇所の休み場所を予定していた。この調子で行けば休み時間を考えても猿倉まで今日中に充分行ける。やれるぞ、小宮の顔にはもう不安なものはなにもなかった。

葭原、大平を過ぎて沼地平まで来て昼食を食べ、中山沢に向う下り坂に掛ると予期した以上の困難にぶつかった。重点が身体をぴんと支えている両足の真下に常に重心を落している間は安定だ。ところが下り坂になると、背中の重量の分力は腰から大腿《だいたい》骨《こつ》の延長方向に延び、一つの分力は足下に残る。従って膝のあたりに異常に複合した二つの力の急激な変化がかかり、何かのはずみでいくらかでも前に荷が掛ると、そのままがっくり膝を折りそうになる。小宮はそれを必死にこらえ、杖にたよりつつ幾分身体を斜めによじりながら坂を降りようとした。それに足の滑りにも気をつけねばならない。今まで鹿野と二、三回、小物といっても二十貫以上ある石を背負って充分に研究し尽した道であったが、嘘《うそ》のほど腑甲斐《ふがい》なく膝小僧が震えて、その度に背筋に汗が流れた。それに、また何故《なぜ》か今日は谷川の音が耳に痛いほど響くのだ。眼を下に投げれば、あの青く澄んだ水が見えるのだが、水を見るのが恐ろしいような気がする。休むにも足場が悪い。沢を下り切ったところに予定の休憩所の目標の白樺《しらかば》がある。そこまでの一こま一こまの移動に全精力を使い果した小宮の顔は土色に変っていた。

中山沢で荷を下ろすと小宮は放心したように空を見上げていた。狭い視界に次々と山雲が流れていった。

「とうとうとっかかりましたね」

笠石《かさいし》の一つを背負った鹿野が沢を下り切ったところから声をかけて来た。この大物が思ったよりも簡単にここまで運ばれたのに対して、鹿野は驚きよりも憎しみに近い、一種の落胆の気持を抱いていた。つまり鹿野はもっと大掛りに小宮がばたついて貰《もら》いたかったのである。この大物を動かすにはもう少しハクをつけて貰いたい気持――。けれども鹿野は顔色一つ変えずに、当然予期していたような顔で隣に荷を下ろし、何時に二股を出発したかを聞き、えらいとも、重かったずらとも言わなかった。

「石田さんていう人がこれを」

鹿野は二つに折った封筒を小宮に差し出した。すぐ封を切ると鹿野の汗が浸《し》み通って濡れた紙に、

「一番のバスで帰る。功をあせるな、ゆっくりやってくれ、石田」

鉛筆の走り書きで電報のような字が書いてあった。宿からでも貰ったのだろう、幾分色が変った紙に書かれた石田の字をじっと見詰めていると、小宮は自然に眼頭が熱くなって来た。東京からわざわざ来てくれて、あきらめて帰って行く石田の淋《さび》しそうな後ろ姿が眼に見える。

石田が富士山頂に交替勤務していた頃、野菜と手紙を持ち上げて行った時、もうこれしか手紙は来ていなかったのか、と言って、じっと見詰めた淋しい石田の顔を今もはっきり覚えている。石田がその時、誰《だれ》の手紙を待っているか小宮は知っていた。いつも月に十通近く手紙の裏に番号を書いて送られて来る女文字の手紙がぱったりと来なくなった後のことであった。その石田の淋しそうな後ろ姿が、今朝一番のバスを待って二股に立っていただろう彼の姿に置き替えて考えられる。あの人は何かに情熱を感じて飛び込んでいく。そしてそれが成功してもしなくても最後はきっと淋しい顔をする人だ。

白馬に登ると昨夜は言っていたのに、急に帰る気になった石田の気持が小宮には分らないでもない。小宮は手紙を封筒に入れて四つに折ってズボンのポケットに入れたがすぐ引出した。どうせ汗でくしゃくしゃになるなら綺麗《きれい》な山の中に置いて行った方がいい。

ぽいっと放《ほう》った白い封筒は草の葉に引掛って蝶《ちょう》でも止っているようだ。小宮は背負子から肩を抜くと、杖の先で封筒をはじいて、イワカガミのつるつる光った美しい葉の下に移してやった。もう見えない。誰にも気がつくまい。

小宮のやり方を黙って見ていた鹿野が、

「石田って人、何だねいったい」

小宮はその言葉に叱責《しっせき》するような眼を向けて言った。

「もうすぐ理学博士になる人だ」

理学というところに強く力を入れて、鹿野がたまげている顔をざまあ見ろという風に眺《なが》めて、いくらかでも石田に対して尽してやれたような気持になった。

七

その日、猿倉《さるくら》まで大物を背負い上げた小宮は二股《ふたまた》に引返すと翌朝のために次の大石を背負子《しょいこ》にくくりつけてそこに置き、彼は空身《からみ》で宿に引返し、女中のすすめる風呂《ふろ》にも入らず、身体《からだ》を拭《ふ》いただけで床に就いた。

小宮は今迄《いままで》の経験から、重い荷とか苦しい道を続ける場合、呼吸の入れ方が最も重要であることを知っていた。大きな呼吸、つまり休憩時間を長く取ることはかえって身体をなますことになり、一気呵成《かせい》にやっつけて後で充分休養を取るやり方が小宮の今迄の仕方であった。だから彼は風呂に入って筋肉をもむことより、睡眠と食事に重きを置いた。異常に緊張した筋肉に特別の休養を与えると、かえってそこが痛み出すこともよく承知していた。

小宮はゆっくりやれと言い残して帰った石田の言葉を思い浮べ、すぐそれを否定した。少しずつ間を置いて石を運ぶことがかえって身体の消耗を速めて、頂上に着かない間に九月を過ぎるかも知れない。天候を念頭に入れれば、力一杯に張切れる日は幾日もない。思ったより遥《はる》かに大物であっただけに、ゆっくりやることの、精神的な重荷は恐怖さえも感じさせた。小宮は猿倉までの第一日の試験的行動に満足すると、すぐ翌日は次の大物を背負って同じコースをたどり、次の二日間は猿倉と白馬尻《はくばじり》間の二往復を済ませ、更に白馬尻より大雪渓《だいせっけい》の末端まで交互に大物を運び上げて行った。一つの石を頂上まで運び上げて、次の物にかかるより、こうして一歩一歩と責任の区切りを果して行くのは、石に対する小宮の挑戦が二つの大物を揃《そろ》えて頂上に上げる――二つの石が小宮の対象であり、決して一つの石を上げたままで中止しないという意気を示すようなものでもあったが、揃えて上げると決めてかかる精神的な負担は、二重に小宮の気持に響いて、いささかの誇張をもって表現すれば、そこには或《あ》るあせりがはっきり現われていた。

白馬尻を出るともう森林限界に行きつき、高山灌木帯《かんぼくたい》の中に背丈程もあるイタドリが両側に生い茂っていた。小宮は根本に行く程、節と節との間隔がつまったイタドリを見ながら、充分に生長した大きな葉を支える茎の仕掛けは、その丸々と盛り上った節にあると思った。それはちょうど小宮自身の膝関節にも当るように思えた。小宮は第一段落の終了を前にして、明らかに今度の仕事は一世一代の最大難事と考えていた。宿で眠りつくまでの全身の痛み、足の骨の芯《しん》がうずくような痛みを我慢しながら、やがて物足りない、だるい身体のままで朝を迎えると、両足が一まわりも膨れたように思われた。そして立上った時に、がくんと膝関節にこたえる痛みに少なからぬ不安をさえ感じていた。

行きつまった山の平に、勝手放題に延び上っているイタドリの集団が、山の背を吹き下ろす風に一斉《いっせい》に白い葉を見せている。その中によく切れる鎌《かま》を持っておどり込んでやりたい。どうにもならないと決めてかかる自分の乗りかかった船から飛び下りたい気持。――冷やかな風の合間に小宮は気の弱った自分に鞭《むち》をあてるように、よく洗濯した晒木綿《さらし》を巻きつけた下腹に手を当てて、もう一ふんばりしてやがて雪渓に掛ればなんとか前が開けるだろうと、強《し》いて思いこもうとしていた。

両側からなだれ落ちるような急斜面の巌石《がんせき》の裾《すそ》が落ち合う狭間《はざま》に太古からでき上った雪渓は、その角度は二十度から三十度もあろうか。その厚さは誰《だれ》も測り知ることもできない。雪渓がV字型にがっちり岩間に喰い込んだずっと底の方に、夏になると水の音がすると言われる。両方の岩盤からの落石と砂と雪崩《なだれ》とが積み重ねられて、真直《まっす》ぐ二粁《キロ》も流れ落ちる大雪渓の末端に小宮と鹿野は第一段階の仕事を終了した。風景指示盤の用石はすべてそこまで運ばれて、第二の段階、大雪渓、小雪渓、お花畑を越えて葱平《ねぶかだいら》までの最難処に対して、二人は新たな準備を開始した。

雪渓にかかると荷を背負って休む場所がない。立ったまま、背中の荷の下に突っかい棒をかっても、石の重みで、棒は雪にくぐる。スキーのストックを真似《まね》て作った支え棒を使ったにしてさえも、雪渓を背にして不安定のままで呼吸《いき》をつくことはできない。二人は雪渓をジグザグに登るコースを決めて、その角々に雪を掘りかじって休み場所を二十箇所も作り、荷を置いても沈まないように板を用意して敷き、その上に更に雪を一寸も盛って置いた。

一夜明けると雪は落ちついて、試験的にまず鹿野が笠石《かさいし》の一つを背負って出発し、第一の角で手を上げた。小宮はそれを合図に五十貫の臼《うす》のような石を背負って出発した。大町アイゼンは雪によく喰い込んだ。スキーのストックに真似て作った、鍔《つば》付きの杖《つえ》も手応えが充分であった。第二コーナーに着いて太陽が雲海の上に出た。一歩一歩の足の運びが生と死の境界を行くようなものである。一歩滑れば石とともに雪渓を滑り落ちていく。石のために頭を砕かれることも腰をやられることも考えられる。富士山で氷の肌《はだ》を登る時は小宮の手にはピッケルがあった。何かのはずみで滑った時も、彼の経験でがっちりピッケルの歯を立ててブレーキを掛けることに自信があった。が、この雪渓ではピッケルのかわりに鍔の付いた木の杖しかない。ダウンした時恐らく、五十貫の石を十九貫の小宮の重量が支えるわけには行かない。その時は小宮自らが石の下敷になりながら、流れ落ちて行くに間違いない。ジグザグのコースを左手より右に切って登る時は左足は右足より幾分か縮んで、その分だけ右足が延びる。重心は身体の中心より左へ左へと寄せようとする。従って左足から右足に重心を移すときのアイゼンの抜き方がむずかしい。身体がぐらつく。やがてコースが逆になると反対の神経を足に働かせて一歩一歩雪を踏む。待ったなし——それは雪渓に一歩踏み込んだ時に小宮の頭にひらめいた言葉であった。

予定のコーナーまでは如何《いか》なることがあっても歩かねばならない。引返すことは金輪際できないばかりか、立ち止ることもいくらかの危険が決して無いとは、言えない。小宮は今はおとなしい雪渓が季節によっては恐るべき雪崩《なだれ》を起すことを聞いていた。その季節は気まぐれな気象の変化によって如何なる場合でも予告なしに突然やって来ることも知っていた。しかし小宮は、雪崩より恐ろしい岩崩れがあることは、考慮に入れてはいなかった。

日が登ると左手に高く崩れ立つ岩肌にきらきら冷たく光る一面の壁ができて、その陰には未だ夜のような暗さが残る。その光る壁が一面にぼうっと何となく柔らかい雰《ふん》囲気《いき》の中に包まれ出すと、もやもやした温かい空気が岩肌に伝って斜面上昇気流を起す。光の影の方に逆に落ちこむ下降気流がやがて湿気を含んで感じられるようになると、一晩中かちかちに凍っていた雪渓の表面がほんのわずかに緊張を解く。日向《ひなた》の岩壁から小さい石の落ちて来る音が意外に大きな音となって山峡《やまかい》に響き渡って行く。一つ二つ、続いて落ちる小石は雪渓に出ると俄《にわ》かに速度を増してはね返って行く。下から数えて八つ目の角で荷を下ろしている小宮のところへ一つ上の角に荷を置いた鹿野が降りて来た。

「小宮さん、どうも今日はおかしいですぜ」

鹿野は左手の岩壁に絶えず気を配りながら、ぽつりぽつりと石が落ち始めたのは、大きな岩崩れのある前兆ではないかと言った。太陽の光を受けて、岩と岩の間の水分が溶け出し、それに何かのショックがあると急に岩崩れがあるのだと言う。その前兆には必ず、知らせ石が落ちるのだと言う。

「知らせ石ずら、小宮さん。ここで止《や》めてちょっと模様を見た方がいい」

だが小宮には鹿野のそれだけの説明では納得いかなかった。昼までに予定の十番目の角まで行けば、今日中に雪渓を登り切れる。

「もう一登り、なあ鹿野さん、それから……」

小宮は、よいしょっと気合を掛けた。小さい落石はしばらくして止った。と今まで眼《め》の下に平らな頭をしていた雲海の一箇所が何かに突き上げられるように破れると、急に雲の動きがいそがしくなった。山に沿って逼《は》い登ろうとする雲の先端は幾つにも小さい霧の固まりとなって、その一つが雪渓を突切って頂上に消える。今まで音といったら、小さい石ころの一つが雪渓の下に消えるまで聞える程静かだったのに、白馬の頂上から杓子岳《しゃくしだけ》へかけての大きな鞍部《あんぶ》のあたりから鞭《むち》を振るような音が北東に去ると、にわかに雪渓に沿って山雲が風とともに吹き上げて来た。

石槌《いしづち》で何かを割ったような音がした。

ごうっと、ガードの上を電車が走るような音がした。

「石だ。岩崩れだ！　小宮さん逃げろ、小宮さん逃げろ！」

鹿野は運よく右側の角に着くところだった。小宮はちょうど雪渓の中央にかかったところであった。ざっと細かい飛礫《つぶて》が斜め横に雪渓に流れ下って雪渓の中央で方向を真直ぐ下に変え、同時に速度を増す。すぐ後から俵程もあるいくつもの石がどしんどしんとはずみをつけて転がり落ちて来る。鹿野は安全地帯に避けた。だが小宮は最も危険な雪渓の中央に立って、しかも、身体を岩崩れの方向にぴたりと向けて、風を切って落ちて来る石に自分から身体をぶっつけるような形のまま、しっかりと足をかまえていた。

「馬鹿《ばか》、逃げろ、逃げろ！」

鹿野の声が風を切って飛んで来る。小宮はそれには耳もかさずに濛々《もうもう》と立上る土煙りの中にかっと眼を見開いて立ち尽していた。小宮は石だッと鹿野が叫んだ時、すぐことの重要さを察知した。石を避けるために動くことは石よりも危険なことであった。石から逃げようとして雪渓に倒れてみじめな死に方をするよりも、落石に正面衝突した方がましだと思った。その他《ほか》に仕方がないとあきらめて、小さい石には眼もくれず、大石だけに身体をかわすだけの余力を全身に蓄えてきっとかまえていた。

山全体がどうかなるような地鳴りが続いていた。それも時間にすれば短いものだ。

三回の大音響の後、土煙りの静まったあたりにみじめな小宮の死を想像した鹿野は眼を掩《おお》っていた。

小宮は死んでいなかったが、左の脛《すね》に傷を受けていた。ゲートルを破って肉を裂いた石がそこから一つだけ方向を変えて雪渓の外にはみ出て止った。小宮は岩崩れがおさまると、また前のように確実な歩調で登り始めた。しかし裂けた傷口からは噴水のように血が出て止らなかった。数十貫の重量が、その小さい傷口から身体中の血を押し出そうとした。ゲートルから靴《くつ》の上を伝った血は点々と真赤な跡を雪渓に百米《メートル》もつけていった。

「これでまだやる気けえ、小宮さん。そりゃ無理ずらよ」

鹿野が手拭《てぬぐい》で仮に縛ってやった足に再び血のりでべたべたするゲートルを巻くと、小宮はまだ仕事を続けるというのである。

「天気が変らんうちにね」

小宮は足の傷を問題にしていなかった。実際天候は既に変りつつあった。山霧の中に雪渓は包み隠され、それに風さえ出て来たようだ。小宮さん帰ろうと鹿野は声を掛けても小宮は答えなかった。鹿野が帰っても小宮は独りで登る気持は目にありありと浮んでいた。霧のせいか、出血のせいか、岩崩れのせいか、小宮の顔は幾分青ざめていた。ぐっと顎《あご》を引いて、口唇《くちびる》を噛《か》みしめながら雪渓を見詰めている眼だけは血走っていた。鹿野は小宮が異常な決心、いわば死を覚悟した人のように思えて、彼の傍《そば》にいることにぞくぞくする寒ささえ感じながら、それでいて彼から一歩も遠のくことのできない因縁のようなものに引きずられ、とても一人で逃げて帰る勇気は出なかった。

雨は二日続いた。

強い北風が窓を打って冷たい朝が来た。

鹿野が白馬別館を朝の四時に訪ねるともう小宮が出た後だった。女中に聞くと小宮は二日間寝たっきりだったという。廊下の外を通る時、小宮の唸《うな》り声を聞いたと女中は眉《まゆ》をひそめていった。

白馬尻に着いて見上げると小宮はもう雪渓を三分の一も登っていた。

小宮の足は腫《は》れ上っていた。小宮はそれを疲れが足に来たものだと思った。足の骨の髄が痛むような気がした。小宮は、それは石でやられた傷口が化膿《かのう》したのに原因があるのだと解釈した。葱平《ねぶかだいら》のお花畑に置いてある石の傍にこの石を下ろせば第二段階は終る。第二段階というよりも成功の八割は約束される。小宮は時々気の遠くなるように襲ってくる足の痛さに耐えながら、今日の終点お花畑のこと以外は考えまいとして歯を喰いしばった。

午後になると、連日そうであるように、夥《おびただ》しい登山者が傍を通り抜けて登ったり降りたりした。大部分の人が小宮の大力に感心して近寄って声を掛けたが、小宮が返事をしないのを変に思って彼の顔を覗《のぞ》き込み、土色にゆがんだ、死のような苦悶《くもん》の様相を見てとるとおびえるような顔をした。

新聞社から派遣された記者が小宮の写真を撮るためと彼を励ます目的で登って来た。小宮がやっと休み場所に着いて腰を下ろすと、早速近寄った記者の一人が角砂糖の塊を出して小宮の口に入れてやった。小宮は眼をつむってじっとそれを受けたが、すぐ砂のように吐き出して仕舞った。小宮の口の中は一滴の水分もない程乾き切っていた。

小宮はお花畑の中の白い石を夢の中のように眺《なが》めた。肩から頸《くび》にかけての強い圧迫の連続が視力さえただならぬものにしていた。それでも小宮は一歩一歩と近づいて行って、前の石にきちんと並べて背負子を下ろした。

「ううん……」

小宮は背負子を背につけたまま、がくりと首を垂れた。強い花の香りがした。ああ、あの高山植物はまだ採集してなかったんだ。鶴子《つるこ》の大きな眼が小宮の頭に浮んですぐ消えた。

「おい小宮さん、しっかりしろ、おい」

笠石を背負って追い付いた鹿野が小宮の肩を背負子からはずすと、小宮は木の倒れるようにどっと草の中に倒れた。血の気の引いた小宮の顔、急いで心臓に手をやった鹿野は、小宮がまだ大丈夫だと分ると耳元に口をつけて大声で名を呼び続けた。

「畜生め、なんでえ、なんのためにこんな石でこの苦労をするずらか。人間がさ、人がよう……」

鹿野は樽《たる》のようにふくれ上った足にゲートルを巻き、怪我《けが》の手当もろくろくしないで、ただむきになって石と争う小宮の姿こそ清潔な意欲の極致、これこそ強力の魂ではないかと思った。そして、この稀《まれ》に見る、恐らく信州にも、もちろん越中にもないだろう、日本一の強力をむざむざここで死なせたくはないと思った。

小宮はぴくっと身体を痙攣《けいれん》させて、ううんと一唸りすると眼を開いた。

八

二股《ふたまた》から発して白馬山頂に至る道程について白馬岳案内記を見るとこう書いてある。

二股——猿倉《さるくら》間二時間、猿倉——白馬尻《はくばじり》間一時間、白馬尻——雪渓《せっけい》——葱平《ねぶかだいら》間三時間、葱平——国境線間一時間、国境線——頂上間三十分間。

小宮は葱平までの仕事を終って、信越国境線から少し下った鞍部《あんぶ》にある村営小屋に基地を置いて最後の仕事に取掛っていた。

小宮は馬に心臓をふみつぶされた夢を見た。どっと吹き出す黒い血の中に小宮は呻《うめ》き声を上げて眼《め》を覚まし、窓から洩《も》れる冷たい夜光に置物のように寝ている鹿野の顔から重く垂れ下っている低い天井に眼を投げた。屋根にぎっしり並べてある重い石のことを思うと、二度と眠りつけない圧迫が絶えず空間を越えて落ちてくるのを感ずる。小宮には自分の心臓が恐ろしい圧力で脅迫する鼓動の進撃の前に、悲しい反抗の乱調を繰返し、やがて締めつけてくる筋肉の重囲から逃げ場を求めようとして、遂《つい》にはぴたりと活動を停止するその瞬間が墓場のように暗い世界に感じられた。だがすぐ前にもまして速い、痛い程の内部から突き上げてくる尖頭《せんとう》圧力を左胸の表面局部にはっきり感じ出すと、息の乱れまでが異常になった身体《からだ》の証明にも思える。この時ほど小宮は自信を喪失することはない。小宮は黙って胸を開いて、歯を喰いしばって、この苦痛こそは過去の経験に一つもなかった苛《か》酷《こく》な試練だと考えながら闇《やみ》の中にもがいていた。

葱平から信州越中の境界線の尾根に向う時は、尾根だけが小宮の総《すべ》てであり、尾根から北に向きを変え、頂上まで登る稜線《りょうせん》の最後のコース間には、仕事の完成を希望する気持よりも、石から切り離される瞬間の愉悦だけが眼にちらついた。小宮は第一の大物を頂上に下ろした時は解放に対する喜びだけが第二の大物に対する自由の欲求を呼び掛けた。頂上から黒部渓谷を越えて立山、剣《つるぎ》、毛《け》勝《かち》の連峰を見ても何の感興も湧《わ》かなかった。小宮は牛殺しの背負子《しょいこ》を担《かつ》ぐと、右手で心臓を押えながら、熱心に足元だけを見詰めて第二の大物に向って坂を下って行った。

最後の大物を背負って国境線に出て見上げると、白馬山荘が頂上の陰に寄生した何か特異な植物のように、屋根石に不自然な陰影を作って、素直な山の表現に、別な意味では人工の滑稽《こっけい》さを露出した実験物のようにも見える。

小宮は、国境線の岩から背負子を切って立上った。立上った瞬間に、本能的に歩幅と速度と次の休むべき距離を計測する。詳しく言えば呼吸の間隔までが正しい規則でなされるのが小宮の今までの卓越した幾つかの実証を残していた。富士山頂に四十貫のエンジンボディを担ぎ上げたのも、つまり心臓からの信号――正確に送り出す動悸《どうき》の速度と全部の血管を満たしては送り返す力強い轟《とどろ》きに自分の底力を認識し、信号の強度と振幅に反応して、歩幅も歩速も、休憩場所の指定までに及ぶものであった。

ところが、背負子の尻を振った瞬間、小宮の心臓は、通常逓増《ていぞう》的に振幅の拡《ひろ》がる鼓動の信号を発信せず、永久に休めの信号に服従を強制するように一時停止した。くらくらっと頭の芯《しん》に長い槍《やり》の穂先が突き上げて来て、どこかを赤く突き破ったような気がすると、殆《ほとん》ど同時に小宮の心臓はかつてない程の弾力に膨らんで、総ての血を一度に送り出すホースのような太い血管の痙攣《けいれん》が全身にぴりぴりと感じられ、すぐそれはリズムの全く出鱈目《でたらめ》な乱調にがたがた轟きを上げて、シャツを通して表面に現われる波状の振動は人間が思想だけを持って、物理の原則に反抗しようとする機械の一種であることを残酷に証明しているようなものだった。

小宮は重大な感覚におびえた。死というものがいきなり飛び込んで来た局面に、足を張って踏みこたえようとした。丸太のようにはれ上った両足の中心部に押し寄せていく重力は骨の芯に半固体として僅《わず》かの融通を残そうとする髄にまで仮借ない内心圧を加え、びりっとどこかが鳴ったら総てが終りになる瞬前にまで、小宮の背と肩は宿命の石をこたえていた。

小宮は白馬山頂に最後の石を下ろした。待っていた新聞社や公園協会や地元民や登山者があらゆる讃辞を彼に投げても、小宮は絶望の表情で背負子から、肩を抜かずに、眼を閉じていた。土色に皮ばった顔は勝利の色ではなかった。痩《や》せ落ちた頰《ほお》の線から頭にかけて、ぶつぶつ吹き出て凝結している汗の結晶は、敗北に投げかけられた白い砂のようであった。

讃辞が憐愍《れんびん》の色に反省され、泣きそうな程不安にしかめた鹿野の細い眼が小宮の顔を覗《のぞ》き込んだ時、小宮は眼を開いて低い、底から湧いて出るような呻き声を上げた。背負子から肩を抜いて鹿野に支えられて立上った小宮は、背負子に置いていた片方の手を中心にぐるり振り返った。小宮は背負子につけたままの石に手を伸ばすと可愛《かわい》いものを愛撫《あいぶ》するように、すべすべ光った表面を静かに撫《な》でていた。やがて小宮は、一歩下って少し離れたところから、自分の行為を確認しようとでもするように、赤く濁った眼をしばらく向けていたが、自ら頭が重くなって下るような自然さで、その石に首を垂れた。そして小宮はふらふらとよろめいた。鹿野が肩を貸そうとしたが、押しのけるように手を振って、岩壁のそそり立つ出端《でばな》に歩いて行くと、そこで彼は血のように赤い小水をした。

大町の石屋が待っていて、風景指示盤の組立ては二日続けられていた。小宮は岩に腰を掛けて、腕組みをしたままじっとそれを見詰めていた。

それは偉大なものであった。確かに白馬山頂のある部分を一米《メートル》半も高くして、その石の重みがどれだけの圧力を山巓《さんてん》の変貌《へんぼう》に作用するかを気まぐれな学者に計算させようとしたかも知れない。

それは美しいものであった。ぴかぴか磨《みが》いた花崗《かこう》岩に彫刻した地形の指標に夥《おびただ》しい人が触れて、それよりも、無放図に蚕食する風化作用に何時《いつ》までその形を保てるかという女学生の感傷が考えさせることがあるかも知れない。寄贈した新聞社の名前が大きく刻み込まれたあたりに単純に感激の印象を残す登山者もあるかも知れない。だが、その石を持ち上げた小宮が、その輝かしい最後に、少しも嬉《うれ》しそうな顔をしないで、無表情な顔で風に打たれていたとは殆ど知る人がないに違いない。

除幕式の幕が風にばたばたと鳴り、伝書鳩《でんしょばと》が下降気流に追い越されて麓《ふもと》の森林へ真逆さまに落ち込んで行くのを小宮は呆然《ぼうぜん》と眺《なが》めていた。一旦《いったん》沈んだ鳩の一羽が雪渓の末端のあたりから、うまく気流の渦《うず》から離脱して、大きな円を描きながら、地形性気流の複雑さから充分な距離を取ると、やがて一途に方向を南西に向けて白い矢のように去って行く後を指して小宮は言った。

「ほらね、鹿野さん。ちゃんと鳩は富士山の方へ帰っていくよ」

午後になって、谷間に押しつけられるように、平らにされた雲の不断の緩流が狭間《はざま》に白い手を伸ばして、或《あ》る一定の条件の高さに煙霧とも雲とも言えないもやもやした、微粒子の層をはびこらせて、総てをあいまいに公平に掩《おお》っていたが、ずっと遠くに、甚《はなは》だしく高貴に見える富士山だけは、それより高いところにはっきりと浮いていた。

「ああ見えるよ、よく見えるよ」

鹿野は富士山を頂点として、小宮と鋭角に組合せていた視線を、徐々に解きながら、ずらしていって、げっそりやつれた小宮の頬に止めた。生気を失った横顔に西日を受けて小宮の表情の陰影が深い隈《くま》を作っていた。

樽《たる》のように太った足を開いて、半ば背をちぢこめるようにしながら、ようやく上半身をこたえている小宮の体軀《たいく》の容易ならざる態勢や、離れていてもよく分る呼吸《いき》づかいの不調、そしてあきらめに似た小宮の笑いの中に、通り過ぎる死の影を発見して、鹿野は慄然《りつぜん》とした。

すべて、なし遂げられた今となっては、小宮が一日も早く足柄村《あしがらむら》へ帰りつくことこそ、生涯《しょうがい》をこめて、白馬の絶頂に残した石の存在意義を発見できる時にちがいない。山巓を吹走する風がぴたりと息をついた。富士山に固着して動かない小宮の眼差《まなざ》しの中にこの時こそはっきりと、ついぞ見たことのない、溢《あふ》れるばかりの郷愁の色が浮んでいた。

この小説の主人公は当時富士山観測所（後富士山測候所と改名）の強力をしていた小見山正君をモデルとして書いたものである。作中の風景指示盤は白馬岳山頂に現存する。

八甲田山

一

八甲田山に月が懸っていた。

月の光りは疎林《そりん》の影を長く雪の上に引いて、沢から吹き上げてくる風が、時々飛雪のベールを作って、視界をさえ切っても、隊伍《たいご》を崩すまいと、必死に歩いてくる兵隊達《たち》の顔が、どうやら判別できるほどの明るさだった。

今成大尉《いまなりたいい》は部隊に小休止を命じて、地図を開いてマッチをすった。歩いて来た道から判断して、地点は馬立場《うまたてば》であることは疑いなかった。マッチ数本が燃え切るまでの短い小休止の時間にも、兵隊達は雪の上に坐《すわ》り込んでいた。今成大尉はずっと遅れているソリ隊の事が心配になった。宿営地の田代《たしろ》部落まであと四粁《キロ》、なんとしてもそこまでは行かねばならない。

今成大尉は、第二小隊と第三小隊をソリ隊の救援に後戻《あともど》りさせる命令と同時に、十五名の宿営地設営隊を一足先きに田代部落に向けて出発させた。

(将兵等《ら》は疲労しきっている。だがこの雪明りがある限り道を迷うことはない)

今成大尉は、この行軍がまず八分通り成功したものと思っていた。

ソリ隊が本隊に合流し、いよいよ鳴沢《なるさわ》の渓谷《けいこく》に向ってくだり始めると、雪の様相は一変した。雪の深さは胸まであって、歩くというよりも、雪の中を立ったまま泳ぐと形容するか、もがくといった方があたっていた。ソリは雪にもぐって、もはや、ソリの役はしていなかった。ソリに乗せて来た荷物は兵隊達の背に負うより方法がなかった。下り坂は急峻《きゆうしゆん》であって、疲労した兵達が荷を背負ったまま、雪の中にすべり込むと、引き起すのが大変だった。

今成大尉は常に部隊の先頭に立って、先発させた十五名の、ラッセルの跡を、丹念に求めていった。時間はかかるだろうが、下り坂を降り切ると、後は小さい起伏をいくつか越えて、数軒ではあるが、人が住んでいる田代部落に到着できる筈《はず》である。その時間を一粁一時間と見ても、到着するのは夜の八時か九時であろうと予測した。

今成大尉は、時折り立止っては耳を澄ませた。先発させた設営隊に喇叭《ラツパ》卒を一名加えておいて、設営の位置を報ずることにしていたから、そろそろそのラッパが聞える筈だと考えていた。

月が雲にかくれると同時に風が出た。それほど強い風ではないが、寒風は身にしみて痛かったし、困ったことは、先行の足跡をかくしてしまうことだった。暗黒の中に、今成大尉は前方に点在する疎林の梢《こずえ》に鳴る音を、恐ろしいものに聞いた。後尾からざわめきが起って来た。口から口へ伝言が伝えられ、それが今成大尉に達した時、彼はこの大隊の行末に重大な蹉跌《さてつ》が起ったことを知った。

「そんなことがあるものか、先発隊は三時間前に出発している筈ではないか」

彼は先発した設営隊が、本隊の後尾に何故《なぜ》合致したか未《いま》だに分らなかった。先発した設営隊は鳴沢を下った所で道に迷って、大きく環状彷徨《リングワンデリンク》をしたあげく、本隊の後尾に会ったのだということが分った時、今成大尉の顔には、かくす事のできない憂色が浮んでいた。大尉は大隊長の山田少佐にそうなった理由を説明して、もはや、田代へ強行することの不可能を進言した。

ちょっとした窪地《くぼち》であった。大隊全軍はここに集結して点呼が取られた。二百十名全員無事であった。

「各小隊は、速かに露営の準備にかかれ」

命令が五つの小隊に伝えられたが、すぐそれに応じて起るはずの活発な号令や兵の動きもなかった。兵はそれほどに疲れ果てていた。

青森歩兵第五聯隊《れんたい》、第二大隊二百十名が、青森を出発して、八甲田山を越えて三本木平野に達する雪中行軍を開始したのは、明治三十五年一月二十三日の午前六時であった。

一行はカンジキ隊を先頭に、ソリ隊を後尾として、二列側面縦隊で第一日目は五里を歩いて田代部落に達し、第二日目は田代、鱒沢《ますざわ》の四里、第三日目は鱒沢、三本木間の三里を踏破して、

(八戸《はちのへ》平野に侵入する敵に対し、田代街道を三本木に進出する)

という、行軍の想定目標を実行するためであった。

想定であるから、勿論《もちろん》敵はいなかった。銃を持った敵はいなかったが、雪と寒冷の敵は、大隊が出発してから四時間たって、第一の難所である小峠にかかった時から、この大隊に抵抗を始めた。ソリ隊は雪に難渋し、幾度か人員の交替をして、峠を越えたが、第二の敵は大峠に待ち受けていた。寒気であった。十二時に大休止をして昼食を取ったが、携帯した米飯は砂利のように凍っていて、兵達の咽喉《のど》には通らなかった。一人二片ずつの餅《もち》でさえも石のように固くて歯が立たなかったし、水筒の麦湯は凍結していた。兵達は、やがて第一日目の目的地田代に達すれば、其処《そこ》には人家もあり、出湯《いでゆ》さえあることを知らされていたから、そこまではと、空腹を押して、雪の中を強行したのであった。

田代を、推定一里の前において、吹雪の中に露営しなければならなくなった兵達は、甚《はなは》だしく士気を沮喪《そそう》し、上官の命令があっても、あのきびきびしたいつもの調子で返事はできなかった。

各小隊はスコップを振《ふる》って穴を掘った。掘っても、掘っても土は見えなかった。七尺あまり掘って、やっと凍土に達するのを見て、そこに二升だきの銅の平釜《ひらがま》をすえ、木炭をおこして、すいさんにかかったが、炭火がおこると、雪の壕《ごう》は暖気に崩れ落ちて、火を消した。苦心の末半煮えの飯が一人あたり飯盒《はんごう》の蓋《ふた》に一つあたりと、凍った餅と缶詰《かんづめ》が渡されたのは夜半の一時を過ぎていた。酒も一人あたり一合が配給されたが、飯盒の中ぶたに入れて雪の上に置くと、眼《め》の前で凍って行った。酒の凍るところから見て、温度は零下二十度以下に近い寒さであろう。疲労のため空腹である筈の兵が、渡された食物を食べる者が少なかった。

「食べないと、凍え死ぬぞ」

小隊長、分隊長の兵隊達を叱《しか》りつける声が、壕の中に響き渡ったが、そう云《い》っている上官達にも、凍った餅や、缶詰の肉をかじるだけの元気の者は少なかった。一小隊の兵をあたためるには、木炭はあまりに少量だった。やがて炭火が消えると、雪の洞《どう》窟《くつ》の中には、おそるべき寒気がやって来た。それにも増して、激しい睡魔が大隊全部を襲って来たのである。

「眠るな、軍歌をうたえ」

その命令も効果はなかった。兵達は寄り集まって、首を垂れていた。

今成大尉は、彼の誤算の第一歩に強く責任を感じていた。彼は五日前に一中隊を編成して、青森と小峠までの往復によって、この雪中行軍の予備調査をやっていた。この行軍の作戦は、すべて今成大尉の進言によってなされたものであった。今成大尉の調査には、背丈を没する程の雪の深さもなかったし、雪中野営についてはもっと安易に考えていた。思いがけない、こうした自然の伏兵が、第一日目の夜に蜂起《ほうき》するとは夢にも思っていなかった。

大尉は各小隊を巡視して廻《まわ》った。兵隊達はほとんど食べずに、眠ることにだけ身を投げ出そうとしていた。

「何故食べんのか」

大尉は防寒外套《がいとう》を頭からすっぽりかぶって、股倉《またぐら》へ首を突込んで眠っている一人の兵士をゆすぶって起した。その兵士は中隊長の姿を認めると、反射的に起《た》ち上って、敬礼した。食べろと云われても、彼にはその意味がよくのみこめなかった。兵士はそのまま、くずれる様に雪の上に坐ってしまった。

「食べるんだ」

大尉は餅の一片を取ると、兵士の口へ持って行った。すると兵士は餅に向って、大きな口をあけて咬《か》みついた。歯が大尉の指を咬んだ。暗くて、兵士の顔も、階級もさだかではないが、指に受けた痛みとともに、事態が容易でないことを痛感した。

「小隊長、小隊長はいないか」

彼は、そこにうずくまっている兵隊達に呼びかけた。答えはなかった。大尉は次の雪の壕に火を見て、近づいて行った。その壕だけがまだ炭火が消えずに残っていた。屈強な下士が火を守って、弱り果てた兵士を雪の上を引摺《ひきず》って来ては、火に当らせたり、餅を焼いて食べさせたり、炭火にかけた飯盒の湯を飲ませたりしていた。

「大尉殿、餅が焼けています」

下士の階級は伍長であった。彼は炭火で焼けた餅の一つを大尉に差出した。大尉はこの大きな身体《からだ》をした顔の赤い下士に名前を尋ねた。江藤伍長と答えた。

「江藤は炭焼をやっておりました」

下士はそんな自己紹介まで大尉にするだけの余裕を持ち合わせていた。大尉は江藤伍長を通して、まだ大隊に残っている余力を感じながら、焼けた餅を口にした。

二

二日目の朝は吹雪とともに明けた。きびしい寒さであった。大隊は三本木平野に進撃する目標を捨てて、即時退却帰営することに命令が改められた。兵隊達《たち》は軍行李《こうり》を背負って、前日たどって来た道を引返すことになった。吹雪のため、一夜のうちに足跡が消えていた。斥候を出して帰路を探したが、一面に白い雪原の疎林には、一つの手掛りも見出《みいだ》されなかった。今成大尉《たいい》は各小隊中から、この附近の地勢に明るい者を探した。

加島特務曹長他《そうちょうほか》、数名が進んで先頭に立って道案内をすることを申し出た。特務曹長は、夏の間にこの峠を三度通ったことがあった。先頭は加島特務曹長がつとめることに決ったのは、彼が他よりも先任の下士であると云《い》う理由と、その経験度数が多いからであった。大隊は雪の中を動き出した。動けば、動くほど、雪は深みを増していった。一時間、五百米《メートル》を前進するのがせい一杯だった。川の流れに出合った大隊は、始めて、その道が迷っているのではないかと疑いを持った。

第二日目の朝のこの彷徨《ほうこう》こそ、この大隊の敗北の最大原因であった。吹雪と疲労に困憊《こんぱい》した挙句の果、そこには川が横たわっていた。

大尉は渓流《けいりゅう》を前にしてためらった。その流れは澄んで音を立てていた。越えるか越えないかの境目が、大隊の運命を決するように思われた。大尉は先任将校としての決断の前に、ぐらつく気持を落着けようとした。

「いかなる時も、軍の行動は敏速なるを要す」

彼は心にその声を聞いた。それに応《こた》えるように加島特務曹長が叫んだ。

「中隊長殿、道に間違いはありません。この渓流を渡ると、馬立場の西斜面に出る筈《はず》であります」

加島特務曹長は自ら氷垂《つらら》の底に流れる川に足を入れた。渓流を渡ると、そこに絶壁があった。絶壁を苦心して大きく巻くと、そこには滔々《とうとう》と音を立てて流れる川があった。

この川が駒込川《こまごめがわ》の上流であることに気がついた大隊が、再び昨夜の露営地に引返しにかかった時は正午を過ぎていた。全軍の歩速が急に落ちた。大隊全部が藁靴《わらぐつ》を穿《は》いていたから、渓流を渡って濡《ぬ》れた足が、凍傷にかかったのだった。隊伍《たいご》はばらばらになって、もはや命令は効かなかった。行李を背負ったまま、雪の中に倒れ伏した兵は呼べども起き上らなかった。眉《まゆ》が凍結して、眼《め》をふさいだまま、無意識に動いているという状態だった。

兵隊達にとって、最大の負担は銃であった。彼等《かれら》は、どんなことがあっても、銃を捨てるべきでないと考えていたから、銃を担《にな》うことにのみ懸命であった。彼等が凍えた手から銃を雪の中に落すと、銃は深いところへ沈んでいった。兵はそれを求めて、自らの身体《からだ》を雪の中に沈めて再び起き上ろうとはしなかった。

寒気と疲労と空腹の敵が、これほど猛烈に部隊を攻撃して、これほど簡単に生命を落していく兵隊達に、大尉はなすべき術《すべ》がなかった。一人の兵が、銃を捨て背嚢《はいのう》を擲《な》げうち、上衣《うわぎ》をはぎ取って、雪の中に坐《すわ》ったままげらげら笑い出したのを見た大尉は、足のすくむほどの恐怖を覚えた。青森を出発して三十時間で、このような発狂者の出る程の負担を強請した指揮者の自分が、雪という敵に対して余りにも作戦が疎漏《そろう》であったことに深い責任を感じた。

互に肩を擁して進む兵は生きていた。隊から遅れるものは例外なく、吹雪の集中攻撃に眼を打たれて失明し、ひと言も云わずに、敵の白いこまかい微粒子の弾丸を被《かぶ》って息がたえていった。

午後四時になって、朝出発した露営地に引返した時には、五十名は既に雪の中に見捨てられていた。

木炭もなかったし、あっても火をおこす元気のあるものは一人もいなかった。兵隊達は本能的に身を寄せ集めて、昏睡《こんすい》に落ちていった。

三日目の朝が来た。今成大尉の号令で、雪に埋れた集団が揺れ動いて、雪の中から、一人二人と兵達が立上った。一分隊全員が雪を被ったまま動かないものもあった。小高い、雪の墓場と化した兵達の永遠の眠りの塚《つか》の上には、この日も執拗《しつよう》な雪が降り積っていた。一夜にして三十名が凍死し、五十名は凍傷を受けて歩行困難な状態になっていた。

加島特務曹長唯《ただ》一人が隊から離れて、立木を背に、雪に半分埋れたまま眠っていた。苦悶《くもん》の跡も、焦燥のかげもなく、蠟《ろう》のように固い白い顔を粉雪の撫《な》でるにまかしていた。息をしていない証拠に、口髯《くちひげ》には一片のつららも附着していなかった。吹雪は彼の周囲で渦《うず》を巻きながら彼の死体と立木を柱とする、立派な円錐状《えんすいじょう》の墓場を形成していった。

大隊長の山田少佐が人事不省になったのはこの頃《ころ》であった。今成大尉ほか二名の将校を残して、指揮系統は壊滅に瀕《ひん》していた。部隊はそこに止《とどま》って救援を待つということに意見の一致を見た時、風は収まって、僅《わず》かながら陽《ひ》がさした。百年も見たことのない陽光のようであった。兵達の顔に喜色が浮んだ。

江藤伍長は、彼だけが特別な身体の持主のごとく、未《いま》だに赤い顔をして働いていた。伍長は、前日の渓流渡河で藁靴を水につけると、すぐ彼の分隊の兵に命じて、藁靴を脱がせ、乾いた靴下に穿き替えるように命じていた。彼の命令どおりに従う元気のある兵だけは、今尚《いまなお》彼と共に生きていた。

伍長は炭焼きの経験から、雪に対しての常識を豊富に持っていた。彼は配給された餅《もち》を少しずつ食べることは忘れないでいたし、雪の吹き溜《だま》りをたくみに除《よ》ける歩行方法も、入隊前の彼の経験によるものだった。彼は雪の深さを予測するのに、雪面から露出する、木の幹や、藪《やぶ》の形状によって判断した。雪面上に枯れた藪草が見えない場所は、少なくとも雪は六尺以上であった。雪の上に露出する木の幹の太さによって、たとえ、雪面が、凍ったように見えても、それは表面だけで、こんなところ程、身を没する、敵の穽穴《おとしあな》があることを本能的にわきまえていた。ばらばらになった大隊の後尾から、伍長の率いる分隊はこうして従《つ》いて来たのである。

江藤伍長は死者の背嚢を集めて、火をつけた。焚火《たきび》はとても五十名を蘇生《そせい》するだけのものではなかったが、大隊長の山田少佐の意識を返すには効果があった。生きるにも、死につくにも、厳しい軍隊の序列があった。焚火の近くには将校、その背後には下士官、上等兵、一等卒、二等卒と、生きるための暖気は、階級とともに遠のいていった。この大隊の生還者のうちに、参加人員の比率からいって、最も生還者の多い筈の二等卒が一名も含まれてなかったのも、この間の事情を明らかにしている。

焚火が消えた。と同時に、

「救援隊、発見……」

と円陣の外で叫んだ者がいた。円陣の囲みが解かれて、全員、その叫び声を上げた二等卒の指す方向を見た。確かに彼等は見た。背の高い将校を先頭として、一小隊ばかりの隊列が雪を踏んで進んで来るのである。今成大尉はすぐ喇叭《ラッパ》卒に青森第五聯隊《れんたい》第二大隊の記号ラッパを命じた。静かな雪原に喨々《りょうりょう》とラッパは鳴り轟《とどろ》いた。

(救援隊が来た)

兵隊達は抱き合って喜んだ。生き残りの将校は、防寒外套の掩《おお》いをはねて、救援隊の動向を刮目《かつもく》した。一時人事不省に落ち入っていた山田少佐も、大隊長としての責任上、下士官に補佐されて立上って、救援隊を迎えようとした。

それまで雪の切れ目から弱い光を投げていた太陽がかくれた。すると、どうだろう、二列縦隊で近づきつつあった救援隊の姿は、突然吹き消すように消えていた。後には、前方の雪稜《せつりょう》に点在する疎林《そりん》だけしかなかった。

冷たい風が全員の頬《ほお》を打った。それを合図に再び吹雪が、生き残りの部隊をめがけて攻撃を開始していた。

江藤伍長は、大隊全部が見たものは、何であるかを知っていた。救援隊が見えたと叫んだ二等卒の声に、伍長の見たものは唯の立木であった。そして喇叭卒のラッパは、口に当てただけで、スーとも音は発せられなかった。江藤伍長は自分ひとりを除いて、大隊長以下五十名が狐《きつね》にばかされているのだと知った。彼が入営前、しばしば古老から聞いたことが、眼の前で演ぜられているのに慄然《りつぜん》とした。

(大隊長までが)

彼は神様に近い権力を持っている上官が、狐にばかされたことに不服であったし、失望した。この現象が、集団幻視と幻聴という追いつめられた瞬間に起きる心理現象だということは彼には納得できなかった。

「大尉殿……」

伍長は今成大尉の前に進みでて云った。

「江藤伍長を斥候に出して下さい。必ず帰路を探し出してまいります」

集団幻視と幻聴の後に襲って来た吹雪に、もはやどうにもしようがないほどに追いつめられていた大尉は、伍長の顔に動く必死の願いに、はっとしたように顔を上げた。

(この男を道案内にしたら、或《あるい》は帰路を見出せるかも知れない)

彼の濁り切った頭の中にそんな気がした。鳴沢の凹地《くぼち》から二日間一歩も出られない、指揮者としての自分がみじめであった。

伍長は吹雪をついて、たった一人で雪の中に踏みこんでいった。誰《だれ》も江藤伍長に頼ってはいなかった。伍長も、他の幾人かの斥候と同じように、再び帰って来ない人だと誰もが考えていた。

この日一月二十五日の天候を、当時の気象記録より調べると、青森測候所では、午後二時の気温は零下八度、北西風二米が吹いていた。

青森の一月における平均最低気温が零下六度六であり、同じ一月における平均最高気温が〇・六度であるところから推定すると、午後二時の気温が零下八度というのは異常過ぎる程の寒冷な気塊が、この附近を掩っていたことがわかる。

異常寒冷は既に青森歩兵第五聯隊第二大隊が出発した、一月二十三日にその徴候を現わし始めていた。北海道に根を据《す》えた高気圧は、何故《なぜ》かその移動を止めていた。高気圧の停滞に伴う輻射《ふくしゃ》の原因による急速な温度低下は、二十三日頃よりその速度を早め、一月二十五日には北海道旭川《あさひかわ》において、零下四十一度という、日本における最低気温の記録を作ったのである。気象台八十年の歴史を持った今日において、今尚この記録を打破るだけの寒冷は見ない。恐るべき酷寒の記録である。

この悲劇の大隊は、出発前日まで続いていた、好天気、それは取りもなおさず、高気圧の蟠踞《ばんきょ》とともに発達しつつあった寒冷気塊の推移と歩調を合わせて雪の中に歩を進め、最低気温の極値が出た二十五日には、略《ほぼ》その兵員の大部分を失っていた。

明治三十五年一月三十日の大阪朝日新聞は行軍隊兵凍死後報として、

「……凍死は蓋《けだし》古今未曾有《みぞう》の惨状なり、其《その》原因は一泊行軍の目的なるを以《もっ》て、糧食の準備足らず、暖を取るの燃料に乏しかりしと云うも、亦《また》一は当時異常の酷寒と大雪に襲われしに因《よ》るものの如《ごと》し……」

と報じている。

行軍隊凍死の歴史的事実と、異常寒冷の物理的記録は、こうして半世紀前に、偶然に歩調を合わせて起ったのであった。

青森地方はこの冷たい気塊の周辺にあって、高気圧から吹き出す風とともに、連日の雪をともなっていたが、二十五日の午後になって、高気圧の勢力が青森地方一帯を掩うに及んで、一時的ではあったが、雪はやんで日を見たのであった。

江藤伍長はこのチャンスを利用して、雪の中を高い方へ高い方へと登っていった。彼はやっとのことで、小高い高地に立った。その瞬間、視界がはれて、青森港が光って見えた。伍長は眼をこらして地形を観望した。桜木森山のピークがそう遠くない距離に見えている。右側を見ると、そこには駒込川の深い渓谷が黒々とのびていた。

馬立場はそこから二百米の前方にあった。木の幹に縛りつけたまま、風雪に変色した縄《なわ》があった。この縄に彼は見覚えがあった。第一日目に大休止した時に確めたものであった。

「帰路が分りました」

伍長が今成大尉に報告したのはその後一時間は経《た》っていた。木の幹に古縄を発見したという伍長の報告に、大隊首脳部はその真実性をみとめた。帰路が判明しても、動けば動くだけ損害が多くなるから、部隊はここに止って救援隊を待つべきだという意見があったが、今成大尉は動かなくとも死、動いても死ぬなら、一歩でも救援隊に近づくべきだという説を曲げなかった。

陽は西に傾きだし、一時意識をよみがえらせた山田大隊長も再び昏睡におち入っていった。

三

馬立場《うまたてば》に四日目の朝を迎えた時、人員は二十数名に減っていた。かろうじて息をしているというだけで、ほとんどが常識を失った集団であった。号令もないし、敬礼も秩序もなかったが江藤伍長《ごちょう》が動き出すと、無意識に人の群れは、その後にしたがった。歩くことが、死からのがれることであり、帰営する唯一《ゆいいつ》の手段であると、本能が命じているようであった。兵は銃を捨てていたし、将校は剣を失っていた。もう此処《ここ》には軍隊の姿はなく、人間の生きようとする力だけが、余燼《よじん》をくすぶらせているだけであった。

江藤伍長だけは、未《いま》だに眼《め》も見えたし、頭脳も働いていたが、彼は空腹と疲労の為《ため》に、しばしば雪の中に倒れ込んで、しばらくはそのまま仮眠した。彼が止ると彼に続く部隊が止った。立上った時にだけ、彼は眼を見張っては帰路の方向を探した。吹雪はずっと、おさまって来てはいたが、天候が恢復《かいふく》したとまではいかなかった。伍長は右側の駒込川《こまごめがわ》の渓谷《けいこく》に踏みこむことだけをたえず警戒していた。それ以外は考えずに、時折、吹雪の切れ間に見える桉木森山を前方右手の目標にして、非常に遅い速度であったが、略《ほぼ》、正しい帰路を歩みつづけていた。隊列は彼を先頭に、長く延びていった。延びた末尾で、次々と兵が死んでいった。

時間の感覚が全くなかった。救助隊のことだけが頭の隅《すみ》にあって、立木を見るたびに、救助隊ではないかと眼を見張った。

（俺《おれ》も狐《きつね》にばかされているかも知れない）

伍長はそんなことを考えたりした。彼は時折り振り返ってみた。彼の後に人は従《つ》いている。このみじめな敗北の行列を率いていく自分が、おそらくは大隊一の勇士であることの証明に、彼と数歩をへだてて、今成大尉《たいい》が追従していた。伍長は半分は眠りながら歩いていた。歩いているつもりで、いつか彼は雪に倒れ込んだまま眠り込んでいた。なにかが彼の上に重くのしかかって、彼の呼吸を止めようとした。彼は雪の中でもがいて、やっとその重圧から離脱した。よくみると、彼の後から来た今成大尉が、彼の上に倒れかかったのだった。

「大尉殿、すぐそこが田茂木野部落です」

江藤伍長は、大尉の身体《からだ》をゆすぶって云《い》った。

「なに、田茂木野部落だと」

大尉はうつろな眼を開いて、伍長の顔をみた。

「江藤伍長は斥候となり、速かに田茂木野部落におもむき……」

大尉は小さい声だったが、割合いとはっきり、彼に命令を伝えようとした。もう眼は開けられなかったが、なにか、必死に伍長に向って云おうとしているようであった。

伍長は大尉をしきりにゆすぶって、それを聞き取ろうとした。大尉の口元が動いた。

「野火で山は真赤だ……」

伍長には大尉の臨終の言葉がそう聞えた。それは軍人としてではなく、普通人の言葉としても、この場合には妙であった。大尉の死は、伍長になんの感傷も起こさせなかった。一人がそこに動かなくなったということ以外はなにも考えなかった。

伍長は歩いて、眠って、起きて、また歩いた。夜と昼がその間に何度も来たような気がした。そして長い時間に、伍長の魂はずっと遠いところを散歩していたようだった。桜の下で歌を唱《うた》ったり、故郷で幼な友達と喧嘩《けんか》をしたり、恋人と愛をささやいたり、赤い囲炉裏のほとりで、舌のこげる様な味噌汁《みそしる》をすすったりした。たえず彼の耳元で、ひそかに囁《ささや》く者が居た。この声だけが、伍長にはひどく邪魔だった。それが、知っている人のようだったが、どうしても思い出せなかった。

(そうだ狐だな)

彼は、自分の背によりかかって、話をしかける狐を何度も振り落そうと試みたが、狐は、彼の肩にしがみついて離れようとはしなかった。

(いうことを聞いて肩から降りろ、そうしたら、油揚げをくれてやる)

狐に云って聞かせるのだが、狐はせせら笑って、囁きをやめなかった。

(どうやら狐は二匹に増えたらしい)

伍長は両肩の狐の重みにたえかねて、よろめいた。倒れても、狐は彼から離れなかった。それなら、ついて来るがいい、伍長は狐にそういっておいて、狐を振り落すうまい手段を考えついた。

(走るんだ、そうすれば狐は肩から落ちる)

伍長はその計画を実行した。すると、今度は彼の両足に新しい二匹の狐がくらいついて来た。もうどうにも動きが取れなかった。

(本当のことを云え、お前達《たち》は何を俺に求めているのだ)

伍長は大声で狐を怒鳴りつけた時、前額部に痛烈な打撃を受けた。

(打ったな、俺を狐と間違えて鉄砲で打ったな)

伍長は正気に返った。雪原の中にひとりで立っていた。前に一本の立木があった。それに頭を打ちつけたのだった。朝のようだった。光りが右手からさしていた。生きていた事が不思議であった。

「狐の奴《やつ》、逃げたな」

伍長はつぶやいて、前方をみた。そこには別の狐の集団がいた。まぎれもない人間の姿をした狐の一隊がこちらに向って、やって来るのであった。

(とても狐からは逃げることはできない)

伍長は、最後の努力をその両眼にこめて、近づいて来る兵隊の姿をした狐の群を凝視した。視力がかすんでいった。彼の耳に囁く狐の声が遠のいて、人の声がそれに替って来た。

明治三十五年一月二十七日の朝、眼を見開いたまま雪の中に直立不動の姿で、失神している江藤伍長は、救助隊によって発見された。場所は大峠に近い大滝平の青岩附近であった。急報は田茂木野に達し、そこから青森の聯隊《れんたい》に報ぜられ、救助隊が続々と繰り出された。弘前《ひろさき》歩兵第三十一聯隊よりも応援を得て、人員累計千数百名で捜査に当ったが、救助された者は僅《わず》かに十一名、大隊長山田少佐、今成大尉を含めて残る百九十九名の生命は、ことごとく雪の下に眠っていた。

凍傷

一

強力《ごうりき》の鶴吉《つるきち》は立上った姿勢のままで、もう一度強力達《たち》の身ごしらえに鋭い眼《め》を配った。

「治三郎、おめえの足袋《たび》、すこしきつかあねえか。足袋がきついと、足の指がしもげるからな」

鶴吉は治三郎の足もとに荷を背負ったままかがみ込んで、草鞋《わらじ》を穿《は》いた治三郎の足指の先を押してみた。

「これじゃいけねえ、もっとゆるい足袋でなきゃあ」

出かけようとした一行はまたあがりがまちに腰掛けて、宿の主人の与平次が持って来た大きな足袋と穿きかえている治三郎の足元を見ていた。鶴吉が自分の背負い袋から、真綿を出して、治三郎の指の先に巻いてやった。

気象台の佐藤順一技師を先頭に、筒井技手、続いて三人の強力は予定より三十分遅れて与平次の家を出た。明治四十年一月二十五日。朝が来るにはまだ間のある時間だった。風はなかったが、切れるような寒さの中に、星がきらめいていた。

「では……」

佐藤は与平次に頭巾《ずきん》を被《かぶ》ったまま軽く一礼した。

「気をつけて、くれぐれも無理をしねえで下せいよ」

与平次の声は低かったが、静まり返った闇《やみ》の中に、よくとおる声だった。

二丁も行って本道へ出る角で佐藤が、振返ると、まだ与平次の提灯《ちょうちん》が赤く見えていた。

寒いのか、眠いのか、それとも前途にひかえた目的が大き過ぎるのか、誰《だれ》も口を利《き》くものはいなかった。

馬返しにかかるころから、夜が明け始めた。強力の背負った荷の上にくくりつけてある草鞋の輪郭が白さを増して、やがてはっきりその束が見えるようになった。御殿場、玉穂村の畑中《はたなか》を三時半に出発してから、二時間というもの、凍《い》てついた道を黙って歩き続ける間中、がさっがさっと強力の背中で妙な音を立てていたのは、草鞋の束と背負い袋の擦れる音だった。強力は三人とも十足ずつ、佐藤と筒井が五足ずつ草鞋を背負っていた。

太い赤松の混った雑木林を抜けると、急に道の勾配《こうばい》が増し、朝靄《あさもや》を通して、太郎坊の小屋が見えた。

一合目で、夜は全く明け離れた。出発以来五人にまつわりついて離れなかった、冷たい薄い霧は、足元から消え始めて、突然眼の前に、巨大な白い富士山の全貌《ぜんぼう》が浮んだ。全天を一面に薄い雲が掩《おお》っていた。そのせいか、きらきら輝く、朝日のまぶしさもなく、ごく自然に明けてゆく落着きの中に、すべての景色は、まだ眠っているように静かだった。

佐藤と筒井は温度計を取り出して、すぐ、観測に掛った。零下五度であった。空が高曇りであったことは佐藤に、同じぐらいの大きさで、喜びと不安を与えた。もし晴天だったら、午後になって出る風のために、一行は非常な困難に遭遇しなければならない。曇天ならば、その状態が、そのまま続く限りは、風の出方は少ないが、もし気象の変化が急であって、今、全天を掩っている高層雲が、厚みを増し、やがて下層雲が頂上を取巻いてしまったら、一行五人は吹雪のとりことなって、動きが取れなくなる。どっちみち、高曇りは、天気のくずれる前兆であるが、一行が頂上をきわめる予定の二日間、まだそのままで、続いてくれればよいと思った。鶴吉は治三郎と、為次郎の世話を焼いていた。

「ほんなに、入れちゃ、足がほてって、けえってよくねえな」

鶴吉は足袋の中にいれるとうがらしの粉の扱い方を教えていた。鶴吉はその時、四十九歳であった。明治二十八年、野中 到《いたる》夫妻の冬期富士山頂滞在の折、野中夫人を背負い下ろした豪の者であった。御殿場には鶴吉をおいては、冬期登山の強力を指揮する者はいなかった。鶴吉を強力の先達に選び、それに配するのに、御殿場の強力の中で、力倆《りきりょう》の勝れた治三郎と為次郎を当てたのは、佐藤に対する野中到の好意であった。

「鶴吉さん、今日はいい天気だね。うまくいくと今日一日で頂上までいけるかも知れないと佐藤は言おうとしたが、うまくいくと、……」

言葉をつつしんだ。三十五歳の佐藤は、六尺の体軀《たいく》に溢《あふ》れるほどの力が漲《みなぎ》っていた。彼は初めての富士山雪中登山が、大して苦労もなく、良い方へ向っていることに喜びと、自信を感じていた。十二年前の野中到の壮途以来、手をつけかけた難事業が、彼によって、開かれつつあることが、むしろ意外でもあった。しかし彼の前に、なお高く雪に光っている頂上に隠されている自然の暴力が、どんな形で降って来るかには要心をしていた。いかなることがあっても、できないことはないと思った。一生の仕事として頂上に永年観測所を建てることは、自分以外には誰にもできない仕事のように考えて見たりした。

冬期富士山頂に登ったものは、それまで数える程しかいなかった。しかも明治二十八年野中到夫妻の壮挙以来、十二年間は、一人として冬期富士山頂をきわめたものはいなかった。冬期の富士山頂登山は明らかに危険この上もない暴挙であると分ってからは、物好きで、登ろうとする者はいなかった。これは、野中夫妻の冬期富士山頂滞在の事実が大きな刺激を世人に与え過ぎたからかも知れない。野中夫妻の壮挙は当時、相ついでなされた福島少佐のシベリヤ横断、郡司《ぐんじ》大尉《たいい》の千島探検とともに、三大冒険として扱われていた。石塚正治の戯曲「野中到」落合直文の「高嶺《たかね》の花雲」伊井蓉峰《ようほう》の市村座の上演、野中千代子夫人の「芙蓉《ふよう》の記」「芙蓉和歌集」等が、相ついで世に出て、野中夫妻は、英雄として、まつり上げられたまま十二年が過ぎていた。しかし、野中夫妻の、劇的事実よりも、気象観測の記録そのものを何よりも貴重のものとして、取扱っている学者の一群があった。その中に一人だけ、違った立場から、高山気象観測に対し、本気になって、取り組もうとする人があった。それから三十年後に、ついに富士山頂に、永年気象観測所を作る端緒を作った山階宮菊磨王《やましなのみやきくまろおう》がその人であった。明治二十七年ドイツのキール海軍大学を卒業して帰朝した山階宮菊磨王は、野中到の富士山頂冬期気象観測について、香川家令をやって、その記録を調査させた。それ以来、明治四十一年に三十六歳の若さで、死ぬまでの山階宮の高山気象観測に関する熱意は、異常に強いものであった。山階宮は気象台長の中村博士に、高山気象観測についての答申を求めた。中村台長は明治三十四年三月十五日、答申書として、第一に常陸《ひたち》国筑波山《つくばさん》を上げ、高層気象の研究に当てるに適当と認むと意見書及び、設備概算書を揃《そろ》えて提出した。かくして一切の費用を山階宮の出資により、筑波山観測所は日本における初めての高山観測所として設立された。

明治三十四年十月、佐藤順一は初代の筑波山観測所長に選ばれて赴任する途中、九段の山階宮邸に行って初めて山階宮に面接した。

「私の終局の目的は富士山頂に永年観測所を作ることにあるのだが、まだその機にはいたらないようだから、まず筑波山をやって見ようと思う……」

佐藤はその言葉を迂遠《うえん》のもののように聞いていた。野中到が既にやったことだから、自分にまかせれば、立派に冬期の富士山観測所の創設はできるものだと、考えていた。全国の観測所長の中から、選ばれて、はるばる上京して与えられた筑波山観測所長は二十九歳の佐藤にはいささか荷が軽いように思われた。彼はそれ以来、殆《ほとん》ど毎年の夏、富士山を訪れて、いつかは建設すべき観測所についての構想をめぐらしていた。彼は野中の経験に基づき、夏期に観測所を設立して、食糧、燃料を運んで置いて、冬期の気象観測を試みることを中村台長に進言し、山階宮にも話してみたが、人命の危険と莫大《ばくだい》な費用との二つの点で、実行計画は毎年立てられるだけで、無為に終っていた。富士山頂に観測所を設けなければならないことを主張する学者の中に田中館愛橘《たなかだてあいきつ》博士がいた。博士は佐藤の持論に対して、

「迷信を実力で打破するんだね……」

と言った。冬期富士山はもとより、滞頂が人力では非常に困難であることの証明が、野中によってなされ、それが迷信化されつつあることについて、博士は言ったのだった。

田中館博士の言う迷信を打破するため、佐藤が、冬期富士登山を決心したのは明治三十九年の夏からであった。野中が、御殿場において、強力その他の準備を引き受け、田中館博士が、登山具について、種々必要な実験をしてこれに協力した。すべての準備が終って、東京を出発したのが、三日前の明治四十年一月二十二日のことであった。

二合目で草鞋にカンジキをつけた。野中が発明した十字形の鉄板の先を曲げて歯を立てたものであった。野中の経験から、紐《ひも》のつけ根の構造をぐっと内側に曲げて、草鞋を抱くようにしたのが、効果的であった。雪の面が固く、カンジキの歯がよく立った。

「夏山より、楽じゃねえか」

為次郎が言ったのに対して、

「今に見ていろ、おまけが来るで……」

鶴吉は二人の若い強力の歩速が早過ぎるのを常に警戒しているようであった。昼食は五合目の石室《いしむろ》の前でした。田中館博士が設計したコッフェル（恐らく日本で最初に登山に使用されたものであったろう）で、湯を沸かした。治三郎が、下界の方へ向いて小用をしようとした。

「野中さんが、望遠鏡で見ているぞ」

筒井が言うと、治三郎ははっとしたように、周囲を見廻《みまわ》した。野中夫妻は玉穂村の自宅の庭に据《す》えた望遠鏡で一行の動静を一日中見守ることになっていた。十二年前の苦難の後の身体《からだ》が今なお恢復《かいふく》せず、一行を眼鏡の底で追わなければならない野中の心境を思って佐藤はほろりとした。

空は相変らず灰色に曇っていた。だが、太郎坊で見た時よりも雲の厚さは増していた。じっと見ていると、はりつめた層雲の下を筋ばった雲が静かではあるが、東に移動しているのが見えた。天候は悪化しつつあると見た佐藤は、鶴吉に五合目の石室の口を掘り開けるように言った。雪と氷とで閉ざされた石室を開けるのは、容易のことではなかったが、そこをベースキャンプとして、一気に頂上を目ざして登ることには誰も文句は言わなかった。強力はそこで、荷を半分にした。五合を出発したのは午後の一時を過ぎていた。鶴吉の言ったとおり、七合目から、がらりと山の様子は変った。どこかにひそんでいたような突風が突然ぱっと起って、五人を攻めた。鶴吉はそれに対する防禦《ぼうぎょ》の姿勢を見事に取って見せた。身体を低くして持っていた登山杖《とざんづえ》の先を雪に喰い込ませて風の息をうかがうのである。登山杖は、現在使われているピッケルとは大分違っていて、いわば、鳶口《とびぐち》に近いものだったが、身をささえるには充分であった。八合にかかる頃《ころ》から、砂まじりの雪煙りを混えた突風が五人を襲った。治三郎が八合三勺《じゃく》で滑った。幸いすぐ下に岩があったから、怪我《けが》はなかったが、二人の強力にとって初めての経験であるこの冬山特有の突風には、ひどく神経を労した。それが身体の疲労になって九合目に掛るころは、突風が吹き過ぎて次の風までの息の間を利用して、つつつつと前進する鶴吉の後にはとても従《つ》いていけそうもなかった。九合五勺で二人は岩の間に風をさけたまま、再び前進することが、困難なほど疲れ切ってしまった。佐藤は二人の強力に五合目に引返して夜の用意をして、三人を待つように命じた。二人は青ざめた顔を見合せて黙っていた。二人には、佐藤の眼より、鶴吉の眼の方がおそろしかった。

「先生の言うようにしたらいいずら」

鶴吉は怒ったように言った。佐藤は二人に背負わせた荷が重すぎることを今更後悔したが、もうどうすることもできなかった。

鶴吉を先頭に、佐藤と筒井が頂上の東賽河原《ひがしさいのかわら》に立った時は既に夕暮が迫っていた。重い雲の下が切れて、はい出すように落陽が山頂を照らしていた。全体が紫色がかった濃い煙霧の中に、剣ケ峰の線だけが一瞬白く輝いた。芦《あし》の湖《こ》と山中湖が二つ、曲玉《まがたま》のように見えていた。大日岳《だいにちだけ》からそう遠くないところの空白に、何か凝りかたまろうとする光の影があった。影のかたまりはやがてはっきりした富士山の形を示した。影富士であった。恐るべきその大きな影と美しさに佐藤は何度も唾《つば》をのみ込んだ。影富士は一瞬に起きてすぐ消えた。野中が、滞頂中観測したことのあるその神秘的な光学現象に、しばらく打たれていた佐藤は、すぐそれが、天候の急変する前兆であると語った野中のことを思い出した。

佐藤と筒井は温度を観測した。零下十五度を示していた。佐藤は温度計を片づけながら筒井に言った。

「百年に一度の好天気に恵まれたんだ」

足場の氷が、そうしている間に、どんどん固さを増して行くようだった。噴火口のあたりから、轟音《ごうおん》が聞えた。それを合図に今まで静かだった山頂は一変した。殆ど連続した南東の強風が吹き始めた。鶴吉の不安な眼《め》が佐藤を見上げていた。名強力、鶴吉の不安な眼はそのまま冬期における富士山の変貌に対する代表されたおそれでもあった。一瞬にして生と死をきめる風の呼吸でもあり、昼と夜の温度の差に対する恐怖でもあった。佐藤は鶴吉の眼に正直に従いながらも、容易でない山との戦いに対して、生涯《しょうがい》をこめても突き通す自分の気持を伝えてやれないのが残念だった。

二

佐藤は中村気象台長に報告を終った足で、九段の坂を上って行った。靖国《やすくに》神社の前を、右に廻《まわ》った、今の白百合《しらゆり》女学校の前のあたりに山階宮《やましなのみや》の広い邸宅があった。夜の十二時を過ぎていた。遅くなっても来るようにとの電話があったから、来てみたものの、さすがに耳に痛い程大きく轟《とどろ》く門の砂利を踏むと、気おくれがした。足音を聞いて門が開いて、守衛が顔を出した。邸内は赤々と電灯がともっていた。田頭家従《かじゅう》が、玄関に出て彼を迎えた。佐藤は田頭家従が調達してくれた厚いミノ紙と西の内紙を張り合せた間に真綿を入れた防寒チョッキが風を防ぐのに非常に役立ったことの礼を言った。

山階宮は書見間で佐藤を待っていた。大きな四角のテーブルが赤い絨毯《じゅうたん》を敷きつめた広い間の中央に据《す》えられ、その上に新しい器械が置いてあった。山階宮はその器械の分解をしているところであった。

「とうとうやりましたね」

山階宮は器械から手を離さずそう言った。佐藤は手帳を取り出して、出発以来のことを細かに報告した。頂上について温度を観測したあたりまで話が進んだころ、器械の組立てが終った。道具を取り片づけると、山階宮は佐藤と正対して、椅子《いす》に腰かけて、きちんと両膝《りょうひざ》をそろえ、その上に手を置いてからは、佐藤の顔をじっと見詰めたまま、ぴくりとも身ゆるぎをしなかった。佐藤はすべての報告が終ってから、

「冬期富士山に未経験な私でさえ、たった一日で頂上へ着くことができました。天候に恵まれたことも幸いであったかも知れませんが、ひと月の間に一度か二度はあのような機会がきっとあると思います。ですから、頂上に観測所がありさえすれば、観測員が一カ月に一度交替勤務することは、まず、そう困難ではないと思います……」

そう言いながら、佐藤は、頂上に立った時、同行の筒井に、百年に一度の天候に恵まれたんだと言ったことをふと思い出した。

「登りは簡単だったが、下りは簡単ではなかったでしょう。もし五合の小屋を開けて置かなかったら、大変なことになったでしょうね」

山階宮は静かに言った。佐藤は、中村台長と全く同じことを言う人だと思った。確かにそうだった。五合目の小屋に二人を先に行かせて夜の準備がしてなかったら、夜になって荒れ出したあの吹雪の中に三人はどうなったか分りはしなかった。

「一度では駄目《だめ》でしょうね。もっと安全に確実に上り下りができるようにすべてを準備しないと」

一重まぶたの山階宮の眼は、やわらかく、佐藤を包むように向けられていた。だが、何かものを言い出すと、濃い眉毛《まゆげ》と口髯《くちひげ》、それにきっとしまった口唇《くちびる》のあたりに強い意志が現われて、近づこうとする佐藤に反撥《はんぱつ》を与えた。山階宮は佐藤が、二月にもう一度登山するということに対して、首を横に振った。長い沈黙が続いた。

「すべり止めの灰はどうでした」

山階宮は話のすじを変えた。佐藤はそれを言うのを忘れていた。八合目か九合目でつるつるの油氷に出会った時は灰をまいて登ろうと、多量の背負っていった灰が、全然役に立たなかった話をして、二人は声を上げて笑った。

「あせらない方がいいですね。筑波山《つくばさん》観測所が始められて、六年たったばかりじゃないか、筑波山を十年やったら、そろそろ富士山に取り掛る、そのつもりで……来年の冬も、登って見ることにしたら……」

佐藤はそれ以上言う必要はなかった。中村台長といい、山階宮といい、何故《なぜ》こうも冬の富士山を恐れるのか、彼にはじれったくてしようがなかった。

山階宮の前にある器械はフランスから輸入したばかりのリシャールの自記風速計であった。山階宮が気象学に興味を持ったのは五年間のドイツ留学中にずっと下宿したエレルスタップ理学博士の影響が大きかった。彼は多くの気象学の文献を日本に持ってきたばかりでなく、気象器械をも持参して来た。帰朝して二年もすると、広い邸内は立派な観測所となった。庭には広い露場ができて、百葉箱《ひゃくようそう》が据えられ、屋上には九段の坂の中途から見えるような高いやぐらが組まれて、それに風速計と、風向計が取り付けられ、撞球《どうきゅう》場は地震計室と変り、物置きが、工作工場に作りかえられていた。

山階宮は筑波山観測所で正規観測が始められてから、月に一度か二度は佐藤を自邸に呼んで、気象について話すことを楽しみにしていた。佐藤との年齢にあまり相違がないことと、佐藤の思ったことをずけずけ言ってのける図太い神経と、率直さの中に、彼を通じて、当時の皇族が踏み込むことのできない自由の世界に近づこうとしているようだった。

佐藤が、明治四十年の一月、富士登山に成功してから、山階宮は、はやる佐藤にブレーキをかけながらも、実際は富士山頂に永年観測所を建てることについての実行に乗り出そうとしていた。富士山麓《さんろく》にいる野中到を中心とした富士観象会に香川家令をやって相当な金額の寄付をしたのもその現われだったが、佐藤をその夏に登山させて、冬期の準備について調査報告させたのも、四十年の佐藤の成功に続いて、四十一年の冬には頂上に二、三日の滞在観測をさせるつもりだった。

年が変って、明治四十一年一月佐藤技師は再び冬期登山をするために御殿場を訪れた。頂上に三日か四日間滞在する計画だった。天候が定まるのを待って、出発しようと決心した夜、中央気象台から、山階宮が急病だから、帰るようにとの電報を受け取った。風邪がもとで、肺炎を起したのだった。一時危《あや》ぶまれた病状も三月に入って小康をみた。この頃《ころ》から、山階宮は佐藤に手伝わせて、前から書きかけになっていたドイツ気象学会に出す論文に手を加え始めた。筑波山の気象記録をもとにした、風の垂直分布に関するものであった。医師の忠告もなかなか聞かなかった。熱っぽい眼の中にその論文を書き上げるまでは後にひかない意志が現われていた。論文がドイツに送られたのは、三月の終りであった。四月に入って、山階宮邸の庭に大きな鯉《こい》のぼりの竿《さお》が立てられた。端午の節句の前を利用して、鯉のかわりに、自記温度計が吊《つ》り上げられていた。気温の垂直分布を観測するためのものであった。山階宮は縁側に出された寝椅子の上から、家令の引く綱の先に吊り下げられて、徐々に上へ揚がって行く器械を異常に執着を帯びた眼で見つめていた。

四月二十五日の朝、佐藤は山階宮の病勢悪化を聞いて、上京した。

「……二十五、六、七日の如《ごと》き既に天気図を御覧ぜらるる御力さえもあらせられず、両名の侍女左右より御捧《ささ》げ御覧に入れたり、二十八日にいたり、病勢にわかに進み、同日の天気図出来《しゅったい》するの前、昏睡《こんすい》に陥らせられたり」

佐藤は当時の模様をこう書いている。山階宮の霊柩《れいきゅう》の中には、その日の天気図が納められた。明治四十一年は、日本気象学会にとって、大きな黒枠《くろわく》が二重にかかった年であった。山階宮が五月二日に、そして、十月三十日、日本気象学会会頭榎本武揚《えのもとたけあき》が世を去った。

富士山頂に永年気象観測所を設立する強大な推進力であった山階宮の死とともに、富士山頂に設立する観測所の夢は、そのまま、佐藤順一に引継がれた。

三

富士山頂に、永年気象観測所を設立する計画は、山階宮《やましなのみや》の急逝《きゅうせい》によって、頓挫《とんざ》した。山階宮が莫大《ばくだい》な私費を投じて作り上げた筑波山《つくばさん》観測所は、施設の一切を上げて、明治四十二年に山階宮家から、中央気象台に寄付された。

佐藤は、そのまま筑波山の測候所長として、止《とど》まりながら、高山気象の記録を学会に紹介し、あくまで、筑波山測候所が、富士山測候所の前提として、設立された以上、早急に富士山に観測所を作るべきことを力説した。しかし、皇族という後楯《うしろだて》においては、文部省も大蔵省も、その尊厳のもとに、恭順の態度で予算を考えていたものの、巨星が地に落ちると、急にこの問題に対しては、冷淡になっていった。気象台の首脳部さえ佐藤技師の説く、高層気象観測の重要性については、認識をしていたものの、国内における気象網の充実の方に重きを置いて、ややもすると、佐藤を一種の一言居《いちげんこ》士《じ》として扱うむきもあるようだった。佐藤が時勢のおもむくままに、機会主義にのって、自説を改めたならば、もっとよい観測所長の口が待っており、ずっと高い地位も約束されただろうにかかわらず、彼は筑波天狗《てんぐ》のあだなを心よく頂戴《ちょうだい》して、孤峰の所長を辞そうとせず、更に二十年の長きにわたって、筑波山の所長として、止まるかたわら、夏になると、必ず富士山頂を訪れては、気象観測を実施して、いつかは、きっとこの場所へ筑波山測候所以上の国の観測所を建ててみせるぞと、意気込んでいた。

大正九年の春、佐藤技師にサガレン亜港の気象観測所長の辞令が下った。このシベリヤの僻地《へきち》の気象観測所長に、何故《なぜ》佐藤が選ばれたか、理由は分らないが、既に四十九歳となっている彼に対する任務地としては、いささか苛酷《かこく》であったようにも思える。しかし、今まで何度となくうまい測候所長の口があっても拒みつづけて来た佐藤は、二つ返事で、サガレンへ行くことを承知して、二十年ぶりで、筑波山を降りた。彼が、自ら好んで極地におもむこうとしたのは、一つには、彼の体内で燃えている、寒冷の極地の気象を測ろうとする思想の、形を変えた表現であった。富士山頂は日本における極地であり、サガレンは、当時として、日本の持っていた測候所の極地であった。彼はサガレンに行くことによって、一つの大きな目的、彼のでき得る範囲において、寒冷の極における観測を試みたかった。こうして彼は、長い間の自説がむくいられない、わずかのなぐさめを求めつつ、海を渡って行った。

佐藤はシベリヤで四年間を送った。ただ広漠《こうばく》とした感じが残るだけで、思い出として彼に与えるものは、春のない、冬と夏との境目に咲く、可憐《かれん》な花の色ぐらいのものであった。佐藤は膝《ひざ》まで届く、フェルトの長靴《ながぐつ》をはいて、さらさらとした砂のような氷原に立って、零下数十度の温度を観測した。大陸の気象は峻烈《しゅんれつ》であったが、変化は緩慢であった。そこに得られたものは、大きく平均された大気の動きの下層であって、それは地上の測候所のどこでも得られる、型にはまった周期の繰返しでしかなかった。佐藤はその低い温度を観測しながら、富士山頂を思った。同じ値が、富士山頂で観測された場合、その変化の割合から、そのまま地表面に起り得る気象の変化を予想させる、高層気象の特徴がしきりに恋しかった。いくら地上に観測所を設けても、上空の気象の分らないかぎりは、気象学の発達はむずかしいことであると、彼が、三十年間叫び続けていたことを、実行に移す手段はもうないものであろうかと思った。

佐藤はサガレンに来て、筑波山を捨てたことを後悔した。生涯《しょうがい》をかけた富士山観測所の開設への郷愁が、日本を離れて、更に強く彼の胸に燃えた。そんな時、彼にすべてを任せきっていた山階宮の細い眼《め》が浮び上って、富士山はまだかと、彼を責めていた。皇族と一平民の関係ではあったが、同じように富士山に着目して、しばらくは並んで歩んだ道のりも、一合目で、山階宮は他界の人となり、自分はそこで冬眠していたような気がしてならなかった。努力が足りないのだと思った。人を動かす努力に無《む》駄《だ》があったような気がした。彼は、キラキラ光る氷霧の中に立って、努力の一つぶを無駄にしてはならない時期に、四年間という年を過したことに痛く自分がせめられた。

大正十三年七月、佐藤は中央気象台に勤務を命ぜられて、日本に帰ると、すぐ富士山をめざして出発した。

四

大正十三年の夏は暑かった。

連日の好天気に恵まれた富士山頂は、四つの登山口から、おしかけた登山者で賑《にぎ》わっていた。吉田口登山道を登りつめたあたりから、大日岳《だいにちだけ》に向う道の両側に低い軒をつらねている石室《いしむろ》の前には、鉢巻《はちまき》をした番頭が例年のように、あやしげな甘酒をしつっこく客にすすめていた。金明水《きんめいすい》では、ただの雪溶け水を神霊水と称して、一びん二十銭で売っているし、金明水から、噴火口を越えて反対側の浅間《せんげん》神社の前には、お札と印を貰《もら》うために登山者が疲れ切った顔で、白木の金剛杖《こんごうづえ》にすがって番を待っていた。

佐藤技師は、そうした夏山の混雑から逃れるように、北廻《まわ》りの道を、白山岳、剣ヶ峰、三島岳と大きく迂回《うかい》して、銀明水のたるみを越えると、東賽河原《ひがしさいのかわら》の平坦地《へいたんち》に杖をとめた。三十年このかたずっと変ったことのない赤い砂礫《されき》と、黒い岩が平凡な色調でさらけ出されている中に混って、一人ではちょっと動かせそうもない程の紡錘型をした赤い火山弾があった。佐藤は杖の先でその火山弾を叩《たた》きながら、手に伝わってくる反響にひたっていた。

「気象台の佐藤先生じゃあねえずらか」

不意に声を掛けられて振返ると、そこには鶴吉《つるきち》が立っていた。

「あ、鶴さんか、しばらくだったなあ」

佐藤は帽子を取って、額の汗をふいた。

「この四、五年、先生の姿が、お山に見えねえと思ったが、聞けばシベリヤへ行っておいでだって……御無事でお帰りで……なにけえ、また、観測所を作る話でも持ち上ったのかね」

鶴吉は、髪は真白だったが、六十七歳とは見えない頑健《がんけん》な身体《からだ》つきをしていた。

「観測所?……いやなに、四年ぶりで、日本に帰ると、急にこの山の空気を吸ってみたくなってね」

「なんだそうけえ、俺《おれ》はまた、気象台がいよいよ観測所を建てるっちゅうことに決ったかと思ったに、なんだね佐藤先生、近頃《ちかごろ》は夏でも、気象台じゃ観測に来ねえようだし、もう富士山に観測所を建てることあ、あきらめたずらか」

佐藤は返事につまった。鶴吉の言葉は直接自分に向けられた皮肉とも受け取れた。生涯を賭《か》けて打ち込んだ仕事が、何一つ結論らしいものを得ず、年とともに老い込んでいく自分の姿が、みじめなものに見えてならなかった。佐藤は、ずっと前、富士山観測所設立予定地として、目的に置いた火山弾に杖を立てたまま、だまって鶴吉の顔を見ていた。富士山頂観測所設立の予算要求は何回出しても通らない。もうそのことは、あきる程言いつくしている。またかと相手にされない所まで来ていた。国の予算によらないとすれば、まず、私立観測所を建てて、それによって、気象観測の実績を上げ、これを国家施設に発展させるより手段がない……山階宮《やましなのみや》の顔が浮んだ。一重まぶたの眼《め》、きりっとしまった口元、静かなものの言い方の中に急所をついてくる澄んだ声調、赤い絨毯《じゅうたん》をしきつめた書見間で、膝《ひざ》に手を置いて、じっと見詰めているまなざし……あきらめたずらか、という鶴吉の一言はそのまま、山階宮が生きていたら、言いそうなことだった。

佐藤は自分がやろうとすることが容易でないことをはっきり知っていた。考えようによっては、三十年前よりもむずかしいことかも知れない。けれども、晩年を賭けてもう一度試みてみることが決して無駄《むだ》ではないと思われた。

佐藤は東京に帰ると、富士山頂観測所設立の運動を民間人を相手に始めた。筑波天《つくばてん》狗《ぐ》が、また富士山を持ち出したかと、一部の者は冷笑を持って迎え、心ある者は、国が認識しないかぎり、この方法より手はあるまいと、陰から佐藤を援助したが、すべてそれらが、公式でないから、彼の行動は冷たく批判される方が多かった。そして、彼はまた孤独な、年老いた天狗として、ひとりで歩かねばならなくなった。心よく出資しようと言うものは現われなかった。年を越えて大正十五年、山階宮菊麿王《きくまろおう》の後を継いだ武彦王《たけひこおう》の推薦によって、意外なところから、有力な援助が現われた。実業家の鈴木靖二であった。鈴木の財力から見れば、金を出すことは無理ではないかも知れないが、彼の事業と何のつながりのないところに、ぽんと私財を投げ出す気前のよさに佐藤は薄気味の悪いものさえ感じたくらいだった。

「愉快じゃないか、僕の金で、富士山のてっぺんに観測所ができるってことは……だが私はまだ一度も富士山に登ったことがないんだ、はは……」

鈴木はそういって、轟《とどろ》くような笑い声を上げた。鈴木靖二が中央気象台長に富士山頂観測所設立に対する援助を正式に申し入れたのは、大正十五年八月であった。

佐藤は既に五十五歳であった。鈴木靖二の寄付によって観測所が建設されれば、後は若い観測員によって、観測所は維持できるものと考えていた。しかしこの計画に対して意外なところから、反対の火の手が上った。浅間神社を至上のものと考えている信者の一部であった。信者は観測所そのものの設立よりも、鈴木靖二が、観測所をだしに使って、神社よりも高いところにホテルを経営するのではないかという疑念を持った。佐藤は大宮から御殿場、吉田と有力者の間を歩き廻って、このことが杞憂《きゆう》であることを力説した。

大正十五年の夏のことであった。佐藤は観測所設立の予定地として選んだ、東賽河原に百葉箱《ひゃくようそう》を置いて予備観測を始めた。或《あ》る朝六時の観測に佐藤が外に出ると、百葉箱の前に年取った行者が、筵《むしろ》を敷いて、静坐《せいざ》していた。行者は両掌《りょうて》を胸のところに組んで、瞑目《めいもく》したまま、二日二晩をそのままでいた。三日目の朝、佐藤が観測に来ると、行者は若い三人の行者に助けられて、立上ろうとしているところだった。老行者は左右から助けられて、三歩も歩くと突然咽喉《のど》から血の出るような奇声を上げて倒れてしまった。浅間神社の前の石室で意識を取り戻《もど》した行者は、神意は観測所設立に反対しないということを付近の者に告げると、再び昏睡《こんすい》に陥っていった。

その行者が富士講のどの団体に属している先達か分らなかったが、そんなことがあってから、信者達《たち》の反対は朝日の中に霧散する霧のようになくなっていった。昭和二年八月、ついに東賽河原に観測所ができ上った。測風塔のやぐらに登ると噴火口の底までよく見えていた。

五

私設観測所ができ上り、年号が昭和に変ると、ぼつぼつ第二極年観測についての問題が外国の学術雑誌に見られるようになった。極年観測とは、五十年に一度世界各国が極地や高層の気象を協同観測する国際的行事であった。第一回目の、一八八二年から数えてちょうど五十年目が昭和七年に当る訳である。日本では第一に富士山頂の通年観測が考えられたが、極年観測に参加するとすれば、一カ年の連続観測が必要であった。それには鈴木の寄付した観測所の規模では不充分であった。

佐藤は私設観測所を国の観測所まで発展させる前提として、冬期滞頂観測に身をもって当ることに決心した。およそ、彼の年齢からして不可能と人が笑うようなことであったが、彼は中央気象台長の岡田博士を熱心に説き伏せると、すぐ実行に取り掛った。第一に彼のしなければならないことは、野中を助けた熊吉《くまきち》、鶴吉《つるきち》のような強力《ごうりき》を探し出すことであった。鶴吉は既に年を取り過ぎていた。佐藤が鶴吉をおとずれて、この計画を話すと、鶴吉は佐藤の五十六歳という年齢をかえり見ずに冬の山へ登るこ

とに不審を抱いて、

「気象台には若え人《わけ》はいねえのか」

と言った。佐藤があくまで自分がやるのだと言い張るのを聞いて、

「佐藤さん、気だけじゃ山へ登れねえ」

と言いながらも、鶴吉は、佐藤に梶《かじ》房吉と長田輝雄《おさだてるお》を紹介した。梶房吉は五尺三寸、十五貫、男としては小柄《こがら》な、およそ強力とは縁の遠い身体《からだ》つきをしていながら、太郎坊と頂上との間を五時間で往復する足の早さには吉田口、須走《すばしり》口、大宮口、御殿場口を通じて、彼の右に出るものはいなかった。足だけでなく、荷もよく背負った。その短軀《たんく》が見えなくなる程の荷を背負っても呼吸を乱さなかった。縮れっ毛の頭髪と、茶色の眼《め》が佐藤をじっと見詰める時、ふと、サガレンにいた時、こんな眼付をした現地人に遭ったような気がした。長田輝雄もどちらかと言えば、小柄な男であった。肩幅が広く、首が太くて、足の早さは梶に及ばなかったが、力量においては、長田の方が勝っていた。佐藤が長田こそ稀《まれ》に見る名強力だと感じたのは、彼がかつぐ荷の重量でなく、休みっぷりであった。長田は荷を背負ったままでも、一度腰を下ろすと、そこが岩の上であろうが、雪の上であろうが、すぐ眠ることができた。本当に眠ったら危険であるが、そういう危険に対しての神経は起きていて、他の部分は、三分でも、五

分でも休んだままの姿勢で眠るらしく、誰《だれ》かが声を掛けると、「ハイッ」と途方もない大きな返事をして眼を覚ますのだった。この特殊な休憩法は彼以外誰も真似《まね》ることができない芸当であった。ずっと後のことであったが、観測所の交替員の一行とともに九合目あたりで、風の静まるのを待つために、ピッケルを氷壁に打ち込んで、身を伏せたまま三点確保の姿勢で十分か十五分風の止《や》むのを待っていたことがあったが、この時もピッケルを握ったまま眠っていた。出発する時になっても、彼が起きないので、誰かが肩を叩《たた》くと、眼を覚まして、眠っていた言いわけに、俳句を考えていたのだと言う、なんという俳句かと訊《き》くと「氷壁を走る風音聞きながら」と咄嗟《とっさ》に言ってのけた。長田はこんなひょうきんなところのある男で、強力の仲間からは一種の豪傑的存在として見られていた。

昭和二年十二月、佐藤は長田を案内人として、三人の若手の気象台員をつれて、御殿場を出発した。明治四十年以来、二十一年ぶりの冬期登山であった。

一行が、三合五勺《しゃく》を通過する頃《ころ》になると、宝永山を横に巻いて次から次と現われる背の高いつむじ風は雪を空高く巻き上げながら、移動して来ては、一行の進路をはばんでいた。佐藤は決して、無理をするなと言った岡田台長の言葉を引用して、前進を希望する一行をおしなだめて、四合目に仮泊することを全員に言い渡した。だが佐藤が鳶口《とびぐち》を上げて小屋の入口を掘り出しに掛っても、長田が手伝う他《ほか》は、誰も手を出そうとせず、雪煙りの上っている山肌《やまはだ》を見上げていた。若い三人は飽くまで前進を主張して、一人が独断で踏み出すともう止めようがなかった。佐藤は引かれるように後に従わねばならなかった。風は、雪に砂をまじえて吹き下ろして来ては眼を襲った。眼をつむって這《は》ったまま前進するために、登山道から外れて、宝永山寄りに向っていこうとする。それを注意しようとして背を高くした長田が、荷を背負ったままざっと滑った。長田はすぐ起き上って、佐藤を追越して前に出ようとした。長田までが何かに憑《つ》かれているようだった。佐藤は長田の背負子《しょいこ》の尻《しり》をきゅっと握っていった。

「荷をここに下ろして、みんなに四合目に引返すように言って来てくれ、言うことを聞かないものは引きずり下ろしてくるんだ」

長田はちょっと不服そうな顔をしたが、お前までが、俺《おれ》の言うことを聞かないのかというように睨《にら》まれると、やっと案内人としての自分を悟ったように、頷《うなず》いて、背負子から肩を抜いた。前に行った三人は五合目の手前でばらばらになったまま雪の上に伏せていた。砂と氷つぶに眼をやられて、長田が佐藤の言葉を伝えるまでもなく、前進は不可能なところに来ていた。

富士山観測所は俺達《おれたち》若い者でやって見せるという、すさまじい意気込みと、失敗して帰る不名誉は負いたくないと三人の気持は佐藤によく分っていたが、長田の背負子の尻をとらえながら、吹雪の中に見たのは三人の気象観測者の姿ではなく、吶喊《とっかん》して行く兵士の姿であった。佐藤は、あの白く果てしがないサガレンの氷原にラッパを先頭にして進んでいったまま、凍傷のために全滅した大隊のことを思い出して、ぞっとした。前進だけしか知らない若い人達《たち》にこの仕事を任せるには大きな不安があった。やっと緒についた富士山観測所の仕事が、初っぱなで人命になにかがあったら、金輪際国家施設としての観測所設立はむずかしいことだと思われる。もし自分が、不幸に遭ったとしたら、五十六歳という年のせいに世の中では見てくれるだろう——佐藤は白い雪の焔《ほのお》の舌先を見ながら、自分のすべきことをはっきり知った。

吹雪は山全体を掩《おお》いつつあった。にわかに周囲が暗くなって来たようにも思われる。懐中時計を出して見ると既に四時を指していた。佐藤は時計のガラスについた雪片を見てはっとした。つぶされてすっかり形の変っている飛雪の雪片に混って、降り出したばかりの正しい六方華の結晶があった。いつの間にか天気は急変していた。今は四人を収容して、一刻も早く太郎坊に避難することが先決問題であった。

六

昭和五年の正月を迎えて三日目だった。ルックザックを背負った佐藤は通りに出る曲り角で、ちょっと止って、門の外で見送っている妻のとも子にやわらかい視線を送った。とも子は夫が見えなくなっても、しばらくはじっとそのまま門松と並んで立っていた。追羽根をつく音に交って、若い娘達の声が静かな正月の空気を震わせている。

「おや、あなた……」

とも子は低い声で言った。消えたばかりの夫の姿が同じ垣根《かきね》の傍《そば》から現われて、歩いてくるのである。出て行った時と同じような、ゆっくりした歩調で近づいて来ると、

「誕生日は二月の何日だったかな……」

「誕生日?」

とも子は聞きかえして、すぐそれが孫の誕生日だったことに気がついた。

「七日ですよ。なぜ……」

「なに、ちょっと、どわすれしたからさ」

佐藤はそのままくるっととも子に背を向けると、前と同じようなゆっくりした歩調

で歩いて行った。夫の姿が見えなくなると、とも子は何か、どんと胸を突かれたような衝撃を感じた。走って行って、引留めないといけない、理由のないそんな気持が、何度も何度も突き上げてくるのを、じっとこらえているのがたまらなく苦痛であった。結婚して以来一度もこんな気持に襲われたことはなかった。今まで何度となく、富士山へ登る時も、サガレンへ行った四年間も、夫に対する安全に対しては自信があった。それが、どうして急に……とも子は前を暗くしようとする不安を追い払いながら、今まで、門を出たら最後、忘れものがあっても決して取りに帰らない夫が、なぜ今日に限って、孫の誕生日を聞きに引返して来たかについて、もしやこれが虫の知らせとでも、などと思い過して考えると、急に白い富士山が、恐ろしいたくらみを持って、夫を待っているもののように思われた。

佐藤技師が御殿場につくと、打合せた通りに強力の梶《かじ》と、長田が待っていた。佐藤は梶と長田を左右に従えて、がっちりした両翼をそなえて前進する安定感にひたりながら、

「これで天気さえくずれなければ……」

と思わずひとりごとを言った。佐藤は田口旅館へつくとすぐ、明朝の荷を点検した。夏の間に頂上の仮設観測所に食糧と燃料を運び上げてあるから、これから一カ月間頂

上で暮すための野菜類が荷の大部分であった。佐藤は背負子《しょいこ》につけた荷に手を掛けてよいしょっと持ち上げてみた。梶の背負子の方が、長田の背負子より重かった。いつもなら、梶より力の強い長田の方が余計に分担する筈《はず》である。

「おや？……」

佐藤は口の中でつぶやいて、長田の顔を見ると、長田はあわてて、下を向いた。梶は困ったような顔で、ちらりと長田を見て、これも眼《め》を伏せる。どうも二人の挙動がいつもと違っている。

「長田君、どうかしたかね」

するると、長田は急に身をちぢめて、ぶるっと身体《からだ》を震わせた。

「どうしたんだ梶君」

佐藤は二人が何か隠しあっていると見てとると、背負子から手を放して、二人をきびしい眼付きで睨《にら》めつけた。

「輝《てる》さんがちょっと風邪っぽいで……」

梶は低い声で答えた。佐藤は肩をすぼめている長田の額に手をやってみると、火のように熱かった。長田輝雄は二日前から風邪を引いて、発熱していたが、今度の登山には、ぜひ加わりたいと梶に頼み込んでいたのだった。梶が長田をかばって荷の振り合いを変えたのだった。

「ばかな真似《まね》をするじゃあないか、すぐ家へ帰って寝たまえ、富士山へは今度だけじゃない。芝居の文句じゃないが、来年も、再来年も、これから毎年ずっと続くんだ」

佐藤は長田を叱《しか》った。長田は昭和二年の冬、佐藤達一行と登山して吹雪のために五合から引返し、去年の冬も、佐藤と登る予定だったが、長田の近い親戚《しんせき》に不幸があって急に参加できなくなった。そして今年こそと待ちに待った揚句の果て、運悪く、風邪を引いたのである。

「俺《おれ》には運がねえずらよ」

長田は眼に涙をためていった。

「そのかわり先生、風邪が直ったら、この野菜の倍のとこ、背負ってってやるぜ、待っておくれ」

佐藤は長田と梶に野菜を運搬させて登り、頂上についたら、足の早い梶は連絡のため、下山させ長田と二人で一カ月間頂上に滞在して気象観測をする予定であった。長田は腰を下ろすと急に力が抜けたのか、ぐったりしたように、首を垂れた。

「先生、無事に頂上へ着いたら、花火の合図を打ち上げておくれ、夜中、外へ出て見張ってるで……」

「ああ、それもいい案だな、じゃあ、七時から八時までの間として、雲が出てたり、風が強かったら、その翌日の夜に揚げるときめておこうか」

打上げ花火は夏の間に持ち上げて、観測所に置いてあった。冬期滞在観測中、何か不慮の事件が起きたら、急を麓《ふもと》に知らせるためのものであったが、その一発を安着の知らせに使うこともいい案だと思った。

七

しびれるような寒気とともに夜は明けた。意外なほど高い所に朝日をうけた山頂が白く光っていた。光が稜線《りょうせん》にそって静かに麓に向って下って来て二人を包むと、富士山全体は急にまぶしく輝き出した。朝日を背に二人は一列になって、雪を踏んでいた。佐藤から三歩おくれて梶《かじ》房吉が歩いていた。遠くから見ると二人は親子のように背丈が違っていた。佐藤は六尺豊かな、立派な体格をしていた。ぐっと胸を張って、ピッケルをかまえた姿はとても五十九の年齢には見えなかった。梶は男としては小柄《こがら》の方であったから、背負子《しょいこ》に荷をつけて背負って、雪に足を踏み込んでいるのを見ると、まるで荷物が歩いているようだった。

「先生一服しずかね」

梶が声をかけた。佐藤は踏み出した姿勢のままで足を止めたが、振り返りもせず、物もいわなかった。御殿場の旅館の主人に、中央気象台へ電報を打つように頼んでおいたのが、ちょうど届く頃《ころ》だと思った。昭和五年一月五日、御用始めの日であった。電報を見て驚く人々の表情がはっきり浮んだ。

佐藤が正月中に富士山に登ることに対しては、賛成より反対の方が多かった。前回の失敗もあったが、やはり佐藤の年齢に対する心配が多かった。屈強な観測員を佐藤とともに出張させて、佐藤にはせいぜい御殿場か、太郎坊まで登らせて、そこで登山に対する全般の指揮を取って貰《もら》うのがよいという意見が強かった。佐藤はその条件において、一月の出張の命令を受け取ると、独断で山に向って出発したのだった。彼は若い観測員の吶喊《とっかん》精神と同行するのは、三年前の経験から、不首尾を予想していた。彼等《かれら》は元気で馬力があったが、山には無知であった。旺盛《おうせい》な仕事に対する熱意は、彼等を無謀な登山に走らせて、きっと失敗に終るような気がした。彼等のうちから、もし犠牲者が出たら、すべてがおしまいになる。軌道に乗りかけた観測所設立は振り出しに戻《もど》る——このことは、昭和二年の十二月、吹雪の中を突撃しようとする三人の観測員の後ろ姿を見て、佐藤が確信していたことだった。

佐藤は同行者が決定しないうちに、独断で先行した非を少しも悔いてはいなかった。こうすることより方法がないのだと思った。電報を見た人達が、特に登山のメンバーに指定された若い職員達が、決してよくは言っていないことは分っていた。しかし、事情を誰《だれ》よりもよく理解している岡田台長が、含みのある笑いで、その人達に、

「佐藤さんの年齢は、二十は割引いて見なければ……」

などと言って、きっと独断を許してくれているだろうと思った。既にかくあることは、岡田台長と、自分の心の中では通じ合っていたことのような気がした。これでよいと佐藤は眼《め》を細めて笑った。光を調節された眼の隙間《すきま》から分光された美しい虹《にじ》の粒子が見えた。登るかぎり、影は常に前にあり、影をみつめていると、雪面からの乱反射から逃れることができた。日が登ると、影は右へ少しずつ移動していった。強い光線の反射が、真正面から眼を襲うので、眼をつむったまま、しばらく棒立ちすることがあった。単調な一歩一歩の行進に飽きが来ると必ず梶の方から声がかかったが、佐藤は殆《ほとん》ど答えなかった。こんな時、話し好きの長田がいたら、と、梶は、風邪のために同行できなくなった長田のことを思ったりした。佐藤は休んでいる時は空を見上げていた。何か探しているようだった。昼を過ぎる頃から、青空にいくらかの白さが加わった。殆ど気に掛らないような白さだったが、よく見ると、その白い薄い空のにご

りは動いているようだった。

「風が出る……」

佐藤がポッツリ一言言った。梶はそれを、恐ろしい宣告のように聞いた。空を振り仰ぐと背負子が、ぐらついた。三合目で、靴《くつ》にアイゼンをつけていると、風の音がした。登る傾斜はぐんと増した。雪面は固くなっていた。一歩高度を増すごとに滑る危険は積み上げられていった。風は北西から吹いて来た。まだ大した風ではないと、佐藤は胸で応《こた》えた。身体《からだ》を動かす度に着込んでいる防風用の雁皮紙《がんぴし》の胸着が、ガサガサ音を立てた。明治四十年の一月に温度計を携えて冬期富士登山を試みて以来、冬の富士山頂を望む時には、必ず着込んでいたチョッキだった。風はチョッキを通さなかったが、風圧は佐藤を冬の頂上に近づくことをはばんだ。夏は巨大な砂山でしかない富士山が、冬になると、風と氷が人の近づくことをおしとどめて、昭和五年までに冬期の富士山頂に立った人の数は百人に達していなかった。

「梶君、大した風でもなさそうだ。日のあるうちに四合目までつけば、もうしめたものだ」

佐藤は振り返って、梶に言った。夏の間に準備してある四合目を足場にして頂上を望めば、成功の可能性はあった。宝永山の東のくぼみに影ができた。日は西に廻《まわ》って、寒気が靴の先から伝わって来る。

「先へ……」

佐藤は梶に眼で先行するように合図した。梶は確実な足取りで四合目の小屋をめざして真直《まっす》ぐに登っていった。ずっとおくれて佐藤はジグザグコースを取っていった。

四合目は雪に埋まっていた。梶が入口をピッケルで開けた。暗い洞窟《どうくつ》の中に、石室《いしむろ》特有のかびくさい匂《にお》いが充満していた。暗さに馴《な》れると、夏の間に持ち上げて置いた木炭の俵が眼についた。

いろりに炭火が真赤におこって、天井に結んだ大粒の露がぽつりぽつり落ち出す頃に夜が訪れた。

(まず第一日は予定通り)

佐藤は炭俵を背にして眼をつむった、炭火の一酸化炭素を吸ったのか頭の芯《しん》が痛んだ。気になる風は夜半を過ぎると、ぐっとその強さを増した。身体の位置をあっちこっち変えながら、うとうとしている内に、激しい朝の寒気で眼が覚めた。

外はきのうと打って変って、ひどい荒れ方であった。佐藤は起きると、すぐ出発の準備をはじめた。これ以上風が強くならないうちに、太郎坊まで下る決心をしたものと思い込んだ梶は、急いで火の後始末をして外に出た。しかし佐藤は背を低くして登る姿勢を取っていた。下るじゃねえずらか、とさすがに梶も言いにくかった。

「先生、ひどい風じゃあねえか」

と、呼びかけても返事がなかった。梶は当てが外れたような顔をして、佐藤の後尾にぴったりと従《つ》いた。

殆ど連続した強風の中に、ピュッピュッピュッと鞭《むち》を振るような音が混っていた。一晩の間に、新雪はすっかり吹き払われて、稜線が黒く露出していた。雪とも氷とも、砂ともつかないこまかい固い微粒子が顔に吹きつけて来て、眼をあいていられなかった。二人はピッケルのピークを雪面に打ち込んだまま、じっと身体を伏せて、風の静まるのを待つ時間の方が長かった。

長いことそうしていると、ピッケルを通してくる冷たさのために手がしびれて来た。佐藤は梶に眼で合図した。

「下れ……」

二人は雪の上を這《は》ったままの姿勢で、ピッケルとアイゼンの位置を交互に移動しながら後退していった。四合目の小屋に再び戻った二人はほっとしたように顔を見合せた。

或《あ》る角度で吹いて来る風は持って来た固い雪の粒で小屋の周辺を早い速度の研磨機《グラインダー》

でもかけるように音を立てて擦《こす》って通る。その風下には小さい幾つもの雪煙りの渦《うず》を作って、ある瞬間それが、何かのはずみで合成されると、急に噴射する白い焔《ほのお》のような舌先を小屋の戸口から暗い土間に坐《すわ》っている二人の顔にさし出して来る。

雪と氷に閉じ込められたまるで地の底のようにたまっていた空気の中に、一度吹雪の小さいくさびが打ち込まれると、逃げ場のないままに一晩中じっとしていた古い空気は成層を変えて対流を起し始める。

「先生、出直した方がいいじゃあねえかな、この風じゃとても無理ずらよ」

梶は番犬のように戸口からたえず外を窺《うかが》いながら、吹き込んで来る雪を手で、いまいましそうに払いとばしながら言った。梶は、じっと風を待っていることが、段々窮地に追い込まれていくような不安だった。彼は、山案内人としての良心で、佐藤を、これより以上の危険にはさらさせたくなかった。引返すことをすすめることが、彼の当然の権利と考えていた。

「佐藤先生、下った方がいいずらよ」

しかし、佐藤は眼を閉じたまま答えなかった。きちんと膝《ひざ》の上に両手を下ろして胸を張っている彼の姿勢は微動だもしない。眠っていないことは確かだったが、何か考えにふけっているふうにも見えなかった。梶は戸口から、ずっと奥へ入って、いろりを前にして、佐藤と同じように眼をつむった。灰はまだ冷え切ってはいなかった。靴の先から、長い間かかって灰の暖《ぬく》みが浸《し》みこんで来た。長田輝雄《おさだてるお》ならばこういった場合、すぐ眠れるのだが――梶はそんなことを考えながら、やがて佐藤が下山と言い出すまで手持無沙汰《ぶさた》の時間を辛抱強く待っていた。

佐藤が動いた。チョッキのポケットから懐中時計を引き出した佐藤は、その面を戸口の方へ向けて、しばらくじっと見入っていたが、またもとのようにしまいこんで不動の姿勢になった。そんな梶から見るとたわいのないようなことを何遍か繰返した後で、佐藤はびっくりするような声を上げた。

「梶君、用意はいいかね」

「はいっ、先生下るんですか」

「登るんだ。この風もどっちみち、これだけのものだからな」

佐藤は時計で風の呼吸の周期を測っていたのだった。風の息と息との間隔が少しずつ遠のいていくことをはっきり確かめた彼は、二日前に雪を降らせた低気圧の後を襲って来た高気圧の吹き出しの偉力も、もうそろそろ終りに近づいたのではないかと思った。相当な危険が前途にあったが、既にここまで来てしまった後には、引返した場合のことが、重く頭にのしかかった。若い者の吶喊《とっかん》精神を否定していた彼なのに、少しぐらいの無理ならばと、いつの間にか人に笑われたくない気持から、自分自身に無理な突撃を強《し》いていた。

「それにこの風は強いが、たちのいい風だからな」

佐藤は自分の気持をこう言って弁解した。梶にはこの意味だけは分った。強くとも方向性の固定した風は、突風まじりの風や、旋風性の風より始末のいいことは経験していたが、その風の圧力に佐藤の年齢がこたえられるかどうかについて大きな不安が残った。

「梶君、荷を半分にしてくれ、それから出発だ」

「頂上へ着いてから困るじゃねえずらか」

「なに大したことはない。二人で一日に生ネギ一本食う勘定でいいから、後はそっくり置いてってくれ」

梶は不承不承佐藤のいいつけに従わねばならなかった。

それは風との根気競《くら》べのような登山であった。宝永山の西斜面を大きく捲《ま》いて、たるみを越えてくる風は、山体との摩擦によって、風力は相当減殺《げんさい》されてはいたが、真直ぐ風に向って立ってはいられない程の強さを持って吹きまくっていた。出ばった部分の新雪は、二日間の間にことごとく吹き飛ばされて、その下から青白い氷が肌《はだ》を出し、少しでも窪《くぼ》みがあると、その部分には、風圧のために固くおしこめられた雪の堆《たい》積《せき》ができて、斜面は全体的になだらかな面となって光っていた。

視界は開けていった。ふとした風の合間に頭を上げると、青い空の中に頂上がはっきり見えていた。宝永山の頂だけは、西風を直接に受けて、猛烈な雪煙りを吹き出していた。ずっと離れた、七合目と平行する、須走《すばしり》村あたりの上空には、明らかに飛雪のためにできたと思われる笠雲《かさぐも》が浮いていた。飛雪の翼がちぎれて太陽をかくすと、七色の扁平《へんぺい》な虹が幻覚を見るように前を横切って消えた。

佐藤と梶は縦に並んで登っていった。風圧に等しいだけの力で上体を左に支えながら、余力を両足に掛け、風が息をついた時に自分の力で転倒しないように気をつけること、一歩一歩の移動とともに、確実にアイゼンが氷壁に喰《く》い込むこと、ピッケルを両手にかまえて背を低くした時の重心が、両足を含めて、常に身体全体の中心から、甚《はなは》だしく動揺しないような歩幅と歩速に、慣性を充分持たせながら、すべて、こういった操作が無意識に行われる姿勢で、じりじりと氷壁を登っていった。十時に四合目を出発して、七合目にかかった時は午後の三時を過ぎていた。

宝永山の肩と並んだ位置になると、二人は完全な匍匐《ほふく》の姿勢になっていた。岩の陰の吹きだまりの、幾分雪のやわらかい処《ところ》で小休止した時、佐藤はポケットから氷砂糖を出して並んでいる梶にさし出した。佐藤の握られた手袋が開かれて、氷砂糖のかけらが、梶の手に移ろうとした瞬間仮借《かしゃく》ない風が氷砂糖の一塊をあっという間に吹き飛ばしてしまった。もう一度ポケットに手を突込もうとする佐藤の傍《そば》にすばやく這い寄った梶は、佐藤の耳に口をつけて言った。

「先生まだ登る気けえ、このまま八合まで行ったら、上りも下りもできなくなるぜ」

佐藤はそれには返事もせず、今度はこぶしを握りしめたまま、梶の手に氷砂糖を移し、残った塊を口へ入れた。

「どうするだね先生」

そういう梶の眼を佐藤は氷砂糖をがりがりかみながら見詰めたまま、ものを言わなかった。佐藤の眼が、梶の顔から、彼の背の荷物に移ったまま止ると、梶はどきっとした。荷物が重いかと問いかけられているような気がした。梶はあわてて、手にした氷砂糖を口の中へ入れた。氷砂糖は口の中で溶けたが、梶の心の中には、大きなしこりが残った。案内者としての自分がなすべきことの最も重大な場面に立たされていると思った。ここなら、佐藤を無理にでも山から引き下ろすことは可能であった。そうすることだけが、彼の任務で、それ以外になにがあろうか。

「先生下ることにしずよ。これ以上は無理だ」

梶は佐藤の耳元でささやいた。すると佐藤は、きらっと眼を光らせて、

「お前には無理か」

と言った。二十代の青年の物に憑《つ》かれたような眼つきだった。

「俺《おれ》には無理だ。先生だって、この風じゃあ間違いのもとになる」

しかし佐藤はそれには取り合わず、梶を残して、一歩前進した。佐藤の身体がぐらっと風に動いた。梶はすぐ佐藤の後に従いて、彼をかばいながら、案内人としての自分を無視されたくやしさを、唇《くちびる》をかんで、我慢していた。

七合目を離れると風の様相は一変した。今まで西風を支えていた宝永山の上に出たからであった。富士山塊の側面を迂回《うかい》して来る風と頂上を越えて来る風と、山体の陰にできる逆方向の渦流風《かりゅうふう》がちょうど八合目から九合目あたりで合流すると、単に風ということばで表現できない、突風性の乱風となっていた。

佐藤はこんな風に遭ったのは始めてだった。手と足と身体のバランスの登山法に充分耳を働かして、どの方向から突風の伏兵が襲って来ても、風に打たれる前にはちゃんとそれに対抗できる準備をしなければならない。不思議のことに突風の後にバタッと風の止《や》む瞬間ができた。この時を狙《ねら》って、かっかっと前進して次の突風の前兆を耳で聞き分けると、ピッケルを打ち込むに安全な場所に、ぴたっと伏せなければならな

い。突風は数秒の時も五分も十分も続く時もあった。腹と氷壁の間に風の梃子《てこ》が打ち込まれたら最後、空間に抛《ほう》り出されることは必定であった。

八合を過ぎて、二、三歩前進した頃になると、前を行く佐藤の動作が急に不活発になった。風が呼吸《いき》をついた時、すぐに立上ることができないし、濡《ぬ》れ手拭《てぬぐい》をはたくような、無気味な音を立てて来る突風に対して、身体の重みをピッケルにかけて、氷壁にとどめる動作に遅れがあった。梶はもし佐藤が滑ったら、身体で止めようと彼の後についていたが、梶自身も背負子もろとも吹きとばされそうで、佐藤の身を護《まも》ることには専念できない有様であった。こうなったら、下山は思いもよらないこととなった。もし下山の姿勢を取ったら、風の追打ちを背に受けて宝永山の噴火口にたたき落されることは必然のように思われた。日のあるうちに九合目の岩尾根にかじりつけば、或《ある》いは頂上に行けるかも知れない。伏したまま見ると胸からぐっとせり上っている急傾斜はおおいかぶさって来る白い絶壁に見えていた。

ビューと長く尾を引く笛の音がした。頂上を越えて吹き下ろして来る風であった。非常に密度の高い空気が一度になだれ落ちて来るような感じであった。佐藤はその笛の音をずっと子供の頃聞いたことのある覚えがあった。じっとしていると、知覚がしびれて、ピッケルを伝わって来る手の冷たささえ忘れてしまいそうであった。突然、音が消えると、急に静かになった。佐藤は無意識に立上った。立上った瞬間、笛の音が、故郷の村祭りの笛だったような気がした。長い笛の音が止むと、太鼓が鳴って、若い衆が一斉《いっせい》に踊り出すあの時の呼吸そのままに彼は真直ぐ立上って二歩前進した。ドンと鈍い音がした。広い幅を持った、いわば大砲の音をそのまま小さくしたような音だった。

「先生、あぶないっ――」

梶の声と殆ど同時に起った突風は佐藤の足元を払った。彼はなんの抵抗もしめさず氷壁の上にうつぶせに倒れた。梶はピッケルをはっしと打ち込んで滑り落ちて来る佐藤を身体で止めようとした。二人は一つになってしばらく滑ったが、途中の岩に当って分れると別々に滑っていった。梶はピッケルのブレーキでどうやら止ったが、佐藤はその位置よりずっと下の岩の根に引懸ったまま動かなくなった。

腰と肩に打撲傷を負った佐藤は梶が助け起すまで、失神の状態であった。

「梶君、心配するな、休めばすぐ治る」

額から流れ出る血を梶に手当させながら、そう言っている佐藤の顔には夕闇《ゆうやみ》が押しよせていた。佐藤をどこか安全な場所へ移さねばならない。梶は荷をほどいてザイル（綱）を探した。御殿場に置いて来た長田の荷の方に入っていたのか見当らなかった。

「先生どうすればいいずらか」

梶は去就に迷った。日が落ちるに従って、寒気が迫って来ていた。両手両足の指の先がしびれるように痛かった。

「梶君、君は荷を置いて観測所へザイルを取りに行ってくれ。それから、あそこに魔法びんがあるからできたら石油コンロに火をつけて砂糖湯を作って持って来てくれないか……夜になると風は必ず衰える。僕はここで風の止むのを待っている」

佐藤はルックザックを尻の下に敷いた。ばたばたしても彼の体力ではそれ以上どうにもならないことをよく知っていた。風の止むのを待って梶のザイルにつながれて登るより方法がないと思った。梶は決心がつきかねていた。傷ついた佐藤を置いて一人だけ観測所に先行することが彼の良心を責めた。

「風さえ静まれば決して耐えられない寒さではない」

佐藤は自分自身に言って聞かせるようにつぶやいた。梶は岩の間の窪みに佐藤を移すと、自分の持って来た衣類を全部佐藤に着せた。

「先生何時ずらか」

佐藤はチョッキのポケットから時計を引き出した。こわれたガラスがぱらぱら岩の間に落ちた。五時十分で時計は止っていた。

「五時！」

梶はまだいくらか明るさが残っている頂上を見て言った。例年必ず行われる登山競走で、ここ数年間梶は優勝していた。ここから頂上まで往復二時間——精根を尽してやってみたらできそうに思えた。梶はぶるっと身震いして言った。

「おれ、行ってくるぞ」

梶は山案内人としての自分の名が立つか立たないかは、佐藤を無事頂上まで、ザイルで引張り上げることにかかっていると思った。そうすれば、佐藤に怪我《けが》をさせた不名誉は、逃れることができるような気がした。風も氷も怖《おそ》ろしくはなかった。時間と太いザイルのことだけで一杯だった。

小柄の梶の姿は、岩の間に見えかくれしながら、九合の尾根にそって登っていった。仮設観測所は氷の厚い壁に包まれて、満天の星の下に光っていた。どこからも入る隙《すき》が無かった。梶はピッケルで足場を刻みながら測風塔によじ登った。測風塔に出る揚げぶたの氷をたたき割って、ピッケルでこじると開いた。むっとするしめっぽい空気が鼻をついた。観測所の中は別に変ったことはないようだった。十月に山を下るときと同じように石油コンロの上にヤカンが置いてあった。ふたを取ると、確か、からにして置いてあったはずなのに、半分ほど水が入って凍っていた。石油コンロに火をつけた瞬間、梶は佐藤を助けて無事観測所へ連れてくることがもう大丈夫のような気がした。夜に入ると佐藤の予想のように風は静まっては来たが、まだ二十米《メートル》ぐらいの風は吹いていた。偶然の一致のように、止った掛時計がその頃の時刻の七時を示していた。

八

玉穂村の長田《おさだ》は、家の者を交替に見張りに立たせて、富士山の頂上からの花火の合図を待った。約束した七時前から見張りを立たせて、八時になっても、九時になっても、やめさせなかった。佐藤が出発してから、三日たった。念のために御殿場の梶《かじ》の家へ使いを出して聞いてみると、同じように心配して長田の家へ使いを出そうとしているところだった。長田の風邪はまだ治ってはいなかったが、じっとして寝てはいられなかった。四日目からは熱のある身体《からだ》にふとんを被《かぶ》って外に立った。御殿場町登山組合で二人の安否を確かめるために慰問隊を登山させることに決めたのは、一月の半ばを過ぎてからであった。御殿場を出発した三人組は六合目まで行って引返して来た。登山用具の不備のために一名は凍傷を負い、一名は滑って足を痛めていた。しかし三人は四合目の小屋に梶が残しておいた野菜の束があることを見とどけて来た。第二次慰問隊は、出発間際《まぎわ》で天候が変って取り止《や》めになった。

長田の熱は下ったが、まだ風邪が本復したとは言えなかった。彼には二度も慰問隊が不首尾に終ったのは、天候のせいもあるが、危険を冒してまでも登らねばならない理由を持っている強力が誰《だれ》も加わっていないからだと思った。彼は、佐藤技師と梶が途中で遭難したのではないかという不吉の予感を抱いていた。元を糺《ただ》して行くと、自分の不参加が原因して、梶の荷に無理があったのではないかと思った。彼はそれらの事実を確かめないかぎり、安眠ができなかった。よく寝汗をかいて夜中に眼《め》を覚ましたが、そんな時彼は先輩の鶴吉《つるきち》が言った、御殿場の強力の意地という言葉を思い出した。

長田輝雄《てるお》が、稲葉《いなば》英一を連れて出発したのは一月二十四日であった。

佐藤はガバッと起き上ると、すぐ枕《まくら》もとの提電灯のスイッチをひねって、机上の風速計の自記器に向けた。やっぱり止っていた。手早く外套《がいとう》を着て、防寒帽をかぶり、手袋をはめていると、炬燵《こたつ》の向う側に寝ていた梶が眼を覚ました。

「先生どうしたかね」

「うん霧氷らしい……」

梶はすぐ起き上ろうとした。

「寝ていたらいい、まだ早いから」

佐藤は入口の棚《たな》から金鎚《かなづち》を取ると廊下へ出た。物置きと便所の間から、測風塔へ通ずる階段は屋上から吹き込んでそのまま凍りついた雪に半ば埋もれて、でこぼこした急傾斜の細い山道のように、急角度に暗闇《くらやみ》の中に延び上っている。彼はそこに立ち止って測風塔で鳴っている風の音をしばらく聞いていた。

(まず十四、五米《メートル》かな)

佐藤は風の音で大体の風速を予測すると、ゆっくり階段を登り出した。

「先生、おれも行かずか」

梶の声が後から追いかけて来た。

漆黒の空間に提電灯の投げる光がとけ込んで、たえずもやもや動く乳白色の気体のかたまりを、作り出していた。ひどく湿っぽく、どこへでもまつわりつくような濃い、重い感じの冷たい霧が、吹きつけて来て物に当ると、たちまちそこには氷の膜ができた。風速計の鉄塔は既にそのとりこになって太い丸太に化けていた。霧氷は静止しているすべてのものを包みかくすと、今度は動いているものにその矛先を向けた。風向計は風の方向に向ったまま、矢羽根の化石となって静止していた。風速計は軸受けの方から氷膜の厚さを増して行って、全体が一輪ざしの花びんを書いた戯画のような形のままで、それでも風杯を支持している軸の一部だけは、かすかに黒く光りながら動こうとする努力を続けていた。佐藤は風向計の鉄塔の氷に金鎚で一撃を与えた。案外たわいなく音を立ててくずれ落ちた。足場に手を掛けると、手袋を通して鉄の冷たさが、ぐっと身に浸《し》みた。鉄塔に二、三歩登ると、足に異常なだるさを覚えた。何か重い鉄の玉を結ばれているような気持だった。動くたびに、身体中がきしむように鳴り、外套《がいとう》に張りついた薄い氷が破れて落ちた。頭の周囲から口元の髭《ひげ》にうるさく霧氷がねばりついて来た。鼻孔にもたえずくすぐったい感じが付き纏《まと》うし、どうにもやり切れないのは眼蓋《まぶた》が重くなることだった。佐藤は霧氷と風に自由を拘束される自分を情けなく感じた。中段にやっと身を落ちつけると、腕を延ばして、渾身《こんしん》の力を籠《こ》めて槌《つち》を振《ふる》った。腕から頭の芯《しん》まで氷をくだく反響が伝わっていった。最後の一撃は気合とともに、打ち込んだ。ガアッと大きな音が頭上でした。氷の大きな塊が一度に佐藤の頭上に落ちて来た。佐藤は槌を放した両手で鉄塔にしがみついた。防寒帽を通して加えられた打撃に耐えようとしながらも、両手にこめている力が自然と抜けていくのを意識の底で感じていた。

——黙ってさし出した佐藤の両手を梶が藁束《わらたば》で力一杯たたいていた。両手の指先の二節あたりまで蠟《ろう》のような色をしていた。佐藤は歯をかみしめて、梶の藁束に打たれる指先にやがて血が通って来るのを待っていた。梶は佐藤独特の凍傷の荒療治をさせられる度につらい思いをしなければならなかった。梶にはこんなに苦労してまで気象観測を続けなければならない佐藤の行動を、単に学問のためというだけでは納得できなかった。富士山を取り巻く一群の信仰家達《たち》の業《ごう》のような執着を佐藤も持っているのではないかと思った。佐藤が、道こそ違え、永年観測所を建てるということに取りつかれた富士行者の一人のように見えてならなかった。

「どうも、めっきり意気地がなくなった……」

荒療治の終った後、佐藤はぽつり一言洩《も》らして外套を脱いだ。明るくなって来た二重窓の内側に三本ばかりのネギが生き生きした緑の色を見せていた。朝になると霧がはれた。梶は朝食の支度にかかった。残った三本のネギのうちどれだけを菜にすべきかを相談しようと振り返ると、佐藤はいつものように胸を張ってなにか瞑想《めいそう》にふけるような、正しい姿勢のままで眠っていた。窓からさし込む日の光で、佐藤の顔は青白くふくらんで見えた。梶は自分の鬚面《ひげづら》を撫《な》でてみた。頰《ほお》のあたりにはっきり丸味が感じられる。明治二十八年の冬、野中夫妻がかかったと同じような高山脚気《かっけ》にかかった足によるものらしい。あと十一日間、一人一日平均米二合足らず、味噌《みそ》はあるが副食物といったら残ったネギ三本、足のだるさも、顔の浮腫《ふしゅ》もどうやら野菜の不足によるものらしい。

「これでいいずらか」

梶は食事の度に、佐藤に聞えないようにこれをつぶやいた。二人は食糧にこんな困難が生ずるとは夢にも思っていなかった。数人が二カ月滞在しても充分なだけ食糧は夏の間に持ち上げて置いたのが、十月初めに観測所を閉めて下山した直後、石室《いしむろ》荒しの賊が侵入したものらしい。

全く予期しない災難であった。賊はわざわざ佐藤と梶に欠乏の生活を強《し》いるために予《あらかじ》め計画したかのような食糧の奪い方をしていた。毛布、缶詰《かんづめ》、米がごっそりやられた他《ほか》、ブリキ缶に厳重に封じておいた信号用の打上げ花火がなくなっていた。味噌には手をつけず砂糖も茶筒に入れた分だけが残されていた。佐藤は残っていた食糧を全部集めて、予定通りの一カ月を過す計画を立てたのだったが、食糧不足は今となって二人の身体に響いて来て、起きていても、寝ていてもやり切れないだるさだった。

梶は援助を求めるために下山する策を何度か佐藤にすすめたが、佐藤は聞かなかった。そうすることが、富士山頂に国の施設として永年観測所を建てることの支障になることをおそれていた。佐藤がこの冬やらなければならないことは、与えられた一カ月を平穏無事に観測を続けましたと、中央に報告し、当局が足ぶみしているような危険はなにもないということを身をもって証明することだった。それには予定通り登って、予定通り下ることが何にも増して必要のことだった。

（佐藤技師、富士山頂で危険におちいる）

などと新聞に出されたら、頂上に国の観測所を設立することに反対している者はそれ見ろというだろうし、国としても人命に危険のある仕事にそう簡単に金は出せないことは明らかである。

梶には佐藤の気持がよくわかったが、そうかといって、このままにしてはいられなかった。佐藤が測風塔で霧氷に打たれて倒れた時、梶の心は決っていた。独断で四合目に下って、置いて来た食糧を取ってくることだった。霧がはれると、乾いた西風がすぐその後を襲って来た。佐藤が便所に立つと、すぐ梶は石油コンロに空鍋《からなべ》をかけて、二にぎり程の焼き米を作ってポケットに入れた。防寒帽を着て、ピッケルとアイゼンを手に持って、氷を掘りあけて作った通路の穴から出た。眼がくらむ程強い陽《ひ》がさしていた。アイゼンをつけて氷に歯を立ててみた。腰に応《こた》える反響が心強かった。梶は一歩を踏み出して、すぐ、もし自分が途中の氷壁で滑ったら、怪我《けが》をしたら、死んだら、後に残った佐藤がどうするかを考えてみた。梶がたとえそのまま帰らないで氷壁に無惨《むざん》な死体をさらしても佐藤はおそらく、彼の死を無視してまでも、一途《いちず》に観測を続けるような気がした。それでも、やることはやらなければ梶は気がすまなかった。佐藤のためでも、彼自身のためでもなく、梶もまた強力として富士山を中心として育《はぐく》まれた、山に憑《つ》かれた人生を歩む男の一人であった。

佐藤はひどい便秘になやまされていた。いやな長い時間からやっと解放されて、廊下に出ると、香ばしい匂《にお》いがした。嗅覚《きゅうかく》の転倒でも起したのかと思った。容易にその匂いを信ずることができなかった。佐藤は急に不安になって梶を呼んだ。返事とともにもじゃもじゃ頭を突き出す梶の姿はない。匂いは石油コンロにかけてある鍋の中にまだ残っていた。

「ばかめが!」

佐藤はすべてを知ってそう言ったものの、彼の身を案じて降りて行った梶の心情を考えると、すぐ彼を追って呼び戻《もど》す勇気が出てこなかった。

何度眼《ま》ばたきをしても、眼の痛くなる程白い、雪氷の中の黒点はちゃんと動いていた。梶は岩の根に場所をかえして、しばらく凝視した。ぽつんとした一点が長くのびて二つにちぎれると、二人の人がジグザグコースを取りながら登ってくることは、もはや間違いがなかった。

「誰ずらか?」

梶は登山者の正体を早く知りたかった。七合八勺《しゃく》まで来ると、下から来る二人の姿がはっきりした。二人の方でも梶の姿を見とめると、先頭の方がピッケルを上げて、頭上にゆっくり丸い円を画《えが》いた。梶はすぐそれに応じた。登ってくるのは長田輝雄に間違いなかった。梶は叫び声を上げて下っていった。

「輝さん来てくれたか」

「ああ、おくれて悪かったなあ。先生は元気かね」

長田は無言でうなずく梶の顔をじっと見詰めていた。別れた時に見たような精悍《せいかん》な茶色の眼《め》はずっと奥の方に引込んで、青白くむくんだ顔にはおおいかくせない疲労の色が浮んでいた。行き遭った場所から考えてみても、梶が二人を迎えに来たのではないことは、明らかであった。

「何かあったずら」

長田の細い眼に頭から足の先まで、じろじろ見廻《みまわ》されると、誰にも言うなと佐藤に口止めされていることを隠すわけにはいかなかった。

「俺《おれ》が一緒だったら、もう少しなんとかしようも、あっつらになあ」

梶から全部の話を聞くと、長田はそうなったことが、自分の責任でもあるように深い溜息《ためいき》をついた。珍しい好天気に恵まれて、三人が頂上に着いたのは四時頃《ごろ》だった。佐藤は頂上から一行の動きを双眼鏡で眺《なが》めていて、登って来る三人のために砂糖湯を用意して待っていた。

「梶君、長田君から電報でも受け取ったらしいね。まあみんな無事でよかった……」

そう言って、めったに見せたことのない笑顔を向けた。梶は許されている自分を知って、黙って佐藤の前に首を垂れていた。一カ月の間に起った色々の下界の出来事が、長田によって伝えられた。ビッグニュースとしては議会の解散であったが、

「ほう、そうかね」

佐藤はどうでもいいような返事をした。しかし長田の持って来た新聞の中に、

(佐藤順一技師の消息不明、再度の慰問隊、吹雪のため登山断念)

という記事を見つけると、

「こんな記事を出されると困るなあ」

とひどく不機嫌《ふきげん》な顔をした。長田と稲葉は野菜と肉と、カステラの箱を持って来た。

二人にとってこれ以上の贈り物はなかった。

「長田君ありがとう、これで予定通りの観測が続けられる」

幾日かぶりで、佐藤の明るい顔を見ると梶は長田に手を合わせたいほど感謝しながら、登頂以来初めての堅い飯を炊《た》いた。

「くどいようだが、二人は至極元気だったと言ってくれ。途中で遭難しかけたとか、食糧が欠乏しているなんてことは一切話してはいけない。そうでなくてさえ新聞は事件を作りたいんだから、御殿場に着いたら、二人は元気だ、とても元気だったと触れ廻るんだ。いいかね、君達二人もほんとうにそうだと思い込んで帰るんだ」

佐藤は繰返し二人に頼み込んでいた。翌朝二人が出発する時、彼は尚《なお》この事を念を押してから、

「天気が特に悪くないかぎり、二月七日に必ず下山する、みんなにそう伝えてくれ。二月七日だよ、いいね」

長田はその日付を懐中ノートに書き取った後で、

「二月七日には楽隊を御殿場のはずれまで出して先生をむかえるつもりだ」

と言った。二人を尾根まで送って引返して来てから、部屋を掃除すると、炬燵のかけぶとんの下から、新聞紙に包んだ握り飯が出てきた。後に残る者達の食糧を少しでも助けようとする長田の心持に、佐藤はほろりとした。

味噌、粥《かゆ》の量は少しも増えなかったが、中身の野菜と、味噌をつけてかじる生ネギの量がふえた。それに粥の中には肉もまじっていた。佐藤と梶は急に元気を取り戻したような気がしたが、それも実質的には体力を増す程のカロリーの増加では決してなかった。いわば、だるくきしみながら廻る機械的な生活にちょっぴり油がさされたようなものであった。それでも油が続くかぎりは、車は動いて、下山の予定日の二月七日へと進んでいった。

長田は下山すると、佐藤に言い聞かされた以上にうまく宣伝をやってのけた。当時の新聞記事によると、佐藤技師と強力梶房吉は、まるで夏山にいるような気軽さで観測を続けており、予定通り二月七日に下山することを報じていた。或《あ》る新聞は、明治二十八年の野中夫妻の壮挙以来の、冬期観測は不可能であるという迷信は、佐藤技師によって完全に打ち破られたものであり、富士山観測所が永年観測所としての一歩を踏み出したものであると報じていた。

九

予定の二月七日が来た。

観測所の中はきちんと整理されて、入口が閉ざされた。山開きまでの数カ月間、水銀気圧計の水銀も、温度計のアルコールも気象の変化とともに上下運動を独りで繰返しながら夏山を待てばよい。佐藤は外に出て空を見上げた。気になる上層雲が一面に掩《おお》っていた。六時の観測の折、気圧がぐんと下っていたのも気になることだったが、風向計はまだ西を指したままだった。

「まあ、そう早く雪になることはあるまい、……降ったところで太郎坊まで行けば……」

佐藤はひとりごとのようにつぶやいて梶《かじ》の後に従った。彼は予定の一カ月にこだわっていた。長田と確約した二月七日にとらわれていた。長年の老練な気象技術者ならば、当然天気の変化が推測できた筈《はず》であるが、予定通りにスケジュールを運ぼうとしたところに今度の登山は初めから、いくつかの障害があった。それを乗り越して、最後の障壁が彼の生命を断つほどに高くそびえていることも、もはや佐藤の念頭には重きを置かなくなっていた。彼は生涯《しょうがい》のうちで最大な誤算を背負って、観測所を後にした。

一カ月間聞きなれた測風塔の風の唸《うな》りも、噴火口に共鳴して起る風の咆哮《ほうこう》も、月の夜に真珠をばらまいたように輝く氷の肌《はだ》も、一夜にして岩石の表情を変える霧氷の創作とも、だるさとも、あの硫化物を含んだガスの臭気とも、すべてにさっぱりおさらばするせいせいした気持の底に、何か忘れものをしたような感じが後に残るのを、アイゼンの歯で踏みくだきながら、百米《メートル》も歩いて、急角度に傾く下山道にアイゼンの歯がかかると、もはや頭は半分以上下界に向いてしまう。遠く海と陸との境界が切れ味のいい刃物できりきり引き廻《まわ》されたような線を引いている。ずっと延びた伊豆半島から泳ぎ出した鯨群のような七島のつらなるあたりの海が黄金色に光っていた。太陽が海を離れて、真直《まっす》ぐ登ると、一晩じっとしていた雲の動きがにわかに活発になったようだ。

二人が八合目に下った頃《ころ》から、愛鷹《あしたか》山に朝から引懸ってじっとしていた笠雲《かさぐも》がすべり出すように翼を拡《ひろ》げていった。やがてその一端が富士五合目あたりを取り巻くと、急に全体の視界がぼやけて、箱根の芦《あし》の湖《こ》も、曲玉《まがたま》のように光っていた山中湖も、夢のような煙霧にかすんでいく。白い膜が眼の下をさあーっと通り過ぎると、もう下界は全部下層雲に隠されていた。

「こりゃあどうだ、雪でも降るちゅうことずらか」

梶も天気の急変を知っていた。けれども、彼には若さの自信があったし、何よりも下山ということだけで、安易にものを考え過ぎていた。

六合目で、下層雲の尖兵《せんぺい》に頬《ほお》を撫《な》でられた。濃い凍った霧だったが、久しく嗅《か》いだことのない、下界の土の匂《にお》いや森の匂いがほのかに感じられた。胸を張ってうんと吸い込むと、身体《からだ》中へ浸《し》みこんでいって、思わず大きな声で叫びたくなるような気持だった。雲の中へ入ると、一切の光がぼやけて、どこまでも深い穴の中へ下っていくように、暗い、湿っぽい沈黙だけが二人の先に待っていた。風という程の風でもないが、たえず斜面にそって這《は》い登っていく濃い霧の移動量から見ると、唯《ただ》の地形性の上昇気流の動きだけではなく、富士山全体は大きな新しい気象の変化の下に置かれているようであった。

「道を間違うなよ」

佐藤の声に梶は大きくうなずいてみせた。四合目で昼食の握り飯を食べた、芯《しん》まで凍っていて、かむと、ザクザク音がした。腹の奥まで冷え切って、じっとしていることがつらかった。四合目の木炭は前回の慰問隊が使って殆《ほとん》ど残っていなかった。佐藤は相当な疲労と、天候に対する不安を感じていた。もし四合目に燃料があったら、下山を思い止《とどま》って一泊しようと思ったが、火の気のない小屋の寒さは、佐藤と梶を追い出しにかかっていた。二人は無言で小屋を出ると、三合目の方向に踏み出した。十歩も行くと、もう四合目は霧の中に消えた。四合目からぐいと西側に廻って、宝永山の下に出る頃になると、霧の去来がなくなったかわりに、本式の雪降りになっていた。固い氷雪の肌はいつか雪の堆積《たいせき》にかわって、二人の足をとらえて放さなかった。アイゼンを脱いで、雪の固そうな所を狙《ねら》って踏み込むのだが、うっかり吹き溜《だま》りへ踏み込もうものなら、膝《ひざ》まで没するほどの深さがあった。一カ月の間にすっかり麓《ふもと》の様子は変っていた。最近になって続けて降った雪の表面が凍らないままに幾重にも重なっていた。もし天気がよく見透《みとお》しが効くとすれば、吹きさらしの尾根から尾根と伝い歩きをすれば、さほど苦しまなくてもよいのだったが、降り出した細かい雪は視界を完全に消して、二人の位置がどこであるかは、ただ梶一人のカンだけの決定にまつより仕方がなかった。梶が常に先頭に立って道をつけていた。一時間も苦労して、やっと百米そこそこの前進しかできなかった。三合目以下の小屋はすべて、雪に埋まって見えなかった。

梶は宝永山の傾斜と、その裾《すそ》から始まる二子山の緩傾斜を右側に感じながら、太郎坊へ向う窪地《くぼち》の登山道からそれないように注意しながら下っていった。幾度か道を間違ったのではないかと、梶自身も自分を疑うことがあった。もし太郎坊の方向をそれて、森林地帯へ踏み込んでしまったら、二人の運命はどうなるか考えてみても恐ろしいことであった。二合五勺《しゃく》の小屋の屋根を偶然のように踏んだ時、梶は思わず佐藤の腕を引張って叫んだ。

「先生、二合五勺だ。もう大丈夫です」

二人はそこで持って来た最後の食糧のカステラを立ったまま分け合って食べた。既に五時を過ぎていた。

「先生は、もう眼《め》をふさいでいたって太郎坊までいける」

しかし二人が二合五勺の小屋を一歩離れると、天候は更に悪化した。きびしい寒気とともに風が出たのである。二人のまわりを雪の渦《うず》がまいて、立っていると、そのまま雪の中にうずまってしまいそうだった。太郎坊を前にしてのあせり気味な二人にとって吹雪の抵抗はおそるべき消費を強《し》いた。一カ月間の疲労に朝からの疲労が加わって、呼びかわして、はげまし合う声もと切れ勝ちだった。

夜になると梶は提電灯をつけた。明るさに頼ったことが、彼のカンをかえって鈍らせて、吹雪の中に二人は立ち止っている方が多くなった。止ったり歩いたりするその度ごとに、方向の観念に戸惑いを起した。それが何回か続くと、歩いている道に自信が持てなくなる。梶は当然その辺にあるべき二合の小屋を提電灯で探したが見当らなかった。

「先生、二合の小屋が……」

梶は佐藤の耳許《みみもと》で言った。

「歩くんだ、少しでもいいから動いていることだ。止っちゃいけない、止っちゃいけない」

佐藤は雪の中に半分埋もれそうになって、それを繰返して言っていた。

その日御殿場の町では、富士山頂における一カ月間の冬期連続気象観測の記録を樹立した佐藤技師の一行を迎える準備をすっかりととのえて待っていた。沼津、三島あたりからかり集めた楽隊が、御殿場の町はずれまで来ていた。町の有力者にまじって新聞記者の姿も見えていた。長田《おさだ》が忙しそうに、その間をとび廻っていた。朝のうち一時晴れ間を見せた空はすぐ曇って、午後になると、雪空になった。佐藤と梶が太郎坊に着くのが午後の二時か三時、御殿場に着くのがおそくとも五時か六時と予定されていた。予定の時刻が遥《はる》かに過ぎて八時になっても、一行の姿は見えず、そのかわり太郎坊に先発していた出迎えの三人が帰って来た。天候が悪くなったから二人は下山を延期したのだろうという意見が多く、楽隊は十時の汽車で帰ってしまった。最後まで、佐藤と梶は山を降りたに違いないと主張したのは長田であった。御殿場にもぼたん雪が降りつづいていた。

「君が言うとおりだったとして、まだ着かないとなると、どういうことになるかね」

若い新聞記者が長田に言った。

「佐藤技師は下山の途中遭難ってことになるが、どうだね君」

「とんでもない、先生はそんな無茶はやらない」

「じゃあどうしたってことなんだ。君一人で迎えに行ってみたら」

新聞記者は吐き出すように言ったまま駅の方へ行ってしまった。誰《だれ》一人として佐藤が下山したと思い込む者はいなかった。佐藤が用心深い、老練な気象台の技師だから天気を見誤るようなことはないだろうという先入感が、そうさせたのかも知れない。

長田は佐藤が二月七日の予定を何度も念を押していたことと、それに、朝のうちは晴れていたことから判断して、必ず佐藤と梶は頂上を出発して、下山の途中にあるように思えてならなかった。途中で雪に遭っても、ひたむきに下山の道をたどっているような気がした。

長田はたった一人で雪の降る中を太郎坊さして登っていった。太郎坊の小屋を通りぬけると、もう道ははっきりついていない。彼は注意深く雪に足跡をつけながら、とにかく一合目の台地までいって、声を限りに怒鳴って見ようと思った。降りしきる雪のために足跡が消えても、一合目からなら引き返せる自信はあった。彼は一合目の台地に立つと、提電灯を大きく丸く振りながら、声を限りに呼び続けた。長田の大声は強力の仲間でも有名だった。頂上で彼が呼ぶと六合目まで届くという、相当なおまけがついた伝説が生れる程、彼のどら声はよく透った。彼は一声長く、ちょっと間を置いて短く一声、そしてしばらくじっと聞き耳を立てた。

「オーイ……オーイ」

長田の声は吹雪の中に混りながら遠く伝わっていった。

「先生、何か人の声が……」

ほとんど抱き合うようにして、雪の中に坐《すわ》っている佐藤の耳に、梶が言った。佐藤は遭難者の誰でも、その最後に必ず聞くと言われる幻聴を梶が聞いたのだと思った。いずれ自分の耳にも間もなくそれが聞えるだろうと思った。三十年来の努力が、ついにこの吹雪の中にむなしくなる。そんなことが、ちらっと脳裡《のうり》をかすめた。慎重に努力して築き上げたことが、最後の段階でもろくも崩れさって行く音を聞いた。若い者の猪突《ちょとつ》を軽蔑《けいべつ》しながら、その猪突を身をもって雪の中に試みつつある自分に思いきり嘲笑《ちょうしょう》をあびせてやりたかった。山階宮《やましなのみや》の細い眼《まな》ざしが浮んだ。その眼にはすまないと謝罪した。それらのことが、なんのつながりもなく頭に出て来ては消えた。まとまりのない思考の間に、猛烈な睡魔が襲って来た。強いて眼を開けようとする度に、眼に雪粉が入って溶けた。高円寺の家を出る時、じっと見送っていた妻の顔が見えた。二月七日、孫の誕生日だった。それに関連して何か忘れものがあったような気がした。佐藤はそれを探そうとした。

ぱっと眼の前が明るく光った。梶が提電灯を向けたのだった。佐藤は手を振ってそれをよけた。提電灯が梶の手から放れて雪の中に落ちた。突然死のような暗さが周囲に立ちこめた。佐藤は、はっきり自分が陥ろうとしている状態を知って、渾身《こんしん》の力を出して吹き溜りの中から離脱しようとした。吹雪が眼と鼻を襲った。首を斜めにかしげて、いくらかでも楽な姿勢になろうとした時、風が一息ついた。遠くに山をゆするような風の音があった。それに混って、はっきり人の声を聞いた。佐藤はそれが幻聴ではなかったか確かめるために、ピッケルにすがって立上ってもう一度耳を澄ませた。二度目の声は前よりはっきりしていた。

「梶君、人の声だ、確かに人の声だ」

「そうだ、ありゃあ輝さんの声だ」

二人は声のする方向に雪の中を半ば這うようにしていった。長田の声が止《や》むと、梶が両手を口に当てて答えた。何度かの梶の声を長田はついに聞きとった。ぼんやりした白い光芒《こうぼう》が、ほんのりとぼやけた丸い光源にかわり、やがて明るい二重の光輪になって、ゆらゆら近づき、刺すような光の太い束が二人の顔に向けられると、二人は雪の中に這いつくばったまま、ただ意味もなく、申し合せたように首を上下に振っていた。

長田は二人を太郎坊の小屋へ収容して手当を加えると、その足で救助隊を連れに御殿場へ走ろうとした。

「長田君、待ってくれ。君の好意はうれしいが、ここで救助隊に出られたら、何もかも水の泡《あわ》になる。……俺《おれ》は第二の野中到にはなりたくない。なあ長田君、ちょっぴり時間がおくれたということにして貰《もら》えないか、たのむ」

どたん場で、まだまだ我を通そうとする佐藤の顔を、長田は怒った顔で睨《にら》んでいた。長田には佐藤が、寒さと、疲労のために、いくらか頭がおかしくなったのではないかとさえ思われるほど、独力で下山することに執着していることが奇怪であった。

榾《ほた》がよく燃えて、血色のいい長田の顔が、鬼のように赤く見えた。長田は持って来た餅《もち》を焼いて二人にすすめた。梶は食べたが、佐藤は食べてすぐ嘔吐《おうと》してしまった。餅につけるために持って来た砂糖を湯にとかして飲ませると、この方は胃に落着いたらしい。佐藤は元気をいくらか取り戻《もど》すと、

「サトウはサトウに一番よく効く薬らしい。さあ出かけよう、太郎坊から下は里道の

ようなものだからな」

　砂糖は佐藤に効くと、しゃれた佐藤の言葉に、長田は怒りっぽくなっていた気がゆるんで、思わず佐藤のさし出した手に肩をかしてやった。立上ると佐藤は案外まだしっかりしていた。長田は肩につかまった佐藤の背に手を廻してやった。急に胸がつまって、湧《わ》いて来る涙をどうすることもできなかった。

　滝ヶ原まで来ると、夜が明けた。いつか雪は止んでいた。長田は二人を残して御殿場へ走り降りて行って、御殿場にいるたった一人の楽士のメンバーの良作の門を叩《たた》いた。

「良作さやあ、起きてくれ、佐藤先生が着かれたぞう」

　良作は寝ぼけ面《づら》で長靴《ながぐつ》をはくと、ドラムを胸に吊《つる》して外へ出た。

「俺一人けえ」

　良作は妙な顔をした。

「そうだ、おめえ一人が楽隊だでよう、うまくやってくれ」

　雪の朝は静かであった。良作の打ちならすドラムの音を聞いて、ガタピシ雨戸があいて、異様な四人の姿を見送る顔があった。

　佐藤はできるだけ胸を張って、右足をひどく引摺《ひきず》りながら、良作の後ろを歩いていた。梶は佐藤から三歩遅れて、のめりそうになる姿勢をたえず修整しながら歩いていた。最後の長田だけが凱旋《がいせん》将軍のように威張って、大股《おおまた》で雪をふみつけていた。良作が一段と力をこめてドラムを打つと、冷たい朝の空気がぴりぴり震えて、町の隅々《すみずみ》にまで佐藤の帰還を報じていった。長靴を穿《は》いた子供が雪の中を佐藤のところに駆け寄って来て、彼の顔をじっと見上げた。丸い眼をした子供だった。佐藤にはその子の眼が、佐藤のやったことのすべてを知ろうと詮索《せんさく》しているような眼に見えた。佐藤は子供の眼の光に、心の中を射られたような気がした。楽隊を先頭にして帰還しつつある自分には、凱旋将軍として迎えられたい心があったのではないか、自分がなしとげたことは野中が明治二十八年にやったことと同じように、或《あ》るいはこの子の眼には単に作り上げた英雄の姿としてしか映らないのではないかと思った。そうではないと打ち消そうとしても、楽隊を先頭としている彼は英雄になりたがっている自分の心の裏面を決して否定はできなかった。

「もういい。楽隊は止めてくれ」

佐藤は、悲鳴に似た響きを持った自分の声に自ら打たれてよろめいた。

ドラムが止むと、そこには一列の、なんだか訳の分らない行列ができた。前に、朝の煙が真直ぐ立ち昇っていた。その紫の煙が匂うように美しく見えた。再び静かになった御殿場の中央通りを佐藤は、三人よりもずっと遅れて歩いていった。列から遅れて、初めて彼は、英雄になりたがっていないぞと自分自身に言い聞かせて、その回答をぐらつく膝頭《ひざがしら》にしっかり受け止めてはその度に長い間立ち止った。

旅館で靴を脱いだ佐藤は乾いた手拭《てぬぐい》で、右足の指を長田に打たせた。長田の額に汗が出る程打たせても血の色は通って来なかった。旅館の主人が、長田に代って両手でもんでみたが、ついに感覚はもどらなかった。

「もういい……」

佐藤は青白く変色した五本の足指を怖《おそ》ろしい眼をして睨みつけて言った。

「先生、医者を呼びましょう」

長田は佐藤の足を取ると足指を両手でしっかり挟《はさ》んで胸に抱くようにしながら言った。佐藤はだまって首を大きく振ってから傍《そば》に立っている宿の主人に、

「上りの一番は何時だね」

と聞いた。上りの汽車までに三十分あった。佐藤は眼をつむった。間もなくおしかけて来る新聞記者に、佐藤技師凍傷と書いて貰いたくなかった。そんなことが永年観測所設立に何かのわざわいになりそうな気がした。東京に帰って治療することがよさそうに思われた。

「人間も六十になると、からっきし意気地がなくて……」

佐藤は心配そうに見詰めている人達《たち》に弁解するように言ってから靴をはいた。

「さあ……」

佐藤は梶と長田を交互に見て、

「駅までつれていって貰おうか」

そういってルックザックを背負うと二人の肩につかまって立上った。歩き出すと足指のつけ根が焼かれるように痛かった。棒で指のつけ根の骨がこじられるように芯《しん》が痛んだ。苦痛はつけ根で止って、それから先には伝わっていかなかった。頂上で観測した一月の気象観測の資料がルックザックの中でガサゴソ鳴った。頂上出発以来、佐藤の背から離れなかった音であった。

十

佐藤の冬期滞頂観測の成功は、今まで逡巡《しゅんじゅん》していた文部省と大蔵省の当局を相当強く動かしたようであった。富士山頂観測所の予算案を持って折衝に当る気象台の奥山事務官も、人命の安全性について、相当強くつっぱることができた。

（富士山での気象観測の重要性は認めるが、人命の安全が期せられない）

　この理由が三十年来、十万円にのぼる予算額の成立を妨げていた大きな要素であったが、もはやこれだけで予算を却下することはできなかった。佐藤は奥山事務官と実情説明にしばしば文部省を訪れた。三月も終りに近づいた頃《ころ》、文部省の会計課の部屋で奥山と佐藤が富士山観測所の予算の説明を終った時であった。登山の好きな予算掛員の波土島が佐藤に向って、

「佐藤さん、今度の下山の時、凍傷にやられたそうですが、もうすっかりいいですか」

と聞いた。右足を引摺《ひきず》って歩く佐藤はしばしば同じような質問を受けたが、凍傷したというだけで、くわしいことは言わなかった。

「すっかりいいという程でもないが……」

　言葉をにごした佐藤に向って、波土島は凍傷について熱心な質問を始めた。佐藤はゆっくりした語調で、凍傷の起る原因から、その処置について、サガレンや、富士登山の経験を話した。乾いた藁《わら》で叩《たた》く佐藤独特の方法が手振りで示されると、座は急に緊張して、節くれ立った彼の指先に皆の視線が集まった。

「……で、足の凍傷は……」

波土島は、それ程に周到な佐藤の処置があっても、なお凍傷を起した原因について知りたかった。佐藤は口をつぐんでしばらくは波土島の顔を見詰めていた。

遭難しかけたあの夜の吹雪の音が急に甦《よみがえ》って来た。太郎坊の小屋に入った時、乾いた手拭《てぬぐい》で長田にいくら打たせても、右足の指先の感覚がついにもどらなかった絶望の瞬間が、そして田口旅館のあがりがまちに腰を下ろして靴《くつ》を脱いだまま、しばらくの間、感覚のない自分の足指を押し続けていた時のことが浮び上ってくる。

「……なにぶんにも、私は老人だから……」

佐藤は遭難のことは一口も語らず、波土島の前で靴を脱いだ。白い包帯に包まれた足があった。

「若い人なら、めったなことでこうなることはないでしょうが……」

佐藤はそう言いながら包帯を解いて見せた。油紙に包まれた右足の指は切断されていた。一言も発するものはなかった。厳粛な空気が一同の顔を撫《な》でて通った。疵痕《きずあと》を見るに堪えなくて、顔をそむける者さえいた。波土島が佐藤の前にかがみ込んで包帯を掛けてやりながら、

「すみません」

と小さい声で言った。

文部省の腹は気象台案を呑《の》むことに決った。予算の折衝は大蔵省と文部省との間に移されたが、予算額の点でなかなか折合いがつかないまま、昭和六年に持ち越された。昭和七年八月一日から一カ年に渡って世界的規模でなされる第二極年を翌年にひかえて、富士山観測所の通年観測を第一に押している気象台は、予算の成立をはらはらする思いで見守っていた。

ちょうどその頃、コペンハーゲンでは国際学術会議が開かれていた。第二極年観測についてもこの席上で論議されることになっていた。出席している田中館《たなかだて》博士からの手紙が中央気象台長の岡田博士に届いたのは八月の初めであった。この中にタイプで打たれた議事録があった。第二極年に参加して日本がなすべき項目が決められていた。その第一に富士山頂の気象観測が取り上げられていた。議事録は日本語に翻訳されて、文部省にとどけられ、大蔵省に廻《まわ》された。田中館博士が日本を代表して出席し、引受けたことは、予算案の通過を決定的なものにした。

予算が通ったことがはっきり決った日の夜遅く、奥山事務官は高円寺の佐藤の家へ知らせに行った。佐藤は玄関に立ったまま、それを聞いた。意外な程、佐藤は落着いていた。

奥山を乗せた自動車の音が遠のいてから、佐藤は玄関脇《わき》の応接間の灯《ひ》をつけた。古びたコッフェルが棚《たな》の上に置き物となっていた。明治四十年の一月、佐藤の第一回冬期富士登山の際、田中館博士が試作してくれたものである。平たい、青い瀬戸引き鍋《なべ》の下のアルコールランプから今火を消したばかりのように、火ぐちのこげた綿糸の束が首を持ち上げていた。火力の調整をする真鍮《しんちゅう》のネジを廻すと、こつんと音がして、三十年の眠りから覚めたように灯心が延びて出た。

〈これだけなんだよ、佐藤さん、種も仕掛けもありゃしない〉

そう言って大声を上げて笑った大学の実験室での田中館博士の三十年前の顔とコペンハーゲンに日本代表として参加した博士の顔が重なり合って見えるようだった。

昭和六年の冬からは二十代の若手の観測員が数名ずつ一カ月交替で富士山頂にこもって観測を続けた。梶《かじ》と長田がいつもその先頭に立っていた。新聞が派手な記事を掲載するようになった。飛行機から食糧投下をしたのもこの年の冬である。各新聞社が慰問隊を出して、でかでかと頂上の生活を報道したのもこの冬であった。危険視され、神秘化されていた冬の富士山はこの年を境として、誰《だれ》にでも容易に近づける山となった。御殿場口にはスキー場ができ、自動車が太郎坊まで通ずるようにさえなった。

明けて昭和七年、雪溶けとともに大がかりな工事が富士山頂に始められた。すべての近代設備を持った白い美しい観測所は東賽河原《ひがしさいのかわら》に建てられ、充分な食糧と燃料は強力の背によって運び上げられていた。佐藤はこの夏も右足を引摺りながら頂上にいた。六十一歳になっていた。すべての準備が終った。正式気象観測が八月一日から若い五人の観測者の手に移される最後の日、後を引継ぐ主任の藤村技師が分厚い気象観測日誌の第一頁《ページ》を開いて、

「先生、何か記念に書いて下さいませんか」

と差し出した。藤村は佐藤の長年の努力に対するこの日の感想で第一頁を飾ろうとした。佐藤は頷《うなず》いてすぐペンを走らせた。

「風速計の接点が磨耗《まもう》しているから取替えを要す」

書かれたものは藤村の期待したものではなく、たった一行の平凡な引継ぎ事項でしかなかった。ペンを置くと佐藤は新しい観測所の南側の一室に引き揚げた。長田が麓《ふもと》から取って来てくれた桔梗《ききょう》と女郎花《おみなえし》が壁の花びんに差してあった。佐藤は電灯を消して、二重ガラスの窓を透《とお》して見える下界の夜の景色をいつまでも眺《なが》めていた。海岸線にそって、点々と続く灯台の灯が、今夜初めて見るような美しさだった。

〈ホテルのように設備された観測所を建てたい〉

佐藤は山階宮《やましなのみや》が言っていた言葉を思い出した。ベッドをへだてて、自分と同じよう

な姿勢で山階宮が下界を見詰めているような気がしてならなかった。

翌朝早く佐藤は一人で下山した。銀明水から九合目の下に来ると、そこで立ち止って、しばらくあたりの地形を眺めていたが、道を東側に踏み越えて、岩と岩の間を縫うようにしながら、注意深く下っていった。八合目のあたりまで来ると、彼は大きな黒岩のところで立ち止った。それから熱心にその岩の根元の砂を掘り始めた。一時間もかかって、ついに彼は岩の間に挟《はさ》まっていたガラスの破片を見つけ出すと、すかしてみたり、撫でてみたりした。薄いガラスの破片は砂に洗われて、曇りガラスのようになっていたが、間違いなくそれが、一昨年の一月の登山の時、こわした時計のガラスの破片だと分ると、丁寧に紙に包んで懐中に収めた。

佐藤は満足しきった顔で頂上を仰いでにっこり笑った。それからはもう二度とうしろを向かずに、麓に向って下山道をたどって行った。

この小説に登場する主要なる人物は実名を使用した。経過も、事実に齟齬《そご》しないように注意して書いた。

おとし穴

一

暗い森の坂道を登りつめると、急に前が開けた。これからは雪明りで道を間違うことはあるまい。丘を越えるとすぐ村の灯《ひ》が見える筈《はず》だ。

「おらあ、上村の万作だぞ、雪道に提灯《ちょうちん》はいらねえ」

万作はそっくり返って、誰《だれ》もいない雪原に向って、ひとりで力んで見せてから、灯を吹き消した。まだ酔いが醒《さ》め切っていないのか吐く息が荒い。火を消した提灯を畳みもしないでぶらぶら振って歩く腰つきも確かとは言えない。万作が雪を踏む音が冷たい夜気に乾いた響きを伝える。

突然、万作の足音がと絶えた、と同時に彼の姿は地上から消えうせた。雪明りに見えるかぎりは、ところどころに木の影があるだけ、ここには空気の動きもない。ものすごく寒い夜であった。

万作は谷底へ落ちたと思った。首の根が折れているに違いない。暗い穴の中からそうっと起き上ると、ちゃんと首はついている。打ったのは腰らしい。一度に酔いが醒めたような気がした。坐《すわ》り直してあたりを手で探って見ると、人が掘った穴らしい。腰の痛みはひどかったが、どうやら立上ることができた。精一杯手を延ばしても手が届かない程の穴の深さであった。

「山犬の落し穴じゃあねえか、こりゃあ、畜生め、だまってこんなところへ穴を掘りゃあがって……」

まず提灯だ。落ちた時手から放したのだから、その辺にあるはずだ。提灯のかわりに、土産《みやげ》に貰《もら》って、腰に携《さ》げて来た藁《わら》つとが手に触れた。それを摑《つか》み取ろうと更に背を低くして、手を前に延ばすと、藁包みより四尺と離れていない先に二つ並んで光っているものがある。穴の底に触れている万作の手の位置から判断すると、その光源は四寸ばかり穴の底から高いところにあった。はてな、と万作が藁つとの手を引込めた時、刺激性の臭気が彼の鼻孔を衝《つ》いた。並んだ青い光は動かなかったが、それが動物の眼《め》であることは間違いなかった。

すうっと身体《からだ》中から血が引いていった。万作は、じりじり後に下ったが、背中がぴたりと土の壁にさえ切られると、もはやどうにも身体を動かす術《すべ》はなかった。眼が穴の中の暗さに馴《な》れてくると、動物の大きさがほぼはっきりして来た。大きな山犬だった。総身の毛をたてて、頭を下げ、前足を揃《そろ》えて、万作に飛びかかる姿勢でいた。万作は右腕の肱《ひじ》を鋭角に曲げて、顔を防ぐ格好のままで、山犬の眼を睨《にら》みつけた。飛びかかって来る山犬の歯を右腕の肱で受け止めようと思った。村の古老の話に、山犬に襲われて、右の肱に咬《か》みつかれた男が、そのまま肱を山犬の口の中へ押し込んで殺したという話がある。万作はそれに習って戦うより方法がないと思った。山犬は人の眼を恐れることも知っていた。ちょっとでも眼をそらしたらおしまいだ。

万作の右肱が震えた。立ったままで肱を張り通し続けることは困難であったし、そういう姿勢は、腰から下が隙《すき》だらけのようで不安だった。万作は穴の壁に背中を持たせかけたままで、静かに身をかがめていって、左膝《ひだりひざ》を折り、右膝を立てて、その上に右手の肱を乗せた。いつでも立上れる姿勢だった。そうすると、山犬に向けている肱鉄砲の威力が急に減殺《げんさい》されたような気にもなる。肱鉄砲を膝のつっかい棒から取ると、確かに威力的にも思えるが、こらえても頑張《がんば》っても、肱は自然に下にさがる。

山犬の毛は、万作の肱の上下に従って立ったり寝たりした。肱を下げたままにしておくと、山犬の毛は寝たままでいるが、そのかわり、山犬の頭が持上る。山犬の眼の高さが上ることだけでも、万作は敵に対して不利を感ずる。肱鉄砲の位置が固定して、四つの眼がかっちり組んだまま、呼吸が交わされていた。

眼で山犬をとらえている限り、山犬が襲ってくる気配はないようだった。じっと眼をむいていると、まぶたが疲れて続けて瞬《まばた》きをすることがある。そうしまいとこらえても、これだけはどうにもならなかった。だが注意して見ると、山犬の方でも瞬きをした。万作には、敵の眼の光が消える瞬間の方が怖《おそ》ろしかった。

万作は背を穴の壁に持たせていた。このままの姿勢で夜が明けるまでじっと待っていることだ。夜が明けると人が通るだろう。後頭部から背中にかけて土の冷たさがやり切れなかった。穴に落ちる時に落した頭巾《ずきん》が山犬と万作のちょうど中間にあった。耳と鼻ぐらいは明け方の寒さで凍傷にやられるだろう。雪靴《ゆきぐつ》をつけているし、手套《てぶくろ》もしていたが、このままじっとしていることの方も危ない。が、山犬に咬み殺されることを考えたら、あきらめもつくということだ。

二

冬は全く人通りのない、といっても、山道であることには間違いがない。そこへ落し穴を掘るとはなんとふざけた間抜けだろう。しかし、源兵衛《げんべえ》の家でたらふく御馳走《ごちそう》になって、泊れ泊れと引止めるのも聞かずに、

「なあに近道を帰りゃあ、半刻《はんどき》とかかるもんじゃあねえ」

　と振切ってわざわざこの山道を選んだ自分も馬鹿《ばか》だと思った。

「畜生め、俺《おれ》が山犬に喰《く》われて死にゃあ、源兵衛も、平助も、松も、辰吉《たつきち》も喜ぶだろうぜ、喜ぶがいい、だからと言って、借金の証文まで山犬は喰ってはくれねえからな」

　万作は四人の顔を思い浮べた。猪《いのしし》を獲《と》ったから一杯飲もうと、下村の源兵衛に呼ばれて、四人を相手にいい加減飲んだ後で、帰ると言い出した万作をみんなで引き止めた。夜道はよした方がいい、狐《きつね》にでもばかされたらどうする、と言ったのは平助だった。金貸しの夜道は危ねえといったのは松だった。なあに万作さは、猪を食って急におっかあが恋しくなったずらといったのは源兵衛である。辰吉はいびきをかいて寝ていたようだ。

「なによう、てめえら、なにをこいてけっかる、夜道がどうのこうのって、子供じゃあるめえし、おらあ上村の万作だ、いかにも金貸しだがよ、夜道にゃあ一文だって持って歩かねえだ」

　万作は胴巻きを振って見せた。どっと座が沸き立った。

「だがよう万作さ、一ときもかかるぜ、途中で酔いが醒めたら風邪を引くで」

源兵衛がいった。

「せぎの近道を行きゃあ、半どきとかからねえ」

と万作はこれに応じた。するとみんなで、雪が深いの、道を間違えるのと、止めにかかった。そうなると万作はいよいよ近道を帰るといい張った。

「ただ酒を飲んで損したっちゅうもんだ」

万作は心の中でつぶやいてみた。三人が引き止めてくれた時、素直に泊るか、遠廻《とおまわ》りだが村道を歩けば、とっくに家に帰って、今頃《いまごろ》は炬燵《こたつ》に入って寝ている頃だ。だがあの三人のうち誰《だれ》かが、ここに山犬の落し穴があると一言言ってくれたら、こんな馬鹿らしい目に遭わずにすんだのに。この近在の部落で猟師といえばあの四人に限っている。三人が知らないとすれば、穴を掘ったのは辰吉に違いない。辰吉はぐっすり寝ていたから仕様があるまい。しかし、猟師の間には互いに連絡がしてあって、誰がどこへ落し穴を掘ってあるかは三人とも知っている筈《はず》だ。知っていて、それを知らせてくれなかったのは……。万作はうんと唸《うな》った。青い眼《め》の位置が上った。山犬の毛が逆だった。万作はいそいで肱鉄砲をかまえ直した。睨《にら》み合いの姿勢が自然に均衡がとれて、前どおりになるまでには長い時間がかかった。余計なことを考えるべき時ではない。今はただ、山犬から眼を離さずに夜明けを待つことだ。万作は右膝に乗せかけた肱鉄砲のかまえを立て直した。

山犬との睨み合いが膠着《こうちゃく》状態に入ると、またしても万作は、この落し穴について思いをめぐらせ始めた。どうもこれは、三人の仕組んだことらしい。三人が近道をやめろと止めにかかったのは、止《や》めさせるためではなくて、酔払うとやたらに威張り立てて、強情を押し通そうとする万作の性質を見抜いての策戦ではなかろうか。

「畜生め……」

小さかったが、確かにそれが声になって出た。山犬のかまえが変った。二つの眼が地につきそうに低くなって、揃えた両足が小きざみに前を引搔《ひっか》いていた。万作は呼吸《いき》をつめた。

月がやっと出たらしい。薄雲を透《とお》して、外が明るくなって来た。穴の底が明るくなると山犬の眼の光の威力が落ちた。気のせいか青味を帯びていたのが赤みがかって来たようにも見える。ずっと光度も弱い。山犬は外からの明るさを除《よ》けるように穴の隅《すみ》に、ほんの少しであったが位置を変えた。暗がりに入ると、山犬の眼は再び青く輝き出す。

穴の高さは十尺あまり、巾《はば》三尺に一間半の広さがあった。山犬と万作が穴の両端を占領して、その間になお何尺かあった。山犬と万作との中間に、境界の目印のように頭巾《ずきん》があり、それよりずっと手前の万作が手を延ばせば容易に取ることのできるところに藁《わら》つとがあった。

穴は土の凍らない秋の終りに掘って置く。冬になって、山犬が餌《えさ》を探しに里へ近よってくる頃になると、穴の口を細い枯木を並べてふさいで雪を待つ。一雪降ると、もうそこに穴があることは分らない。そこで穴の上に餌を置く。山犬は餌に向って一足飛びに跳躍して、前足で押えて取る習癖がある。狐のように付近を嗅《か》いで廻るような周到さがないから、自重で穴に落ち込み易《やす》いのである。

山犬が大神様《おおかみさま》と言われて神格視されていた時代が過ぎて、この頃では猟師のよい獲物となっていた。山犬の舌が黄疸《おうだん》の特効薬として高く売買されるようになったからである。死んだ山犬が三両、生きたのは五両も十両もすることがあった。

しかし村人の大部分はまだ山犬を畏怖《いふ》していた。山犬もまた人を畏《おそ》れていた。長い世代を通じて、山犬と人との間には不可侵条約のようなものが結ばれていた。山犬が人を襲うことはなかった。万作が馬喰《ばくろう》をやっていた頃、馬を曳《ひ》いて山道をよく歩いたが、万作の通り過ぎるのを山犬は前足を立てて腰を下ろして見送っていた。この格好を山犬つくべえと呼んで、敵意のないという表現でもあった。一日も二日も後を跟《つ》けて来ることもあったが、別に危害を加えることもなかった。人の姿を見て逃げ去る野犬とは性情を異にしていた。

月の光が穴の土壁に当って、その下に今なお攻撃の姿勢をくずさない山犬を照らしていた。灰色がかった毛並みで、胴がしまっていた。いつ頃この山犬は穴に落ちたのか、新雪が穴の下に降り積っているところを見ると、山犬が穴に落ちたのは五日前の勘定になる。少なくとも丸々五日間は餌を食べていないことになる。そう思って見ると山犬のあばら骨がごちごち隆起している。山犬が飢えのために襲ってくるかも知れないという不安が持上った。山犬に関する古老のいくつかの話を頭の中で思い出してみた。飢えた山犬が家畜を襲った例は幾度か聞いている。天明、天保《てんぽう》の饑饉《ききん》の時、餓死した人の肉を山犬が食べた話も伝えられている。しかし、この時でさえ、生きた人間を山犬が襲った例はない。山犬と人との争いは、人間の方から仕掛けた喧嘩《けんか》が多い。肱鉄砲で山犬と戦った話も、元をただせば、山犬の仔《こ》を藩主に献上するために、山犬の棲《す》む洞窟《どうくつ》に入りこんだ捨吉という猟師と山犬との格闘が言い伝えられたものであった。しかし、例外だってあると万作は考えた。人を襲わなかったのは、他《ほか》に食うものがあったからだ。いよいよとなったら、相手はけものである。餌を前にして餓死する筈がない、それは時期の問題だ。夜が明けるまでの間に山犬の気が動けばおしまいである。

万作は山犬の眼よりも、その瘦《や》せこけた胴から隆起しているあばら骨と、こけた頰《ほお》が怖《おそ》ろしかった。背筋が寒くなった。恐怖とともに尿意を催して来た。寒さには耐えて来たが、この方はどうにもならない。立つことは危険だし、そのままで前を開いて敵に見せることはより以上の冒険に思われた。温かいものが股間《こかん》を流れた。山犬は万作の挙動の変化にまず耳を立てた。ついで万作の股間から上る湯気に眼を向けたが、警戒以上の敵意は表わさなかった。水蒸気が山犬と万作の間に立ちこめて、穴の外にまで立ち昇って月の光で静かに揺れた。源兵衛に飲まされた酒の量が多かったせいか、尿の放出は長かった。股間から尻《しり》の下までびっしょり漏らした水分は、すぐ凍結を始めた。その速度が異常な速さであった。雪の上に坐《すわ》っている尻の方からまず感覚がなくなっていく。野袴《のばかま》が凍って、下着から局部に向っての寒気の浸透は、なんとしてもやり切れない。それは冷たさよりも、痛さであった。局部が凍傷になったら死ぬか、死なないまでも男としての能力をなくすことになる。万作は絶望に似た眼を山犬に向けた。

頭巾が山犬と万作の中間に落ちていた。綿の入った頭巾である。それを尻の下に敷くか、野袴の中に手早く突込んで局部を守れば、どうにかなりそうだった。だが頭巾は山犬と万作の境界点にある中立の孤城である。その城を取ることは、明らかに山犬に対して万作の方から攻撃を開始したことになる。武装平和の均衡は破れるに間違いない。

寒気の攻撃は太ものつけ根まで迫っている。頭巾が欲しい、だが手を出すことは死を意味する。頭巾よりずっと手前、そのままの姿勢で手を出せば拾えるところに藁つとがあった。猪の肉をたっぷりつめこんである藁つとは丸くふくれ上っていた。

(うん、そうだ)

突然、すばらしい策戦が万作の頭に浮んだ。万作は、右手の肱鉄砲と眼を山犬に向けたまま左手を延ばして、徐々と藁つとを手元に引寄せた。山犬は万作の領地内の行動の自由は認めているのか、動かない。万作は藁つとの中から肉の一片を摑《つか》みだすと、山犬の顔に向ってぽいと投げた。山犬は飛び除《よ》けようとして激しく尻を壁で打ったらしい。バラバラと雪と土塊《つちくれ》が落ちる中で、肉を両手で押えつけて、肉片と万作の顔を等分に見較《みくら》べていた。山犬の爪《つめ》の下のものが猪の肉であったことには山犬は驚いたらしい。山犬は爪の下の感触を通して起って来る食欲としばらく戦っているようであったが、万作に疑いの眼を向けながら、爪の下の肉の臭《にお》いに惹《ひ》きつけられるように頭を下げていって、ついにその臭いに負けて、一口で飲み込んでしまった。すかさず万作は藁つとごとそっくり、穴の端に向って投げた。山犬が身をよじってそれを押えた隙《すき》に、すばやく、頭巾を手元に摑み取った。山犬は万作がなにをしたか横眼でちゃんと見ていた。

三

股間に頭巾を入れた処置は成功であった。濡《ぬ》れたものから離されて、頭巾に包まれた万作の局所は、再び息を吹き返したようであった。だが猪《いのしし》を喰《く》った山犬の食欲も息を吹き返していた。山犬は万作の股間に消えた頭巾に疑いを持っているようだった。万作の眼《め》と彼の股間のあたりとに眼を配りながら、爪で土を搔《か》いた。前が掘れて二つの穴ができた。爪が更に前を引搔くと穴は前進する。そうして一分一寸と万作に向って山犬は前進を開始した。幾日も食べていない山犬の腹に、幾分かの食物を与えたのが悪かったのだと悔いたが、もうどうにもならなかった。

山犬の眼は万作の眼と彼の股間を狙《ねら》っていた。山犬の欲するものは万作の生身ではなく、彼が股間に隠匿《いんとく》した頭巾を要求しているもののようにも考えられる。こうなったら、股間に隠した物は猪の肉でないことを証明しなければならない時が来たと思われる。けもののうちで最も利口であると言われている山犬のことだから、頭巾を見たらあきらめがつくかも知れない。攻撃を中止するのかも知れないという僅《わず》かなのぞみと、追いつめられた防衛手段として、万作は股間に入れてあった頭巾を引きずり出すと、山犬に向って投げつけた。

山犬はぱっと飛び下って両足で押えて、歯の音を立てて頭巾を食い破った。中から出て来た絹綿が歯に引っかかった。山犬はひどく慌《あわ》てて、前足の爪で掻き落しにかかったが、今度は爪に絹綿が引っかかって長く延びた。山犬が狭い穴の一角であばれる震動が伝わったためか、穴の上から一塊の雪が落ちて来た。山犬はそれが、万作の不意打ちと見てか、横飛びに除けて、余った勢いで万作におどり掛った。狭い穴だったし、体勢がくずれていたし、踏切りが充分でなかったために、山犬の歯は万作の肱鉄砲の先をかすめて、がつんと宙で鳴った。万作は悲鳴を上げた。山犬は万作の叫び声があまり近いのに驚いたのか、顎《あご》を引いて、身体《からだ》をちぢめ、いつでも飛びかかれる体勢のままで後退した。

「おらあ殺されるぞ」

万作は右腕の肱鉄砲をかまえながら、左手で得物を探した。冷たい赤土の壁が触れた。一種の絶望を透《とお》して、万作の頭に土蔵の白壁の感触が浮び上った。壁の中には五十両の小判が隠してあった。妻のおちせにも秘密であった。

（山犬に俺《おれ》が殺された後で……）

誕生日が過ぎたばかりの吾平のあどけない顔が浮んだ。その金をどうすれば吾平に与えることができるだろうか。万作は山犬に対して激しい怒りがこみ上げた。前にいる山犬が吾平を喰い殺そうとしている山犬に見えた。

「畜生め！」

万作は山犬に向って叫んだ。

「来るならこいっ！　口を引きさいてくれるわ」

本当にそうするつもりだった。万作の剣幕に圧倒されたのか、山犬は少しばかり退いた。万作は眼で山犬を圧《おさ》えつけたまま、左手の手套《てぶくろ》を脱ぐと、爪で赤土の凍った壁に字を書き出した。山犬は万作の左手の不思議な動作に攻撃の牙《きば》をひかえて監視を始めた。自然と休戦状態に持ちこまれていった。指先の感覚だけで書いたものだから、おかしな字ではあったが、どうやらそれは、

（くら　かべ　かね）

と読めた。万作は横睨《よこにら》みでその文字を読取ると、左手を引込めて手套をはめ、膝《ひざ》で叩《たた》いて凍傷から守ろうとした。こう書いて置けば、山犬に食われて死んでも、遺産はおちせと吾平の手に渡るだろう。

色白のおちせが、吾平を抱いて縁側に坐《すわ》っている姿が見えた。源兵衛《げんべえ》が現われた。借金に来たらしい。頭をぺこぺこ下げてすぐ帰っていく。松が雉《きじ》を引下げて来る。これも借金である。平助が借金の利子を持って来た。土産《みやげ》に置いていった山兎《やまうさぎ》が、生きているように丸くなっている。最後に現われたのは辰吉《たつきち》である。辰吉はおちせと並んで縁側に坐ったまま動かない。借金ではなさそうだ。おちせの顔が妙に浮き浮きして見える。おちせの胸の中で吾平が眠ったらしい。おちせは障子をあけて中に入る。すると辰吉はその後について中へ入り、障子を締めるとき外を窺《うかが》うように見廻《みまわ》した。暖かい陽《ひ》ざしが静かに縁側に降りそそいでいる。障子を締めると家の中で何がなされているか、もう見えない。

「ううん……」

万作は唸《うな》り声を上げて立上ろうとした。山犬の毛が立って、背が縮まった。跳躍の姿勢である。

「畜生め、畜生め、こん畜生！」

万作は立て続けに騒ぎ立てた。山犬は跳躍の機先を掛声で制せられた形で、尾を横にねじった。太い尾であった。いくら気を張っていても、ばりばりに凍りついた、股間から尻《しり》にかけての冷たさには勝てない。その辺からの知覚の失われていく速度と平行して、頭の中にはつぎつぎと幻想が浮んで来る。

辰吉は無口な男であった。仲間と組まないで、一人で山の中を二日も三日も歩き廻って、大物を仕留めて来ることがよくあった。意外なところにわなを仕掛けて、上手に狐《きつね》やむじなをとらえるのも辰吉であった。この山犬おとしも辰吉の仕業と思われる。万作が帰ると言って騒ぎ出した時には確かに酔って眠っていたが、万作がいよいよ雪《ゆき》靴《ぐつ》を穿《は》いて立上った時には、青い横顔を見せたまま台所で柄杓《ひしゃく》水を飲んでいた。辰吉がなぜ落し穴のことを言ってくれなかったか、辰吉には金を貸したことはない、何の利害関係もない辰吉が……万作はさっき頭に浮んだ幻想の一こまにもう一度焦点をしぼった。

おちせは下村一の美人だった。村の習慣通り、上村の若者は下村の娘に通い、下村の若者は上村の娘に通った。そういう村の習慣になぜかおちせは従わなかった。夜になると厳重に戸を閉めて誰《だれ》が来ても中へ入れなかった。業《ごう》を沸かした上村の若者が大勢で出掛けていって墓場の石塔をおちせの家の門に並べて、喚声を上げて引返したことがあった。翌朝、結果を見届けにいった万作は、辰吉が石塔に縄《なわ》を掛けて片付けているのを見て、

「ええせいが出るな」

とひやかすと、辰吉はすごい眼をして睨み返して、

「もう一度、言ってみろ」

と応酬した。それ以上なんか言ったら、飛びかかって来そうな気配がした。辰吉とおちせの家は一軒置いて隣だった。

万作の夜這《よば》いは不成功に終ったが、結局、桑畑でおちせをものにした。それまでに、おちせの家の者に上手に取入っていたのも万作らしいやり方だった。おちせは、いつかはそうなることを覚悟していたかのように、激しい抵抗を示さなかったが、涙で万作にはっきり抗議していた。万作は、それがおちせの感傷の涙と軽く考えていた。ただ、おちせがすでに経験している女のような気がしたが、別に大して問題にすることではなかった。それから十五年、おちせと万作は普通の夫婦であり、万作は小金をためて金貸しを始め、辰吉は猟師となった。辰吉は二年前に妻を失《な》くして独身である。万作は無いとあきらめていた子供が去年生れている。

「おらあ銭ためるせいがでた」

と益々《ますます》欲張りぶりを発揮して、貧農や猟師仲間を苦しめていた。

「そんなに金をためてなんにするだ」

と吾平が生れる前に、辰吉が言ったことがある。辰吉は猟師特有の、じっと見詰める癖があった。

あいつの眼は嫌《いや》な眼だ。睨み合っている山犬の眼にそっくりだと万作は思った。鋭くて、陰険で、光る眼で大きい。吾平の眼も辰吉のように大きくて二重まぶたである。おちせはやさしい細い眼をしている。万作はまぶたが重く下っている。ひょっとすると……、吾平が十何年かぶりで生れたことからして奇妙である。それに辰吉は女房を失くしたばかりである。

万作はいきなり切りつけられたような衝撃を受けた。

「こうなったら、どうしたって死ねねえぞ、うぬ、畜生め……」

万作は山犬に向って怒りの眼を見張った。しかし、もしものことが、と万作は考える。夜明けまでに山犬に食い殺された時は、土蔵の壁の金はどうなる。

（姦婦《かんぷ》に金を残してなんになる）

山犬と戦う前に、赤土の壁の遺言は消すべきだと思った。左手の手套をはずして、手を延ばして爪で凍《い》てついている赤土の壁の字を引っかいて見たが、爪の痛さが、つうんと頭にしみた。その途端に吾平の泣き顔が浮びでた。

「みろよ、この吾平の泣き顔は、万作の子供の時と瓜《うり》二つでねえか」

万作の伯母の言ったことばである。

「おちせに似て生れりゃあいいのに、このだんご鼻なんか万作そっくりでねえか、親子ちゅうものは争われねえもんだな」

堀《ほり》のじいさまが言ったことばである。おちせも辰吉も高い鼻をしている。団子鼻は確かに万作そっくりである。

「おらあどうかしているぞ」

万作は山犬に向ってそう言った。

四

月が落ちるとともに、峻烈《しゅんれつ》な寒さがやって来た。朝が近いらしい。しばらくじっとしていた山犬が動き出した。穴の右側に寄ったり、左側に寄ったり、しきりに足場を変えている。万作に飛びかかるのに踏み切りが悪いのか、尾が土壁に触れるのが気になるらしい。しばらくそんな動作をしてから、前足で前の土を搔《か》き出した。前回の襲撃の失敗にこりて、しっかりした足掛りを作るつもりらしい。山犬が飽くまでも攻撃を中止しようとしないのは、矢張り飢えに与えた猪《いのしし》の肉がいけなかったのだ。暁を前にして、穴の中の邪魔者をやっつけようとしていることは確かだった。万作は切迫した自分の生命を誰《だれ》も救いに来ないのが口惜《くや》しくてならない。おちせには帰ると言って出たし、めったに泊ることはないのだから、当然おちせが騒ぎ出しそうなものだと思った。それにこの山犬おとしを掘った辰吉が冷水《ひやみず》を飲んで正気に返った後で、気がつけば後から追って来ないという法がない。やはり辰吉は臭い。おちせも臭い。松も平助も源兵衛も臭い。しかし夜が明けたら、村中で騒ぎ出すことは間違いない。それまで命を永らえたいと思う。

万作は山犬が足場を作り出すと、すぐ自分の前の雪を掻いて石を探した。運よく握りこぶしほどの石があった。万作は帯を解いて、石をその一端に包んで縛ると、立派な武器ができ上った。そうしておいて、帯のない身体《からだ》を野袴《のばかま》の緒できつく締め直した。万作の今までにないあわただしい動作を、山犬は上眼使《うわめ》いに見ながら、山犬は山犬で、既に合戦の近いことを察したかの如《ごと》く、踏み切りの穴を掘るのに懸命であった。踏み切り台の穴ができて、そこに足を揃《そろ》えて跳躍の姿勢になると、山犬の尾がずっと延びて後ろの壁に触れた。それが山犬には気にかかるらしく、跳躍の決心がつかず、踏み切り穴を自然に前進させる方法を取って来るようだった。万作は帯に包んだ石のふんどうを、ぶらりぶらり振って、前進しようとする山犬を牽制《けんせい》した。この方が肱鉄砲より効果は大きかった。山犬は動くふんどうに眼をつけていることにわずらわされて、足場を築くことがおろそかになる。

股間《こかん》より下の感覚が失われようとしていた。万作は下半身を絶えず動かしては、知覚の麻痺《まひ》から逃れようとした。動くたびにばりばり音がした。彼は身体を動かす以外には、当面の敵に対しても寒気に対しても戦う術《すべ》を失っていた。

境界を取除かれた穴の中は、既に三分の二は山犬の領地となっていた。山犬は万作のふんどうが揺れるだけで、大した威力がないと見当をつけると、いよいよ万作の咽《の》喉《ど》を狙《ねら》っての攻撃を決心したようだった。

山犬の攻撃の前に機先を制して、山犬を後退させて、持久戦に持ち込んで朝を迎えるより方法がない。万作は総身の力を帯を持つ手にこめて山犬を睨《にら》みつけた。山犬の大きさと自分の大きさと比較すれば、ずっとこちらが大きいし、力も強い。歯だけさければ負ける筈《はず》がない。山犬の尾が壁から離れた、背中の毛が立った。

「かっ」

万作は気合いとともに、山犬の機先を制してふんどうで山犬の頭を狙った。はずれて雪の上を叩《たた》いた。手元にふんどうをたぐり寄せようとする隙《すき》に、山犬は跳躍して、大きな図体が前に落ちた。身をよじった万作の顔から山犬の歯が外れて、がっぷり右の腿《もも》に歯を立てた。万作は向き直ってくる山犬を、手に持っている帯を盲滅法振り廻《まわ》して防ごうとした。山犬がふんどうの石にがつんと音を立てて、咬《か》みついた。歯の折れるような音だった。すかさず万作は帯を山犬の首に巻こうとすると、山犬は万作の右腕に咬みついた。万作は咬みつかれた腕をそのままにして、左手の指で山犬の眼を突いた。山犬が穴の隅《すみ》に飛び下って、やっと首から帯がほどけて万作の手に戻《もど》った。

「やい畜生め、くるかっ！」

万作は立上ろうとしたが、傷の痛みと長く坐《すわ》っていたために容易に立上れそうもない。よろよろ立上ったところへ掛ってこられては、万作の方が不利であった。山犬と万作は激しい息を交わしながら動かなかった。

夜が白々と明けて来た。万作の顔には生気が甦《よみがえ》って来た。山犬は明るさとともにひどく焦燥に駆られているようだった。狭い穴の中で位置を変え、爪《つめ》で土を掻き、雪をはね飛ばしていた。

万作は最後の戦いが、日の光が穴に差し込む瞬間に始まるような気がした。日の光のきっかけに始まって、どちらかが死ぬまで穴の中で血を流すのだと思った。万作はさっきの攻撃の失敗から石のふんどうはぐっと短くして持った。命中を確実にするためもあったが、咬まれた右腕の出血のために、山犬の頭を割る程の力は出せそうもないから、山犬の首に帯を巻きつけて締め殺す以外に方法はなかった。

夜のうちに手探りで刻りつけた遺言の六文字が、はっきり見えて来た。何千年も前から、そこに書きつけられた文字のようであった。おちせも吾平も辰吉も小判もどうでもよかった。山犬を殺すことだけで一杯で、腿と右腕の咬傷《こうしょう》の痛みすら感じない。寒くもなかった。頭の中の磨《と》ぎすました鎌《かま》が、風に刃を向けて唸《うな》っているような感じだった。

朝靄《あさもや》がふたをした穴の中で、最後の瞬間を待っている万作の耳に遠くで鳴く鶏の声がした。里犬の吠《ほ》える声がする。外部の物音が穴の中へ入って来ると、山犬の挙動が変った。一晩中万作から眼を放さなかった山犬が、穴の外を振り仰いだのである。

(勝ったぞ)

勝ったが、動くまいぞ、ここまで来て下手に手を出すと、かえって危険である。山犬は外に気を配ることが精一杯で、万作に対しての攻撃は明らかに中止していた。どことなく、山犬の挙動に落着きがない。

「万作さやあ……万作さやあ……」

遠くで呼ぶ声がした。が答えるでない、ここで大声を上げて、山犬に戦闘のきっかけを与えることはあるまい。じっと待てばいい。万作は呼吸《いき》をこらした。穴の外に人の近づく音がする。

「やあっ！　万作さじゃあねえか」

顔を出したのは辰吉であった。辰吉は山犬を認めると、すぐ腰にさしていた山刀に手を掛けた。驚天のあまり顔が引きつって、刀にかけた手が震えていた。

「待ってくれ辰吉さ。今手を出せば、山犬は俺《おれ》に向って来るでねえか。それより梯子《はしご》だ、梯子を早く持って来てくれ」

辰吉は、うんと頷《うなず》いて引込んだ。辰吉が掘った穴なら、近くに必ず梯子が隠してある筈だ。穴の外で辰吉と源兵衛が、早口で話す声がして、源兵衛が顔を出した。

「おおうっ！　万作さだ、万作さだ。びっくりさせるでねえか。なんだってこんなところへ迷い込んだでえ……せぎへ出る近道を帰ると言って出たによ、ここはむじな窪《くぼ》でねえか、狐《きつね》にばかされたずら……」

そうだったかと、万作は一晩頭の中でもやもやしていたものが一度に氷解した。暗い森を出たところで、提灯《ちょうちん》を消した。雪明りで道を迷うことがないと思ったのが間違いのもとだった。せぎへ通ずる道と思い込んで、むじな窪の方へ歩いていたに違いない。

「分ったぞ、源兵衛。だがよ梯子がくるまで口はきいてくれるでねえ……」

源兵衛は穴の中の万作が帯に包んだ石のふんどうを持ったまま、少しも山犬から眼を外《そ》らさない様子を見て口を慎んだ。

梯子をかついで来た辰吉が、万作の傍《そば》にそっと下ろした。万作は左手でそれにつかまって、山犬から眼を離さず静かに立上ったが、しばらくはそのままで、腰から下のしびれの恢復《かいふく》するのを待っていた。梯子に左足をかけた。ちらっと壁に書いた六文字が見えた。辰吉や源兵衛に見られたらまずいと思った。助かった以上、不要の文字である。穴の底は深いから辰吉と源兵衛はまだ見ていない。万作は左手と左足を梯子に掛けたまま、もう用のなくなった石のふんどうを包んだ帯を足下に捨てて、右手を延ばして壁の遺書を消そうとした。腕を延ばすと、咬みつかれた傷が痛んだ。万作は身体を梯子からずっと壁の方に近づけて、字を消そうと試みた。山犬を睨んでいた万作の眼が赤土の壁に移ったと同時に、完全に山犬に背を向けた。

突然、穴の中に風が起きた。穴の上で二人が叫び声を上げた時には、山犬に肩を咬みつかれた万作は、梯子から落ちて、白い咽喉を見せていた。山犬の歯ががっぷりそれに食い込んだ。

朝日の光の第一矢が穴の中にさし込んで、万作の消し残したかねの二字を照らしていた。

山犬物語

私は峠に立って、村の全景を見下ろしていた。八ヶ岳の麓から始まって、南西に延びている村である。人家の両側を畑地が囲んで、すぐ裏が山続きになり、ずっと下って、人家のつきるあたりからやや傾斜がゆるやかに広くなり、そのあたりから田圃《たんぼ》が開けて赤松の林で切れている。細長い三角形の、村というくさびを、八ヶ岳の斜面に深く打ち込んだというふうに見える村であった。

私は地図を開いて見た。峠の道は大きく迂回《うかい》してから松林のところで村道と出会うようになっていた。峠から、山の中へ入って、直接村の中央に出る道は地図にはないが、どうにか行けそうな気がした。それに私は森の中から流れてくる甘い栗《くり》の花の匂《にお》いに多分に誘惑されてもいた。

栗の林を出ると、ぱっと前が開けて、意外な程近くに村が見えた。眼《め》の前の小さな川を一またぎすると、傾斜面を幾段かにけずって、村全体を見下ろせる位置に墓地があった。私は村の墓地の背後に出たのである。眼の前に、青垣《あおがき》に囲まれて、大きな自然石の石碑の頭だけが見えていた。最上段にあるその墓だけが一種の威厳を具《そな》えて、村を見下ろしているのが、印象的であった。私は墓の背後の草の土手をすべり降りてその墓の正面に廻《まわ》った。そこには私を待ち受けているように、手に手に鎌《かま》を持った数人の男が立っていた。

私は声を上げて、思わず逃腰になるのを、やっと踏みこたえていた。男達《たち》は別に私に危害を加える様子もなく、突然出現した私にむしろ向うの方で驚いている顔であった。

「いや、びっくりしました……いきなり鎌を見せられたんで……」

私は土を払いながら強《し》いて笑った。私は仕事の性質上、こうした辺鄙《へんぴ》な村や山や、時には無人島などに出掛ける。突然山の中で人に出会うこともあるが、こんな時はすかさず声を掛けることが大切なことであった。都会を離れれば離れる程、初対面の人には村人の表情は固く、こちらから打ち解けていかないかぎり、決して向うからは口をきかないものである。

私はすぐ身分を明らかにして、三日前にこの地方に降った、稀《まれ》に見る降雹《こうひょう》の被害について調査をしに来たことを話してから、ようやくあたりを見廻すだけの余裕を取り返した。

大きな石碑が立っていた。その前に供え物がしてあった。碑面を見ると中村太郎八之墓と書いてある。多分、碑面の人の命日でもあろう。しかし、墓参りに来た人達が手に手に鎌を持っていることが不思議だったし、その鎌は草刈り鎌でもなし、木の枝を払う鎌でもない。肉の厚い、幅の狭い、刃渡りが長く、それに柄《え》がまた随分と長いものであった。

「この村ではお墓参りに鎌を持って来るんですか」

私は五人の中の長老と見える男に聞いた。

「いや今日は太郎八様の命日でな、こうして村のものが山犬鎌を持って来たっちゅうわけだ」

「山犬が出るんですか」

私の聞き方が真剣すぎたのか、それともあまりに突飛だったのか、男達のこわばっていた顔が一度にほどけて、どっと声を上げて笑った。

「山犬なんかもういねえさ、この太郎八様が百年も昔に退治してくれたでなあ……」

老人はいくらか親しみを見せながら答えた。

「この中村太郎八という人が……」

私は石碑の面《おもて》をもう一度見直した。碑面は相当風化してはいるが、深く刻み込んだ文字ははっきりしていた。

「そうだ太郎八様だ、この人が村の先達になって、この山犬鎌で退治してくれただ」

そう言いながら老人は、鎌をさっと斜めに振り下ろして見せた。私は遠い昔を見るような気持で、夕陽《ゆうひ》に光る鎌を見守っていた。

一

弘化《こうか》三年の二月であった。

太郎八は種子島《たねがしま》を買って来ると、すぐ裏山に的を作って練習を始めた。しびれるような朝の寒さをつらぬいて、鉄砲の音は村中に響き渡った。鶏が一羽死んでも、石垣《いしがき》の石が一つ崩れても、それが村中の話題になって、一日のうちに上から下まで伝わるような村のことだから、太郎八が鉄砲を買って練習を始めたということは大事件であった。

「太郎八さ、おめえ猟師になるのけえ」

太郎八に会うと誰彼《だれかれ》となく、こう尋ねたが、太郎八は軽く笑って頷《うなず》くだけだった。標的に弾丸《たま》を当てることはそうむずかしいことではなかった。障子に書いた的の中心が確実に射抜かれるようになった頃《ころ》、ぶらりと太郎八のところへ柳作がやって来た。太郎八の女房おしんの兄で、下村一の地所持ちであり、字も書くし、口も達者だったので、何かというと、村のことで表面に押し出される男であった。

太郎八はいろり端で銃の手入れをしていた。

「太郎八さや、けものちゅうものはな、的みてえに、じっとしてはいねえずら」

柳作は懐《ふとこ》ろ手をしたまま、皮肉をこめた言葉を吐いてから、土間に置いてある障子の的を顎《あご》でしゃくった。

「まあ、あにさん、上らねえけえ」

おしんが声をかけたが、柳作はそれには返事をせず、

「動くけものを撃つにゃ、どうすりゃいいか二人でじっくり考えてみるだな……そうそう、話は別だがな、下村の彦兵衛《ひこべえ》さんとこの馬が、もうすぐ駄目《だめ》になるちゅうことだぞ」

柳作はふところから、ぼろに包んだ重いものをどしりと床の上に置いて、

「弾のたしにしろやい」

そう言い残して帰っていった。

太郎八は銃を膝《ひざ》の上に置いて考え込んだ。おしんは火箸《ひばし》を持ったままいろりの火をじっと見詰めていた。色の白い女である。かけた鍋《なべ》から湯気が上っていた。

「おしん手伝ってくれねえか」

ぽつんと一言太郎八が言った。

「鉄砲かえ?」

「うん……」

湯気を挟《はさ》んで太郎八の顔がひどく年取って見えていた。

翌朝早く二人は村の上のはずれに出掛けていった。

崖《がけ》の下に適当な岩を見つけると、その陰におしんが隠れて、樽《たる》を結びつけた縄《なわ》の先を引張るのである。それを遠くから太郎八が狙《ねら》って撃った。

「あの夫婦は、なんちゅう仲がいいずらな、それにしても、すこうし、とぼけて、けっかるぞ」

村の者はあきれ顔で眺《なが》めて通った。

考えはよかったが、方法がよくなかった。土の中の岩盤に当ってはね返った弾がおしんの髪の毛をかすめて飛んだ。危うくおしんは命を落すところであった。太郎八は三度場所を変えた。今度は下村のはずれに出掛けて行って斜面の上からおしんが樽を転がし落して、すぐ崖の向う側に隠れるのを見て、転がり落ちて来る樽を狙って弾を撃った。太郎八が鉄砲を担《かつ》ぎ、おしんが樽を背負って、朝晩、鉄砲の練習に出掛けるのを見かけて、

「ちったあ、当るようになったけえ」

などと村の人に言われると、

「ええ、どうにかおかげでなあ」

とおしんは答えるが、こんなとき太郎八は渋い顔をしてそっぽを向いていた。

「彦兵衛さの馬が死んだぞ」

柳作が知らせに来たのは三月に入ってからだった。

「太郎八さ、気をつけてやってくれよ、相手はただもんじゃねえからな……」

日当りのよいところから雪が溶け始めていた。昼はぬかったが、日が落ちると水たまりに氷が張った。

馬捨場は村の西側のちょっとした窪地《くぼち》にあった。当時、馬が死ぬと必ずここに捨てられたものである。馬捨場に通ずる道の両側に馬頭観世音の碑が並んでいた。彦兵衛の馬が馬捨場に運ばれていった日の夕方、まだ明るさが幾分残っている時刻に、馬捨場の方角から、続けて二度鉄砲の音がした。そして夜になってからまた一発、二発、しんと静まり返った山峡に響き渡った銃声に、村の人達《たち》は戸締りを厳重にした家の中で、いろりを囲んで不安の一夜を明かした。

太郎八が馬捨場に出掛けていって、死馬の肉を食いに来る山犬を鉄砲で撃とうとしていることが村中に知らされた。村の主だった者が三人連れ立って太郎八の家に来た時、ちょうど太郎八は憔悴《しょうすい》した顔色をして鉄砲を担いで帰ったところであった。

「太郎八、おめえ、とんでもねえことをやらかしてくれるじゃあねえか。山犬様に鉄砲向けて、後のたたりが怖《こわ》くねえか」

玄兵衛が声を震わせていった。

「怖くねえな」

太郎八は、村の者の顔を見ようともせず、草鞋《わらじ》ばきのまま、膝頭でいろりまで這《は》っていって、灰の上に足を置くと、すぐ飯にするようにおしんに言った。

「おめえが怖くなくても、山犬様を殺しゃ、村中にたたりがあるってことだが、それも承知で、したことか」

次郎作が嚙《か》みつくように言った。

「そんなことあ、聞いたこたあねえな」

太郎八は熱い味噌《みそ》汁《しる》をすすりながら答えた。

「じゃなにけえ、太郎八さは自分だけよけりゃ村のことはかまわねえちゅけえ、それならそれでこっちにも考えがあるってもんずら。村ではな、おめえを村はずしにするって言ってるぜ……」

長吉が顎をぐっと突き出して言った。

「村はずし？」

太郎八は箸を動かすのを止めて長吉の顔を見上げた。更にもう一言長吉が何か言おうものなら、このままではすみそうもなかった。

「なんだって、おらを村はずしにするって？……」

いろり端からおしんが立上った。それを合図のように、太郎八はくるっと長吉に背を向けて飯を食い出した。

「長吉さんもう一遍はっきり言ってみておくれ、娘のよねの仇《かたき》を取るのがなぜ悪い……なぜ村はずしにするか訳を聞かせておくれ」

太郎八とおしんの間には八つになるよねという可愛《かわい》い娘がいた。母のおしんに似て色白で、鼻が高かった。その年の正月であった。暮れて間もなく、下村へ用事に出掛けていく太郎八の後をよねが追った。太郎八が家を出て、ものの一丁も行った時だった。

「おとうよう」

娘の呼ぶ声で太郎八が引返そうとすると、水車小屋のあたりでよねの悲鳴を聞いた。おしんも家から飛びだしたが、よねの姿はそこにはなく、水車小屋の暗がりから、雪の上を走り去っていく一匹の山犬の後ろ姿が見えた。よねは水車小屋の下の淵《ふち》に落ちたのだった。水車にかける小滝は氷で掩《おお》われ、川の上に出ている石は全部、氷の皮膜をかぶっていた。滝壺《たきつぼ》に胸までつかった太郎八は寒さのために失神しようとしながらも、何度も氷をくぐってよねを探した。近所の人が提灯《ちょうちん》を持って出会ってくれたが、よねの死体は大分時間が経過してから滝壺からずっと下流に引懸っていた。

山犬は人の後を遠くからつけて歩く妙な習性があった。送り狼《おおかみ》などということばはこんなことから出たものらしい。特に冬になると里に現われ、夜道を歩く人の後をつけて歩いた。直接危害を加えることはなかったが、酔倒れて、山犬に襲われた話はあった。太郎八の後をつけていた山犬は背後から現われたよねに驚いて、逃げようとして、水車小屋のあたりでよねと出会ったのに違いない。おそらくよねは暗闇《くらやみ》からおどり出した山犬にびっくりして、足をすべらせて川に落ちたと思われる。咄嗟《とっさ》の出来事だからよくは分らないが、よねの身体《からだ》に傷がないところを見るとこう考えるのが至当であろう。一粒種のよねを失った太郎八夫婦には災難とあきらめ切れないことであった。よねの亡魂をなぐさめる唯一《ゆいいつ》の方法は山犬を討ち取って、よねの墓前にたむけることだと考えたのも無理ではない。それが、愛娘《まなむすめ》を失った空虚の中に夫婦を固く結びつけている、きずなでもあった。

「村はずしにするならしておくれ、まさか水を飲むなとも言えめえ。田を作っちゃいけねえ、草刈りをしちゃいけねえとも言えめえが……おらあな、うちのとっちゃんと二人で立派によねの仇は打ってやるで」

おしんが三人を相手にまくし立てているのを聞きながら、太郎八は草鞋ばきのまま、いろりの傍《そば》にごろりと横になって眠りこんでいた。

一眠りすると太郎八はまた馬捨場に出掛けていった。ほんの一刻の間に死馬の肉は食いちぎられ、腸《はらわた》が残雪をよごして散乱していた。あたりはしんとして山犬どころか、小鳥の声もなかった。

太郎八は馬捨場の傍に急造りの藁小屋《わらごや》を作って、そこから山犬を撃とうとした。太郎八が見張っている間は一匹も姿を見せない山犬が、彼が疲れてうとうとしていると、どこからともなく現われて肉や骨を銜《くわ》えて逃げ去った。眼《め》を覚ますと、おびただしい山犬の群れが死骸《しがい》に取りついている。太郎八が鉄砲をかまえるともうそこには影もないというように、山犬は太郎八の動きに敏感に応じて、その裏をかいていた。四日の間に死馬の肉は跡方もなく、山犬のために運びさられていた。

「どうだね。太郎八さ、山犬様にはかなわねえずら」

「おしんさやあ、鉄砲の手伝いはもうやめたけえ」

口の悪い村の者が、二人に面と向って嘲笑《ちょうしょう》を浴びせていくのを夫婦は歯をくいしばって我慢していた。

二

入笠山《いりがさやま》にはまだ雪が見える頃《ころ》から、太郎八夫婦は野良《のら》に出て働いた。山犬のことは村人の頭から段々薄らいでいって、田畑で行き会う夫婦にありきたりのことばを掛けていった。田植えも終った。田の水見に行った太郎八が畦《あぜ》に立って八ヶ岳の方をじっと見ている姿をよく見かけることがあった。

梅雨が上るとかっと一時に暑くなった。村の人は朝食前に馬を引いて草刈りに出掛けていった。太郎八は村の採草地には行かずに一人で馬を引いて猪止め岩の方へ登って行った。そうした太郎八の変り方も、よねを失《な》くして以来、急に人嫌《ひとぎら》いになった彼の為《な》す業で、日が経《た》てばやがて直るものだと誰《だれ》も思い込んでいた。そのうち太郎八は、朝草刈りに出て、夕方になって草を積んで帰って来るようなことが多くなった。

「太郎八や、頭がこれになったじゃねえか」

村の人は頭に指を当てて話し合ったりした。しかし帰って来る太郎八を迎えたおしんは、積んで来た草を手伝って下ろすやら、馬の世話をするやら、大変な親切ぶりであった。

柳作が時折夫婦を訪れて話し込んでいった。柳作だけは太郎八が山へ何をしにいくかちゃんと見抜いているようだった。

その朝太郎八が戸口を出た時はまだ薄暗かった。送りに出たおしんの顔にはさすがに掩《おお》いかくせない不安の色が動いていた。

「しっかりやって来ておくれ、わしのことは気にしねえで」

強《し》いて気を落着けようと、声を高めて言うおしんの声は震えていた。太郎八は鎌《かま》を腰に、背負袋を背にしていた。二人の眼《め》がかっちり合って、しばらく離れなかった。

「ちょっとおめえさん、その手拭《てぬぐい》はよごれていねえかえ」

おしんは家へ走り込んで新しい手拭を持って来て、太郎八の首に結んでやった。太郎八の着ているものは全部綺麗《きれい》に洗濯《せんたく》してあった。おしんは太郎八の足音が霧の中に消えるまで、そこに立っていた。

猪止め岩から一里も登った南側の斜面に岩場があった。お犬岩と呼ばれる山犬の巣のあるところである。巣の下がガレ場で、木が生えていないために、モミの原生林の中に、ここだけが青黒い岩肌《いわはだ》を無気味に露出していた。お犬岩から沢一つ越した尾根にはモミの木が生い繁っていた。

太郎八はモミの木に登ってお犬岩を監視していた。お犬岩の左の端に太郎八の方に口を向けている穴があった。仔《こ》を生んだ山犬がそこに棲《す》んでいた。

山犬は朝から何度も巣を出たがすぐ引返して来た。なんとなく、巣の仔に危険が近づいていることは予感したのかも知れない。山犬が巣に引返すたびに、木の上の太郎八は風を気にした。霧が霽《は》れて谷風が起ると、彼の体臭を山犬の巣まで運ぶかも知れないからである。汗のつかないものを着て出たのも、この考慮からであった。

山犬は一時間程巣を留守にして帰って来たが、何も銜《くわ》えていなかった。遠くから見ていてもその焦燥ぶりがよく分った。今度巣を出たら餌《えさ》が見つかるまでは帰って来ないことを、太郎八は以前から何度も来てこの木の上で確かめていた。

太郎八の顔が青く緊張した。太郎八は沢に向っておどり込むように、熊笹《くまざさ》の藪《やぶ》の中を一直線にすべり降りていった。踏み敷かれた笹が白い裏を見せながら音を立てて立上る頃《ころ》には彼の姿は沢を渡ってガレ場に取り付いていた。

穴は思ったよりも浅かった。覗《のぞ》くと、二匹の仔が歯をむいて唸《うな》っていた。太郎八は無造作に手を突込んで一匹ずつ摘《つま》んで、背負袋にほうり込むと、登って来た道を引返しにかかった。足もとから石が転がり落ちて、下にいく程大きな音を立てる。勢い余って沢まで転がり落ちた石が群生している山グミの木に当ると、ざあっと大風のようなどよめきとなって、まだ煙霧が沈滞している渓谷《けいこく》に伝わる。その度に太郎八は首筋が寒くなる思いがした。いきなり親の山犬に背後から飛びつかれそうであった。

沢を這《は》い上って、見張りのモミの根本まで来て初めて太郎八は振り返って見た。第一の難関を通り越した安堵《あんど》で一息ついて、眼にしみ込んで来る汗を拭《ぬぐ》った。お犬岩の何間か下にパッと白い煙が上った。そこから黒いものが凄《すご》い勢いで飛び降りて来るのが見えた。大小無数の石がその前後を追っている。それは石そのもののように早かったが、跳躍を試みる時に、石でない生物の息吹《いぶ》きが激しく動いていた。太郎八は森の中に駆け込むと、幾月か掛って掘って置いた陥《おと》し穽《あな》の中に背負袋をほうり込んだ。深さが十尺もあり、表面に木の枝や草がかぶせてあった。穴を前にして、太郎八は鎌を右手に高く振りかざして、来るべきものを待っていた。到底逃れることはむずかしいが、むざむざ山犬に殺されたくはなかった。落し穴という、彼の作った、城をたよりに一合戦できることが強味でもあり、最後の時は自ら穴に跳び込んで、山犬の親仔三頭と相討ちになろうと決心するだけの時間の余裕は太郎八に捨身の勇気を与えた。

遠くに風のような音を聞いたと思ったら、もう眼の前に山犬の跳躍してくる背中の毛波が見えた。

「畜生！　来るかっ！」

太郎八は山犬に向って一喝《いっかつ》した、声に機先を制せられた山犬は穴の向うでぴたっと止った。遠くから山犬の姿は何度か見たことがあったが、すぐ間近に見たのは初めてであった。口が耳まで裂けている感じだった。胴がこけて、足が異常な厳重さでかまえていた。どちらかといえば灰褐色《はいかっしょく》よりも黒褐色の勝った、長い針のような毛が全身に逆立っていた。頭をぴたっと地につけて、かまえた足の爪先《つまさき》が、わずかに前の土を引掻《ひっか》いていた。太い尾がかすかにゆれる。跳躍、そう太郎八には思われて、はッと鎌の柄《え》を握りしめた瞬間山犬は太郎八から眼を外《そ》らせた。仔犬が穴の中でもがく物音を感じ取ったのか、山犬は跳躍の姿勢を崩して、そのまま身体《からだ》を横にねじると、何の躊《ちゅう》躇《ちょ》も示さずにさっと穴の中に跳び込んでいた。山犬の体臭が一陣の風となって太郎八の鼻を刺激した。勝ったと彼は直感した。

太郎八は草叢《くさむら》に隠してあった竹槍《たけやり》を持ってくると、その先で穴にかけてある掩いを急いで取除いた。穴の底では袋を喰《く》い破って出してやった仔犬を山犬が舐《な》めてやっていた。太郎八は槍を持って穴の周囲を一廻《まわ》りした。顔が酒に酔ったように紅潮していた。

「やいっ山犬！　よねの仇《かたき》を討ってやるぞっ！」

太郎八にはその山犬がよねを川に落した山犬であろうがなかろうがどうでもよかった。相手が山犬であればそれはよねの仇であった。山犬は初めのうち、竹槍を避けていたが、一度竹槍を背に受けると猛然と太郎八の手もとに向って飛び上ろうとした。狭い穴の中から十尺の跳躍は無理であった。山犬は太郎八に胴を突かれ、頭を突かれ、最後に竹槍に嚙《か》みついたまま死んだ。

太郎八は槍をそのままにして荒い息をついていた。モミの梢《こずえ》が風で鳴った。彼はっとしたように周囲を見廻した。森の暗さがしめつけるように太郎八をかこんでいた。尾根筋に白く光を覗かせている稜線《りょうせん》に続く、藪づるを越えてくる風の道だけが唯一《ゆいいつ》の脱出口のように彼を誘っていた。湿っぽい腐植土と、妙に鼻につく苔《こけ》の臭《にお》いが退路に立籠《たちこ》めて、太郎八を恐怖と孤独のとりこにしようとしていた。

どこをどう歩いて来たか、どうして自分が生きているか、背負袋に山犬の仔二匹を、竹槍に死んだ山犬をくくりつけて、山犬の血を真赤に浴びていることさえも意識から遠のいて、ただ太郎八は後ろから大挙して襲《お》しよせて来るかも知れない山犬の恐怖から必死の逃亡を続けて村に帰って来た。

村始まって以来の騒動であった。村中の者が太郎八を取り囲んだ。中風で寝ている老人まで人の背に負われて見に来たが、どの顔も恐怖で戦《おのの》いていた。古来この地方では山犬を山神様とか、お犬様とか、オオカミ（大神）様と尊称して、山犬が仔を連れているのを見た人はウブヤシナイといって鶏肉のだんごを山神の祠《ほこら》に供えるほど山犬は神格視されていた。誤って山犬一匹を殺してもその人の一家は山犬族の襲撃を受けて喰い殺されると言われていた。こわいもの見たさに来たものの、あとの祟《たた》りを恐れるあまり、走り帰って雨戸をがたぴし閉める家が多かった。

おしんは太郎八が疵《きず》一つ負っていないことを確かめてから、地面に坐《すわ》り込んでおおい大声を上げて泣いた。太郎八が背負袋を下ろして、前に押しやり、おしんに無理に鎌を持たせて、お前もよねの仇を討てとすすめたが、ちょっと泣顔を上げて袋の中でうごく山犬の仔を一べつしただけで、すぐ鎌を捨てて両手で顔を掩って泣き続けた。

夕靄《ゆうもや》が降りて、ぴたっと風が止《や》んで夜が来た。部落はしんと静まって灯《ひ》一つ見えなかった。八ヶ岳に棲む何千とも数も知れない多数の山犬が太郎八一家を襲う時刻を、どの家も声をひそめて待っていた。

太郎八のいろりではどんどん火が焚《た》かれていた。かぶと屋根の頂の煙抜きから、火の粉が舞って、この家だけが闇《やみ》に向って戦いの狼火《のろし》を挙げているようだった。

太郎八は鎌を片手に、土間に立って、覗《のぞ》き穴から外を監視していた。たすきを掛けたおしんは鎌を傍《そば》に置いてよねの位牌《いはい》の前で大きな声で念仏をとなえていた。念仏をとなえる声が高くなり、低くなり、怒ったような声になったかと思うと泣くような声になる。その変り目ごとに太郎八は鎌をかまえ直したり、位置をかえて外を覗いた。遠くから、大きく物の動く気配が感ぜられた。

「来たぞ、おしん！」

おしんは念仏をやめて鎌を持った。人の声であった。手に手に松明《たいまつ》と鎌を持った一群の人が下村からやって来た。

「おおい、加勢に来たぞう」

柳作が下村の有志をつれて来たのだった。太郎八の家の周囲に急ごしらえの防塞《ぼうさい》ができて、庭の中央でオガラが、バリバリ景気のよい音を立てて燃えた。近所の家からも、遅れてすまなかったと詫《わ》びを入れて追々加勢が加わった。鐘を鳴らしたり、太鼓をたたいたり、お祭りのような騒ぎが一晩続いたが、山犬どころか鼠《ねずみ》一匹も現われずに夜が明けた。

三

おしんは山犬の仔《こ》を育てると言いだした。別に当てがあってしたことではなく、親のない仔犬を山に放しても餓《う》えて死ぬだろうし、殺すことは初めから反対だった。家の裏に檻《おり》を作っておしんが餌《えさ》を運んでやった。何時《いつ》まで経《た》っても人に馴《な》れず野性を丸出しにしている山犬の仔に太郎八は時々腹を立てて、棒でこらしめることがあっても、山犬の仔は決して飼犬のように尻尾《しっぽ》を巻かず、ワンともキャンとも哭《な》かず、飽くまで白い歯をむいて唸《うな》りながら反抗した。

　太郎八夫婦が山犬の仔を飼っていることが近村に知れ渡って、見物に来るものが多くなった。山犬を討ち取った太郎八の話に尾がついて、一つの武勇伝とさえなっていた。山犬の神格が落ち目になるほど太郎八の名前が宣伝されていった。

　太郎八夫婦を村はずしにしようなどと言っていた者が、太郎八の名が上ると、自分も山犬獲《と》りの一役を買って出たように言いふらすのも滑稽《こっけい》であった。

　山犬の仔を欲しいという者があったし、金で買いたいと言って来る者もあった。いささか厄介者《やっかいもの》だった山犬の仔も、いざとなると太郎八夫婦は手放さなかった。おしんの方が強くこばんでいた。その年の秋の末、隣村の馬喰《ばくろう》が一見して他所者《よそもの》と分る、眼《め》付《つ》きのよくない男を連れて山犬の仔を買いに来た。夫婦が売ることを渋っていると、男は一両にまで値を上げた。天保《てんぽう》の飢饉《ききん》の後、物価が高騰して、米一斗六百文もしていたが、一両という値は夫婦を仰天させる値であった。

残った一匹は一年たつと立派な山犬となった。もう山に放しても自活できる体力を持っていた。時々、山犬特有のウォーと長く尾を引く遠吠《とおぼ》えをするようになった。底力のある咆哮《ほうこう》が村中に伝わると、飼犬はぶるぶる慄《ふる》え出して、中には大小便をもらす犬もいた。

江戸の商人が山犬を買いに尋ねて来た。言い値が三両であった。おしんに相談すると、

「おらあ山へ放してやらずかと思っているに……」

それがおしんの本当の気持であった。遠吠えをするようになってから、しきりにおしんはそれを口にしていた。

「江戸へ連れてって何にするだね」

結局取引きが五両できまった後で、おしんは商人が多額の金を出すことに不審を抱いて聞いた。見世物に出すのだと商人は答えた。前に一両で売った山犬は見世物の闘犬となって江戸で大変な人気を呼んでいることを付け加えて、翌朝金と引換えに山犬を引取ることを約束して帰っていった。

太郎八の鼾《いびき》が高くなるのを見計らって、おしんはそっと床を抜け出して裏へ出た。山犬はおしんを見るとすぐ犬つくべ（前足を揃《そろ》えて腰を下ろす格好）をした。人と見れ

ば歯をむく山犬がおしんだけに示す恭順の仕草であった。おしんは持って来た鮒《ふな》の乾《ひ》物《もの》を投げ与えて、

「おめえもいよいよ江戸へ行くだな」

と言った。鮒を食べ終った山犬は、前のように足を揃えておしんを見上げた。その眼がこの夜に限っておしんには不憫《ふびん》なものに見えた。どこへ行っても、棒で叩《たた》かれ、飼い犬をけしかけられ、石を投げつけられて、狼《おおかみ》だ、山犬だと悪魔のように罵《ののし》られ、腹を減らされた挙句の果てに、握り飯一個を与えられるだろうと思った。おしんはあたりを見廻《みまわ》して、何度か檻の戸に手を掛けては思案していたが、ついに思い切って戸を開けてやった。戸が開いてもしばらく山犬はじっとしていた。

「山へ帰ろ、よう――」

おしんが言った。山犬は頭をそっと出して、外の広さに面喰《めんくら》ったようにきょときょとしていたが、思い切った冒険をするように、一跳び跳んで見ると軽く前の草叢《くさむら》を越えた。そこで山犬は立ち止っておしんの方を振り返った。

「山へ帰れ、悪さをするでねえぞ」

山犬は身を翻《ひるがえ》して森の中へ姿を消した。
二、三年経つうちに近所の村で山犬獲りをする者がぼつぼつ出て来た。主として陥《おと》

し穽《あな》で獲るのだった。なかなか獲れなかったが、獲れれば高く売れた。山犬の皮も良い値で売れたし、山犬の舌が黄疸《おうだん》の特効薬として高価に売買された。

太郎八が山犬を獲ってからちょうど七年目の冬、毎年村にやってくる薬売りが、諸国の藩主が山犬に懸賞金を掛けて殺していることを伝えた。山犬の狂犬病が発生して人畜に害をするからであった。山犬の狂犬をヤメエイヌとかヤマイイヌとか呼んで、狂犬病にかかった飼い犬のクルイイヌと区別していた。それから一年を経て、山犬の狂犬病は信州の山奥にも流行の兆《きざし》が現われた。その年の秋、伊那《いな》で発生し続いて諏訪《すわ》でも現われた。諏訪藩ではヤマイイヌであるなしに拘《かかわ》らず山犬一匹に対して銭一貫文の賞金を出して山犬退治を奨励した。藩主が何故山犬退治にそれ程の力こぶを入れるのか、村の者にはむしろ意外であったが、草刈りに出た上村の長吉がヤマイイヌに襲われて足を嚙《か》まれ発病して間もなく死んだのを見て、これは容易でない災難が村に降って湧《わ》いたことを誰《だれ》もが自覚した。飼い犬がクルイイヌになると、村中の犬を縄《なわ》で縛《ゆわ》くか、お布令《ふれ》が出て全部殺してしまえばあっさり害はなくなるのだが、山犬の病犬はそう簡単にはいかなかった。本来の野性に病気が乗り移って恐るべき狂暴性を発揮することが追々村に知れ渡っていった。

その日おしんは家から二町と離れていない、雑木林を背にして畑にいた。鍬《くわ》を休めて、一息ついて山の方を見ると、まだ緑の深い山を背景にきわ立って美しく紅葉した一本のナナカマドの木が風もないのに激しく揺れているのが眼についた。おしんは手をかざして西日を除《よ》けながら、ナナカマドの木のざわめきが森の裾《すそ》に向って動いていくのを眺《なが》めていた。森と畑の境にウドが植えてあった。下葉が枯れていた。

ウドの株から現われた山犬におしんは危うく声をかけそうになって、あわてて口をつぐんだ。おしんの飼っていた山犬ではなかった。放してやった山犬にどこかで会えそうな気がしていたことがおしんを時間的に不利な立場に置いていた。おしんに向き直った山犬は泡《あわ》を噛んでいた。逃げようとしても身を隠す余裕がなかった。鍬を握りしめるのがせい一杯のことだった。

急を聞いて太郎八が家へ駆けつけると、おしんは近所の人に取囲まれて魂を失ったような顔をして炉端にしゃがみこんでいた。

「おらあ、ヤメエイヌに喰いつかれたよう……死ぬだよう、おらあ死ぬずらよ……」

太郎八を見るとおしんははげしく泣き叫んだ。馬屋の前で近所の者が風呂《ふろ》を焚《た》いていた。うちわで煽《あお》るのでは歯がゆいのか米を掬《すく》う箕《み》で風を送っていた。口伝によると当時病犬に噛まれると、傷口を酒で洗ってから、熱い湯に入るのがこの地方の療法とされていたようである。

その日から太郎八はおしんに付きっきりでいた。朝から風呂を沸かして、一日に何回でもおしんを入浴させた。おしんは急に食欲が減ってみるみるうちに痩《や》せていった。飼い犬の病犬は古来からあって、病状も大体分っていたが、山犬の病犬は初めてで、最初の犠牲者の長吉だけが唯一《ゆいいつ》の病例であった。長吉は十五日目に発病した。おしんは十五日たっても発病しなかった。十六日、十七日と日が経過するに従って、おしんは幾分か恐怖が薄らいでいくようだったが、突然、死ぬのはいやだ、おらあ死ぬのはおっかねえと騒ぎ出すと、愈々《いよいよ》おしんも発病したかと太郎八はぞっとした。二十日も過ぎ、二十五日目になって、おしんも太郎八もやや安心した。

「もうなんでもねえようだで、おらあ野良《のら》へ行って来ずか」

太郎八は鍬を持って野良へ出ようとしていると、おしんが傍《そば》へ来てつぶやくように、

「おらあ山犬にだまされた」

と言った。太郎八は黙ってうなずいた。おしんが放してやった山犬と喰いついた病犬の山犬とを同族という意味の上で混同して考えても無理からぬことだと思っていた。いつもよりおしんの顔は青ざめて、なんとなく鋭く眼がすわっているのが気懸りだった。

太郎八は早目に野良を引上げて帰って来たが、迎えに出るおしんの姿が見えなかっ

た。閉め切った奥の部屋でおしんはうつぶせになっていた。呼んでも返事をしない。無理に引き起すと、噛んでいた袖《そで》がぴりっと裂けた。歯をくいしばったおしんの顔は別人のように変っていた。

おしんは極度に人と会うことを嫌《いや》がった。発病してから死ぬということを不思議に口にしなくなった。流動物に対する恐怖と欲求の相剋《そうこく》に苦しむ姿は悲惨なものであった。水を持っていくと、顔をそむけて震える手で茶碗《ちゃわん》を受取るが、口まで持っていくうちに震えが激しくなってほとんどこぼしてしまった。太郎八はおしんの眼をふさぎ、両手を押えつけて、半分力ずくで水を口にそそぎ込んでやると、咽喉《のど》を流れる水の音に恐怖して半分は吐瀉《としゃ》してしまう始末であった。馬屋で使う水の音を怖がり、耳を澄まさないと聞えないような川の流れの音も、水車の音も、雨の音も、尿の音さえ怖がった。ついにおしんは土蔵の中に入って戸を閉めた。それでもどこからか水の連想があるらしく、たえず震え続けていた。

おしんのなきがらを太郎八は一晩抱いていた。一番鶏《いちばんどり》が鳴くと太郎八は鎌《かま》を持って川端に行った。弦月が冷たく横顔を照らしていた。太郎八は磨《と》ぎすました鎌を持って下村の柳作の家へ行った。

まだ暗い戸口に立っておしんが死んだと、涙一つ見せずに報告する太郎八の顔と足ごしらえと、手に持った鎌を見ながら柳作は、太郎八がこれから何しに行こうとしているかがほぼ見当がついたようだった。

「女房のとむらいもしずに山へ登る気か」

柳作はいきなり怒鳴りつけるように言った。

「きまりをつけることはちゃんときまりをつけろ、それから、おめえのしてえようにするだな……」

柳作は太郎八をこのまま、山へ出すことは死にに行かせるようなものだと思った。お犬岩で山犬に噛み殺されることは必然のように考えられた。

太郎八はなんとも言わなかったが、柳作の言葉に押えつけられるように少しずつ頭を下げていった。太郎八の履いている真新しい草鞋《わらじ》にぽたりと大粒の涙が落ちた。朝の光が戸口から差込んでいた。

四

あんなところに人がと思うほど遠くの山の中から一条《ひとすじ》の紫色の煙が立昇って白い空に吸い込まれていく。黒い煙がしばらく続くと少しずつ細くなって紫色に変りやがて消える。一条が消えるとその近所から二条三条とまた新しい煙が立昇る。風が出ると横になびいて山稜《さんりょう》にそって這《は》っていく。秋の収穫が終って、雪の降るまでの間に透明な視界に揺れ動く炭焼きの煙である。

馬に食物と寝具と炭焼きの道具を乗せて、村の男達《たち》は山の奥へ入っていった。ヤマイイヌはこの山道にも現われた。炭焼きに登る人達は数人ずつ誘い合ってから村を出て、道々鐘を鳴らしたりホラ貝を吹いて病犬の近づくことを防いでいた。だが病犬の方は鐘やホラには怖《おそ》れず、むしろその音を聞いて現われるのではないかと思われることもあった。一人、二人と犠牲者が現われた。それでも炭を焼かねば生計を立てることのできない山間の部落であるから、できるかぎりの人知を尽して病犬を防ごうとした。山犬が現われると、馬上から菰《こも》包みを投げて、山犬がそれに嚙《か》みついている間に通り過ぎることを考えたのも一方法であったが、大して効果がなかった。誰《だれ》が頼んだのでもないのに太郎八が馬に乗って炭焼きの一行の先頭に立つようになったのはこの頃《ころ》である。

馬は危険に対して敏感であった。山犬が近づくと、臭気で感ずるのか、音で聞き分けるのかぴたっと止って動かなくなる。最初に山犬の出現を感知した馬が、列の前であろうが、後尾であろうがぴたっと歩を止めると一列の馬は一斉《いっせい》に停止して鞭《むち》を当てても、首面《くびづら》を叩《たた》いても動かなかった。

「山犬だぞう」

馬の挙動に気がつくと太郎八はすぐ馬から飛びおりて皆に警告してから、足場のいいところに立って、左右の手に鎌《かま》を構えた。馬上の男達も一斉に鎌を構える。深夜のような静けさが暫時《ざんじ》経過してから、草叢《くさむら》から跳《おど》り出した山犬はまず馬の周囲をぐるぐる大きく駆けまわって、そこに突立っている太郎八の存在に気がついて向きをかえる。

「やいっ！　くるかっ！」

間一髪、山犬の鼻先に向って、太郎八は一喝《いっかつ》を喰《く》らわせる。七年前に用いた手である。山犬は声に打たれたように、はったと停止する。太郎八は左手の鎌を誘うように前に出し、右手の鎌を振りかざして動かない。山犬が飛びかかった瞬間、太郎八はさっと身をちぢめる。山犬は太郎八の頭上を飛び越える。太郎八の右手にかざした鎌が山犬の腹を一文字に立割る。この型にはまった戦法がいつも必ず成功するとは限らなかった。狂躁期に入った病犬は出会いがしらに、いきなり馬の首に嚙みつくのもあったし、太郎八の誘いには引っかからず、馬上の人を狙《ねら》って飛びついていくのもいた。太郎八に向って来た病犬が相当弱っていて、飛び越える元気もなく、鎌に嚙みついたところを討ち取られるのがいた。そんなのを調べると肛門《こうもん》に蛆《うじ》が湧《わ》いていた。

太郎八は討ち取った山犬の皮を剝《は》ぎ取って胴着にして着込んでいた。病犬退治の賞金で諏訪《すわ》の鍛冶屋《かじや》に特殊の鎌を作らせ、自分も使ったし、村人にも分けて与えた。山犬鎌として後世に伝わった鎌である。この頃の彼は山犬を討ち取ることにだけ生甲斐《いきがい》を感じているようだった。山犬と渡り合う激しい気魄《きはく》と、同行する村人を叱咤《しった》する声が、彼のどこから出るかと思われる程すさまじいものだった。山犬を殺すと太郎八は足で死骸《しがい》を蹴《け》とばしたり、頭を踏んづけたりして、わっはっはと突然喚《わめ》くような大声を上げることがあった。そういう彼が帰途につくときはだまりこくって、そっぽを向いていた。彼の眼《め》の中に深い悲しみを見るのはこんな時であった。家に帰ると戸を閉めて、誰かが迎えにいくまでは決して姿を見せなかった。

冬が来た。病犬の被害は少なくなったように見えたが、これは村人が外へ出て歩く機会が少なくなった理由によるもので、実際には病犬の数は増していた。村から四里も下った甲州に通ずる街道に現われて旅人を襲ったことがよい例である。雪の中の村から村への往来もとだえ勝ちであった。太郎八は名主の清太郎に頼まれて、誰も嫌《いや》がるお布令《ふれ》の役を引受けて雪の道を遠くまで出掛けていった。彼は自ら山犬の出現を求めているようだった。二丁の鎌はいつも磨《と》ぎすまされて彼の手に光っていたが、山犬の方で彼を敬遠するかのように、出会《でく》わすのはごく稀《まれ》であった。どこかに山犬が現われたと聞いて太郎八が駆けつけると、既に逃げ失《う》せた後のようなことが多かった。

「春になったらどうなるずら」

村の者は春までに病犬の流行が終ってくれればよいがと願っていたが、雪が溶けて野良《のら》に出られるようになると、病犬の被害は愈々《いよいよ》激しくなるばかりであった。山犬の賞金が銭二貫文に引上げられて、病犬に対する心得が布令ででた。病犬に嚙まれた飼犬はすぐ殺せとか、嚙まれた人は傷口をすぐ洗えとか、山犬の出そうなところに陥《おと》し穽《あな》を掘って置けとか、布令てくることは大して役に立たないことばかりであった。山犬が二匹で咬《か》み合いをしているのを見たという者があった。それまでは山犬は、一匹ずつ単独に現われたのだが、夏の初めになると、二匹、三匹と群れをなして、互いに咬み合いながら現われることが多くなった。

かめという女が野良の帰りに山犬に襲われて一匹を殺し自分も死んだ。右手を山犬の咽喉《のど》の奥まで突込んで、山犬の上に負いかぶさるようになって倒れていた。かめも咽喉を咬み破られていた。足跡から見ると山犬は一匹でなく少なくとも二匹以上に襲われたものらしい。かめは平常気丈な女であったから、相当な抵抗をしたに違いない。握りこぶしを山犬の咽喉に突込んで窒息死させたのは、争いの最中に偶然そうなったのか、死を覚悟したかめが一匹の山犬と相討ちのつもりでそうやったのか分らない。

かめに関する口伝はもう一説あって、非常に力持ちだったかめは、襲ってくる山犬の首根っ子をつかまえて、押えつけ、石で頭を打って殺したが、その時手に受けた傷がもとで発病して死んだというのである。あるいはかめという女が二人いたかも知れない。今でもこの村の南東の窪地《くぼち》に山犬窪という地名が残っている。清水が湧き出て、芹《せり》ができるところである。

夏になると病犬は愈々その数を増し、村は恐怖のどん底にあった。朝草刈りに出て、二人が襲われ、その一人はその場で死んだ。この年は例年にないひでりつづきの年であった。村の下に続く青田にかける用水が不足勝ちであった。用水路は村の中央を流れる川の上流で、関門を設け、田の東と西に等分に分けていたが、水不足となると、この水分けの比率が問題となり、時には村内で血を流すようなこともあるので、関には交替で見張りにいくことになっていた。十尺程の滝の傍《そば》に小屋をかけて三人が三日交替で水見に来ていた。太郎八は護衛の役を引受けて来ていた。三日たっての帰途であった。楢《なら》の木平まで来た時、一行は三匹の山犬に襲われた。後尾にいた柳作が真先にやられた。

「うぬっ、畜生！」

柳作は一匹の山犬の足を鎌で払ったが、背後から襲って来た山犬に首をがっぷり咬まれた。四人共山犬の歯を受けた。太郎八も被害者の一人で、彼は足に咬みついた山犬を一撃でし止めたが、死んでも病犬の歯は太郎八のももの肉に食い込んでいた。すぐ火を焚いて、焼けた木を咬傷《こうしょう》に押しつけて火傷《やけど》させる荒療治がされた。この処置は前の年の秋、炭焼きが竈場《かまば》で山犬に足を咬まれた時、血を止めるためと、毒を消したい一心から、ほとんど無意識に竈《かまど》の中から取り出した焼木を傷口に当てたことから始まっていた。この療法が医学的に適切であるかどうかは分らないが、その炭焼きはついに発病しなかった。火を当ててじりじり焼ける肉の臭《にお》いを嗅《か》ぐと大ていの男は脂汗《あぶらあせ》を流して失神した。太郎八は火傷の痛みで呻《うめ》き声を上げている男を見ながら冷たい笑いを浮べていた。彼の番になると、

「やめてくれ、そんなことしたって助からねえものは助からねえ」

突放すように言った。柳作の傷は深くしかも咽喉に近いところだったから火傷療法をするわけにはいかなかった。柳作は何か言いたいようだったが、口がきけなかった。苦痛にゆがんだ顔を何度か上げようとして、ついに息を引取った。萩《はぎ》の枝が柳作の死体を掩《おお》うように繋っていた。

「山犬退治は太郎八ばかりにまかして置かずに、村中総出でやらなけりゃ、そのうち村は死に絶えるぞ」

生前柳作が言っていたことを愈々実行する時がきたようだった。その夜、村寄せがあった。男子は総がかりで山犬退治に向うことに衆議一決し、総大将は太郎八が選ばれた。

「太郎八さ、おねげえします」

みんな頭を下げたが太郎八はうんとも否《いな》とも言わず、ひどく面白《おもしろ》くないといった顔で、相変らずの沈黙を続けていた。

「村でこう決ったことだで、太郎八さこれからどうしずか」

玄兵衛が腕組みをしている太郎八の顔を覗《のぞ》き込んでいった。

「お犬岩を焼くだ」

ぽっきり一言、太郎八が答えた。ざわめきが起った。言い争う声が高くなり低くなり、やがて互いに結論を納得するように静かになっていった。

朝霧が足もとから霽《は》れていった。

崖《がけ》の中途に崩れ落ちる岩をささえているように幹を曲げて立っているブナの大木の梢《こずえ》を越してお犬岩の洞窟《どうくつ》が見え始めた。鉄砲が洞窟をめがけて火をふく度に、鬨《とき》の声が上った。山霧が下って来て一時視界をさえぎった。と突然一声、山犬の遠吠《とおぼ》えが霧を震わせて伝わって来た。余韻が妙に物悲しく長く続いて、最後は小さく細って消えていった。風が出て霧が霽れた。山犬の咆哮《ほうこう》に気を呑《の》まれた男達はお犬岩を見上げたまま押黙っていた。唯《ただ》一人太郎八は岩ガレを登り始めていた。振り返って村の者に後に続けとも言わなかった。一歩一歩をしっかり踏みしめて、つつじの株をたよりに摑《つか》まえて登っていく姿は不敵にも見えたし、自ら死地に歩んでいく人のようにも見えた。登り切るまで太郎八はついに一度も振り返らなかった。

太郎八は手近の岩穴の前で鎌を振りかぶって大きな声を上げた。穴からは何も出て来なかった。それまで太郎八の後ろ姿を仰いでしんとしていた百人の同勢がやっと動き出した。一人の若者が威勢よく岩ガレを登り始めると、後からわいわい大声を上げて総勢が登っていった。最後尾が岩ガレの中途に来た頃はもう先頭は洞窟に達していた。山犬の姿は見えなかった。新しい毛の交った糞《くそ》や、まだ血の臭いのついている骨などがどの穴にも散乱していた。男達は穴の一つ一つに枯枝を抛《ほう》り込んで火を付けて焼いてから石を運んで来て蓋《ふた》をした。誰の顔も紅潮してお祭りのような騒ぎであった。勢いを得た村の者はお犬岩の巣を覆滅《ふくめつ》すると、更に山の奥へ入っていって、山犬の住んでいる岩、いそうな岩、これから巣になりそうな岩を見付けては次から次と火を掛けて焼いてふさいでいった。この巣焼きに一人の犠牲も出なかったことは意外なことであった。

山犬の害が急に少なくなった。山犬が現われた情報が入ると、すぐ半鐘を鳴らして、村中総出で後を追った。白い歯をむいたまま、死んでいるヤマイイヌの死骸が村から一里離れた、むじな沢で発見されてから、さすがの山犬の狂犬病も下火になって、間も無く山へ草刈りに出掛けられるようになった。

太郎八は楢の木平で病犬に咬まれてから半年以上の潜伏期を経て翌年の栗《くり》の花の咲く頃になって発病した。太郎八だけの潜伏期間が長かったわけでなく、ヤマイイヌに咬まれて二年後に死んだ例もあったというから、そういう種類の狂犬病だったのだろう。

太郎八はおしんの死んだ土蔵に入ったまま姿を見せなくなった。時々叫び狂う声が外に洩《も》れることがあったが、怖がって近づくものはいなかった。諏訪家の藩士が山犬退治の功によって、名字帯刀を許すという沙汰書《さたしょ》を携えて、太郎八を訪れたのは彼が死ぬ三日前だった。案内して来た名主清兵衛が土蔵の戸を細目に開けて、

「おい太郎八さ、おいでかね、有難《ありがた》いお沙汰があったぞえ」

そう言って奉書に包んだ沙汰書を中に入れてやった。今まで蔵の中で妙な叫び声や物音がしていたのがぴたりとやんだ。どうしたのかと、戸を少しばかり押し開いてみると、山犬の皮を着た太郎八が四つんばいになって、口に沙汰書を銜《くわ》えて、青く光る

眼で名主清兵衛の顔をぐっと睨《にら》んでいた。

寺の過去帳によると太郎八の死んだのは安政三年であった。顕勇院義烈昭世居士《こじ》と過去帳に書いてある。戒名に院のついているのは、中村太郎八一人だけであった。士族になったからであろう。勇のつく男の戒名は幾人かあった。いずれも山犬退治の犠牲者ではあるまいか。勇のつく女の戒名が一人あるが、これがかめ女かも知れない。

孤島

一

鋭い胡鳥《こちょう》の叫び声が、一つ二つと上空で聞え始めると、島全体が急に騒々しくなる。鳴き声は翼の音を誘い、翼の音は更に新しい鳴き声を含めて、いくつかの集団となって、島の上空を廻《まわ》り出す。やがて、それらの集団は測候所の上空あたりで、予定の行動のように、ぶっつかり合って乱れ合い、広い行動半径を取って鳴きながら飛び廻る。そのうちに集団のどこかに中心が出来て、まとまりがつき、島全体の胡鳥は一団の黒い塊となって旋回運動を始め、叫び声は前よりも激しくなる。

笹山《ささやま》は眼《め》を覚ました。一時間半はじっとして胡鳥の声の静まるのを待たなければならない。窓を通して、月の光がさし込んで、壁に張った鳥島の地図を照らしていた。

周囲七粁《キロ》の円形の島である。遠い昔の記録は分らないが、過去における何回かの噴火によって形成された鳥島は、富士山を、海の中に沈めて、頂上だけを露出したような形をしている。東と西に月夜山と旭山《あさひやま》が、両肩をいからして、外輪山を作り、中央に噴煙を上げている硫黄山《いおうやま》を守るように取り囲んでいる。頂上から三十度の傾斜は海に入る寸前でそり立ったような崖《がけ》を作っている。この島は孤島であると同時に海の中に佇立《ちょりつ》する孤峰である。わずかに西側の一部に、人が近づける地形的の余裕を残し、その西端の崖の上に鳥島測候所がある。

地図の傍《そば》にカレンダーが懸けてある。経過した日が赤で塗りつぶされたり、鉛筆で二重に×がしてあったりする。二時間前の二月二十四日は既に消されていた。

「母の日っていつだったかなあ」

ベッドを二つ三つへだてて誰《だれ》かが言った。

「さあ、四月だったかな、五月だったかな」

誰かが答えて、それで会話はおしまいになった。笹山は、今の生活となんの関係もないその話の続きが、交替期が来て東京へ帰れる日まで、あと何カ月あるかというようなところに落ちていきそうなのに、それ以上話題を進めようとせず、共通な思いを内地に投げながら眼を閉じているのは、みんなが、それぞれ帰還の日になるべく触れないように、神経を使っている証拠のようにも感じられた。

壁の地図に当っている月の光が、明るくなったり暗くなったりした。胡鳥の群れが月の光をさえぎるからである。十月頃《ごろ》この島に移って来た胡鳥（学名オーストンウミツバメ）の群れが推算によると、十万はこの狭い島で、しかも限られた場所に棲息《せいそく》している。この鳥達《たち》は宵《よい》の口は穴の中でひっそりしているが、午前二時近くなると、一《いっ》斉《せい》に飛び立って、上空で一時間半の乱舞を続ける。恋のためか、狭い地域の縄張《なわば》り争いか分らないが、一時間半過ぎると大挙して海に出掛けて、夕刻までは帰らない。リユ、クリユル、キク、キク、と啼《な》く声は堪《たま》らなく神経にこたえる音色と、アクセントを持っている。

廊下を通って誰かが外へ出た。笹山は足音でそれが、北見であると思った。しばらくして入口に近いベッドに寝ている田倉が起き上って、廊下に出た。

その夜は所員の一人の誕生日を祝って、一杯飲んだ。その後で田倉と北見が言い合いを始めたことはうすうす笹山も知っていたが、酒を飲むと直《す》ぐ眠くなる笹山は、そのけつまつがどうついたか知らないで、一眠りして、胡鳥の声に眼を覚ますと、二人の事が急に気になりだした。笹山は、この島の測候所長である自分の立場を、ベッドの中で考えてみた。一日も休みなく繰り返される気象観測も、その記録を無線電信で東京に送るのも、十五名の所員の健康も、所員間の感情の軋轢《あつれき》の調整も、なんでもかんでも一切が自分の背負った責任であることが、重過ぎて大儀であるが、じっとふんばり続けて、荷を下ろす日が来るまでは、こらえ続けなければならないと思う。こういうことを考え始めると、すぐ彼は、長い間離島の所長をやっていた先輩の言葉を思い出す。

「離島で六カ月も一年も男だけで生活することは大変なことですよ。所長としては、所員に、やれと言ってはいけない。やってはいけないとも言わない方がよい。島の所長の心得って、こんなものしかない」

じゃあ、所員になんと言えばいいかと聞く笹山に、彼は笑って答えなかった。彼もそれ以上は、どうしていいか分らなかったに違いない。

若い笹山には先輩のこの言葉が婉曲《えんきょく》過ぎていたが、島に一歩を踏みこむと、謎《なぞ》のようなその言葉が少しずつ分りかけたような気がする。

出て行った北見と田倉は中々帰って来なかった。自分が出たら、更にもめるかも知れないと思ったが、放っておく方がかえって笹山には心配だった。彼はベッドに起き上って、地図を見て、考えつづけていたが、結局出たいという意志に負けてベッドを降りた。下駄《げた》を履くと、弱い気持に応《こた》えるように、ひやっとした感触が、足の裏から伝わって来る。

庁舎を出ると、すぐ前に動力室がある。その先に食堂がある。どちらの陰にも二人は居なかった。庁舎の西側に廻ると、海が見えた。海に向ったベンチに月の光を浴びて、二人が並んで腰かけていた。二人の間から海が寒く光っていて、そこを季節風の名残りの西風が吹き通っていた。

笹山は、しばらくそこで立止っていたが、二人の前に直ぐ出るのをやめて、庁舎の東側に廻った。風を除《よ》けるために板がこいをした四つの畑があった、園田が丹誠して育て上げた野菜が勢いよく伸びていた、からし菜と大根の畑を廻ると、この島での唯《ただ》一本の独立樹木である桑の木が葉を出していた。かむとほのかな渋みに混って、春の匂《にお》いがした。炊事掛りの徳さんが、そのうちテンプラに揚げて見たいと言っていたが、もうその頃が来たのかも知れない。庁舎を一巡して来ると、ベンチには北見一人が坐《すわ》っていた。

「寒くないかね」

笹山はなんとなく、夜の散策に出たついでのような顔をして、近づいていった。一冬強風にさらされたベンチは、塩風と砂ですっかりペンキがはげていた。笹山が坐るまで北見は顔を上げなかった。坐るとすぐ、笹山は、煙草《たばこ》を持って来なかったことを後悔した。

「所長、どうして僕《ぼく》っていう人間はこうひねくれているんでしょうね」

笹山は北見が誰かに話したくていたところへ、うまい具合に出会《でくわ》してよかったと思った。

「ちょっとも、ひねくれてなんかいやしないじゃあないか、どうして……」

「所長のように僕がひねくれていると思っている人は、ひねくれていないと言うし、田倉のような男は僕のひねくれを悪意として、簡単に解決しようとする……」

北見はそんな前置をして、その夜の悶着《もんちゃく》を話し出した。なんでもないことであった。一杯機嫌《きげん》の田倉が、ラジオをつけた。トランプをしていた北見が、音が高過ぎるから小さくした。田倉が又大きくした。北見が小さくした。それから口論がはじまって、間に人が立って、かえって騒ぎが大きくなったらしい。

「なんだそんなことか」

笹山は口ではそう言ってみたものの、この事件は前から心配していた所員間の不和の兆候とも考えられ、こういう場合にどう処置すべきか、放《ほう》っておいて火が消えるか、燃え上るか、バケツを持って、うろうろしている自分が情けないほど小さい人間に思われた。

胡鳥の乱舞と叫び声が急に消えて、島はしんとなった。月が海の上にかかって、白い輝きの道が二人に向っていた。波の動きは全体として珍しくゆるやかだが、輝きはたえず細かく動いていた。輝きの道にそって、黒いものが海の上を滑っていった。餌《えさ》を探す海鳥であろう。海鳥は遥《はる》か遠くで大きく弧を画《えが》いて飛びながら、高度を上げると、島に向って、真直ぐ飛んで来た。異様な大きさに見えた。鳥は二人の頭上で方向を変えて、島の南に向って飛び去った。翼が非常に細く、頭上を旋回するグライダーを見るような感じだった。

「なんだろうあの鳥」

笹山はこの島にもう何度か交替勤務の経験のある北見に聞いた。

「さあ、なんて鳥でしょうね、カツオ鳥にしては大きすぎるし……鳥島とはうまい名をつけたものですね。この島には色々の鳥が寄って来ている。ここでは吾々《われわれ》人間よりも鳥の方が、あらゆる点で居住権を強く握っていますからね」

北見は立上って、寒くなったから帰ると言った。今夜の悶着は自分の方が悪いとは思わないが、田倉の方が良かったとは決して言えない。兎《と》に角《かく》今後は注意すると、横を向きながら笹山に告げると、所長と共に、庁舎に帰ることを他《ほか》の所員に気付かれるのをおそれるかのように、笹山一人をベンチに残して帰って行った。

案外寒くないのは、風を通さないジャンパーを着ているからだと笹山は思った。八丈島から更に一六〇哩《マイル》南方に位置する緯度のせいかも知れない。身体《からだ》は寒くないが、着島以来始めて経験する冷たい隙間風《すきまかぜ》が、笹山の衿元《えりもと》から、しのび込んで、今すぐそこに、どうと言って現実には現われない動揺が、いつかは彼を島から海に追放しかねない、大きなものになりそうな恐怖にさそわれて、彼は庁舎の屋根の下に眠る十四人の顔を一人ずつ追って見る。

北見と、田倉の対立はこのままますむものでは決してあり得ないと考えられる。この二人を中心として、島に不和が生じて、それがこうじて行った時は、どのようにして、防ぐべきだろうか。自分の若さで所長を引受けるべきでなかったようにも思われる。

笹山は月の光の中に灰色の砂山となって、死んだように、動く表情のない孤島に立って、独りで、ものを考えねばならない悲哀をしみじみ感じていた。感傷に決して負けてはいけないと思いながら、勝てる自信はなかった。

この島は、鳥の血と、地殻《ちかく》の底から吹き出した岩漿《がんしょう》の流れによって書かれた歴史を持っていた。

かつて、この島はその名のとおり、鳥だけの島であった。秋の終りから春にかけて集まるアホウ鳥の為《ため》に島は白く色が変り、近づくと揺れて動いて見えた程だった。

明治の初年になると、アホウ鳥の羽毛の採取に人が渡って来て、逃げることを知らない鳥を片っぱしから殺して、その羽毛を輸出した。島の頂上の外輪山には、軽便鉄道が出来、一日一人の人夫が二百羽、年に十万羽のアホウ鳥が撲殺され、取った羽毛はケーブルカーで港に運ばれていった。こうして、太平洋上に残されたたった一つのアホウ鳥の棲息地は、またたく間に人間によって奪われ、鳥は滅亡への一途をたどって行った。このようなアホウ鳥の大虐殺《だいぎゃくさつ》に対する神の怒りとも言うべきか、明治三十五年八月、この島は突然爆発して、羽毛会社の居住者百二十五名を、ことごとく熔岩《ようがん》の下に埋めた。一名の生存者もなかったことが、数日後に帆船愛坂丸により発見され、惨事は小笠原《おがさわら》支庁に報告されたが、報告後、小笠原島を出たこの船も行方不明となった。この事件は、アホウ鳥の怨霊《おんりょう》のなす業として、しばらくは誰もこの島に近づかなかった。

しかし爆発が収まると、莫大《ばくだい》な羽毛の利益を追う人の群れは又この島に移り住んで来て、アホウ鳥を濫獲《らんかく》した。明治三十九年にアホウ鳥が保護鳥となったが、法の手はこの島にまで及ばず、大正となり昭和に変って、アホウ鳥の数は急激に減じ、昭和八年禁猟区に指定されることに決ると、その期日を前にしての大量虐殺はついにアホウ鳥を絶滅させてしまった。

昭和十年十二月、大本教の一派がこの島へ渡来を企て、三十名が検挙され、昭和十三年には、海軍水路部の鳥島測候所が出来、珊瑚《さんご》採取の事業が八丈島から移住した人達によって始められた。人が島に集まって来るのを見計らったように、島は昭和十四年八月に爆発した。

その後にはこの島は無人島となって十年の月日を経過している。

〈島島は島の島であろうじゃ。人がおじゃると、かんめいて、島は爆発して人を殺すのじゃ。人様に根絶やしさせられた何百万ちゅうアホウ鳥の魂が、人様をうらんでな。今でも月の夜にゃあ、島のぐるりを飛び廻っておじゃるじゃ〉

十二月に東京を出発した補給船が、荷揚げ人夫を八丈島で乗船させた。その人夫のひとりが、笹山に話した言葉であった。気象台が測候所を作ったことに反対しているのかと、笹山が率直に聞くと、とんでもないことで、私達はこうして、年に一度か二度は仕事をさせて貰《もら》っていると答える。

〈僕等《ぼくら》は気象の観測をするのが目的で、鳥を取るのが目的ではない〉

笹山はいささか憤然として人夫に言ってやった。それには人夫も大きくうなずいたが、いよいよ補給船が島について、ハシケが下ろされる頃になって、笹山の耳に口を寄せたその人夫は、

〈鳥だけは殺さない方がよっけじゃ〉

と言った。笹山にはそれが一種の脅《おど》かしのように響いて、人夫の顔をにらめつけた。アホウ鳥の亡霊を北見と二人で見たのかも知れない。鳥の幽霊が出ようが出まいが、

そんなことより、若い男達だけ十五名が、貧弱な施設の中に、半年も一年も島流し（彼等の間ではこう呼んでいる）になること自体が、青春を呪《のろ》われているもののように思われる。日本にとって最前線のこの孤島で、気象観測をする誉れだとか、台風の前《ぜん》哨《しょう》としての任務を担《にな》う勇士だとか、そんな理屈を所員に押しつけて、仕事をさせようとしても無理である。島流しに合った十五人は御赦免（交替して東京へ帰ることをこう呼んでいる）の日まで、無事に生き抜くことだけに懸命である。

笹山は立上って山を見上げた。噴煙は十米《メートル》も立ち登ったところで折れて、黒い斜面の砂にそって流れていた。笹山はぐるっと大きく首をめぐらせて、海鳥が飛び去った島の南端に眼をやったまま、しばらく立っていた。

二

バケツに間引きした野菜を一杯にしたのを傍《そば》に置いて、園田が腕ぐみをして考えこんでいた。笹山《ささやま》が声をかけると、園田は腕ぐみを解いて、

「どうしようかね、所長」

と、土によごれた太い指を畑の隅《すみ》に向けた。塩風を除《よ》けるために、園田が苦労して

作ったキャベツのかこいの炭俵がこわされて、キャベツの根元に三つ四つ、胡鳥《こちょう》の穴が出来ていた。

「一晩でこうなんだから、やり切れやしない。僕は根負けして、あの一角は胡鳥にくれてやろうかと思うんだが、どうでしょうかねえ」

島に渡って来た胡鳥は、西斜面の八丈茅《はちじょうがや》の出来ている砂地に穴を掘り、その中へ茅を敷いて卵を生むのだが、勢力の強い鳥が、よい場所を占領して、遅れて来た鳥や弱い鳥は巣を営む場所がない。そうした巣にあぶれた胡鳥が測候所を狙《ねら》ってやって来ては、園田の作った、ふかふかした土を掘って、巣を作ろうとする。園田が穴を埋めると、翌日は又別のところを掘る。こうして園田と胡鳥の間に土地の争奪戦が二カ月も続けられていたが、一番隅のキャベツ畑に園田が油断している間に、胡鳥は巣を作って既に中には卵が生んであるらしい。

「胡鳥が卵を生んでしまったのなら、君の負けだね」

笹山は巣の外に見張りをしている胡鳥の親を見ながら、園田に言った。

「そうですね、僕の負けらしいですね」

園田は足元の土の塊を取ると、見張りの胡鳥を目掛けて、ぽいっと放って、

「これ以上仲間を連れてこようたって、許さんぞ。貴様等《ら》に野菜を台なしにされて見

ろ、人間様の口が乾《ひ》上るからな」

園田は笑いながら、バケツを携《さ》げて炊事室へ行ってしまった。

園田は鳥島へ百姓をしに来たんだと言っているように、仕事の余暇を見ては畑を作っている。砂まじりの黒土を一尺五寸取ると、赤土層が出る。更に二尺掘り下げると、火山礫《かざんれき》の層になる。黒土層と赤土層の境界に燐酸分《りんさんぶん》を多量に含んだ土がある。彼はそれを掘り出して、これに縄《なわ》や莚《むしろ》や、炭俵を焼いた灰をまぜて、新しい土を作る。別に炊事場で出たものや、八丈茅などで堆肥《たいひ》を作って、肥料に当てる。野菜が芽を出した当座は塩分の害をのぞくために、一葉一葉を筆で丁寧に洗ってやっている。砂地だから水持ちが悪い。彼は朝夕桶《おけ》をかついで給水する。風が吹けば、板がこいを見廻《みまわ》り、雨が降れば、土の流れることを心配する。そうして作った野菜は、鳥島測候所員に取って、絶対欠くことの出来ない食糧となっている。誰《だれ》も園田に感謝しているが、手伝う者は少ない。園田は手伝いを決して欲《ほっ》してはいない。所員に奉仕しているという気持でもないらしい。彼はこうすることが好きであるとともに、そうすることによって、孤島の絆《きずな》から脱却を試みているようでもある。笹山は御赦免の日まで、平静に保ち得る人の一人として園田を羨《うらや》ましく眺《なが》めていた。

朝の食事のサイレンが鳴った。

食堂と炊事場と炊事夫の徳さんの居室が一つの建物になって独立していた。食堂の入口に大きな木の札がかかり、達筆で精力軒はりきり屋と書いてある。頭に白い帽子を被《かぶ》った徳さんが、入口に立って、

「へえ、いらっしゃい」

と呼んでいた。徳さんは鳥島一の道化役者であり、板前である。全員が、髯面《ひげづら》のものすごい顔をしているのに、徳さんはいつも髯をそっている。所員に対する思いやりでもあった。

朝の食堂に所員が集まるひとときが、笹山に取っては重要な時である。朝の食堂での所員の動きは、天気図によってその日の天気を予報する以上に、その日一日の彼等の気持を推察する絶好な資料である。朝の食堂では前夜、将棋で三立て食ったとか、マージャンでマンガンを振り込んだというような話が出るのだが、島に来て二カ月を経過すると、所員はそういった夜の娯楽にあまり興味を持たなくなる。個人の感情が尖《とが》って来て、ゲーム中に何かのハズミで、もめごとが出来ると、それが解決されずに、後へ残る。そのはねかえりを各人がおそれ、人との交際に慎重になり、結局は独りになりたがる。こうなると朝の食堂は全く無言となる。

「今日は火山観測の日だから、昼はちょっと遅くなるがいいかね」

笹山は徳さんの了解をまず求めた。観測当番以外の誰が行けとは指名せず、彼は、飯を食うと出発の用意を一人で始めた。

測候所を一歩外へ出ると、空の青さと、海の碧《あお》さにかこまれた白い光に焼かれている砂礫の山が、富士火山帯の南端に位置する火山としての偉風を焼砂と、生々しい熔《よう》岩流《がんりゅう》の痕跡《こんせき》の鎧《よろい》を着せかけた三八〇米《メートル》の外輪山の肩に持たせかけて、中央に細い煙を上げながら爆発の機会を狙っている。木もない、草はあっても春を楽しませるほどの量にはならず、単調な景観と無気味な静寂は、火山特有の外観が作り出す呪詛《じゅそ》のようなもので、測候所は、すべてのものに圧倒されたケチな小さい島のホクロ程にも目立たない。

笹山を先頭とする一行は、のろのろした歩調で砂を踏みながら、頂上を目ざして登って行った。傾斜面にかかると、夥《おびただ》しい胡鳥の巣があった。先頭の笹山は巣をよけながら歩いているが、巣が一面に口を開けていて、一歩も前進出来なくなって、引返して道をかえねばならないことがあると、一行の列が乱れる。その度に後ろについている田倉が文句を言った。穴のそばを通ると、胡鳥が穴から飛び出して、逃げた。それをよけるのも神経が疲れることだった。田倉が持っていた杖《つえ》でその胡鳥を狙った。二度目に一羽の胡鳥が叩《たた》き落された。

「よせよ、胡鳥を殺すのは」

北見が声をかけた。

「一羽や二羽殺したってなんだ」

田倉はまだ死に切れないで動いている胡鳥の翼を両手で拡《ひろ》げながら言った。翼を拡げると田倉の胸の幅より広かった。鳥の腹は褐色《かっしょく》がかっていた。

「無意味の殺戮《さつりく》は止《や》めた方がいいね」

北見の言った殺戮と言う言葉が田倉に強くひびいたのか、田倉は胡鳥の死骸《しがい》を放り出すと、

「君はおれのすることを止める権利があるのか」

と、ひらき直った。

「いいじゃないか田倉君、それより経緯儀を替って担《かつ》いでくれないか」

園田が経緯儀を下ろして言った。面倒な事はやめろという風であった。

笹山は田倉に殺された胡鳥の穴を掘ってみた。穴がくの字に曲っていて、奥に草を敷いた巣があって、ぶよぶよした黒い生毛《うぶげ》の雛《ひな》がいた。腹部がぽこんと出張って、生温かい、いやな感触であった。隣の穴の傍に置くと、黄色いミズカキのついた足でよちよち歩きながら、穴へ入っていった。穴の入口に野げしの花が咲いていた。耳をす

ませて聞いていたが、穴の中では別に騒動も起らないようだった。親鳥が留守なのかもしれない。

「胡鳥って奴《やつ》は馬鹿《ばか》だから、結構それで育つかも知れない」

園田が言った。

「実際、胡鳥って奴ほど、憎らしい鳥はない。一羽残らず殺してやりたいぐらいなんだ僕《ぼく》は……大体あの声が僕には気にくわない。クキュ、クキュッてまるで若い女の含み笑いみたような声を出して安眠を妨害するし、測候所の堤に穴をあけて崩す、野菜畑は荒す……」

田倉が言った。野菜畑を一度だって手伝ったことのない彼が、そんなことを言うのはおかしいが誰も笑わなかった。

「僕は胡鳥の啼《な》き声を調べて見たんだがね」

砂に腰を下ろして園田が言った。

「ほう、何か気象と関係があるのかね」

笹山が聞いた。

「気象と関係があるかどうかは知らないが、啼き方には大体四種類あってね」

園田の説明によると、胡鳥が飛んでいる時は、リュクキュル　クキュッと啼き、巣に入る時はクッキューと啼き、恋愛をするときはキュクキュクと啼き、敵に対してはグギュイグギュイと啼くのだという。

園田の話で、田倉と北見のまずい対立はおさまったかに見えたが、二人のうち、どちらかが何かいえば、片方はきっとそれに反対しそうな顔をして、笹山を中に挟《はさ》んでおし黙っていた。

胡鳥の巣の群落を過ぎて、胡鳥には穴を掘れそうもないような固い砂礫地になると、卵が、あちこちに生み捨ててあった。腐って蠅《はえ》がたかっているのもあった。巣を作れない鳥が生み落した卵だと言う説と、雄鳥にあぶれた無精卵だろうという二つの説に分れたが、誰も本当のことは知らなかった。

八丈茅は頂上に近くなる程、まばらになっていた。八丈茅が無くなったところに骨のように白い枯木が一本あった。黒い砂の中にその肌《はだ》はあまりにも白く、鳥の運命を標識しているかのように悽惨《せいさん》な輝きを持っていた。

外輪山から細かい砂の斜面を下ると、そこに硫黄山《いおうやま》があり、その一角からやや紫色をして噴煙が立ち昇っていた。噴気口から流れ出る硫黄が、ぴちぴち音を立てていた。温度を測定すると四三〇度で十日前の観測記録より十五度増加していた。北見は渡島以来の地温の変化曲線にその記録を書き込んだのを笹山に見せた。温度曲線は上昇をつづけていた。カーブを覗《のぞ》き込んだ五人の顔を一瞬暗いものが過ぎ去った。噴気口の温度の上昇は最近になって著しい活動を見せている伊豆大島との関連を予想させた。地底の蠢動《しゅんどう》が、どのような形で表明されるとしても、それを見詰めつづけなければならない。所員の胸の中に、島の孤立性が強く響いた。この島には、はしけ一隻《せき》の用意もない。爆発は所員にとって死を意味したものだった。共通の問題に対して所員は緊張し、動作にそれを表わしていった。息づまる観測が一時間も続けられ、最後に経緯儀をセットして目標の岩の変動を観測したが、これには異常はなかった。観測はそれで終って、所員達《たち》は、硫黄の臭気にむせながら、風下に下りた。昭和十四年の噴火の際、島の北西に向って流出した熔岩の流れが、今、そこで固まったばかりのように黒い岩の波を作っていた。そこにおびただしい胡鳥の死骸があった。一つも疵《きず》がなくて死んでいた。蠅もたかっていなかった。死因について笹山は、亜硫酸ガスにやられたものと断定を下したが、今迄《いままで》認められなかったこのことが、或《ある》いは噴煙が間歇《かんけつ》的に噴き出すのではないかという不安を呼んだ。園田は背負って来たルックザックに胡鳥の死骸を拾い込んでいた。野菜の肥料にするつもりがわかっていても、誰も彼に手を貸そうとはせず、冷たい眼《め》で、眺めていた。

西海岸を廻って帰途、鯱岩《しゃちいわ》の見える平まで来ると、八丈茅の群生にまじって、カタバミの白い花が咲いていた。その付近の数坪だけに内地の春が訪れているようだった。カタバミの花の一群を過ぎたあたりに来た一行は鼻を衝《つ》く腐臭に立止った。首を食いちぎられた胡鳥が数羽死んでいた。その辺にいる山猫《やまねこ》は無尽蔵の餌《えさ》に飽食していて、肉は食べず、血だけを吸っていた。

「おい、北見君、これを見ろ。殺戮ということばは山猫にいってやるんだな」

田倉は蠅が真黒にたかっている胡鳥の死骸を指して北見に言った。

「歯で殺すか、棒で叩き殺すかの相違だ。数の問題ではない。なにか文句があるのか」

北見の青黒い顔は凄味《すごみ》をおびていた。田倉がつめよっても、おそらく一歩も動かない顔付であった。笹山は園田を見て彼に適当な仲裁の言葉を求めたが、何故《なぜ》か園田は無関心をよそおって、足元の草の花を取りにかかった。園田が二人のトラブルに干渉しない態度に出ると、それにならったように、二人を囲んでいる者達は、あっちこっちに、ばらばらになりかけ、笹山一人が責任者のように残された。八丈茅の藪《やぶ》が鳴った。と、突然二人の仲裁にわざわざ出て来たように一匹の仔猫《こねこ》が藪から顔を出した。ブチ猫であった。

「こいつめ」

一人が猫を追った。仔猫は北見の方へ逃げた。北見は足で蹴《け》とばした。仔猫は悲鳴を上げて田倉の足元へ逃げた。偶然のように田倉が仔猫を両手でつかまえていた。仔猫は田倉の手に噛《か》みつきも引掻《ひっか》きもしないで、彼の手の中で震えていた。

三

島を通過した低気圧は、三月も半ばを過ぎて待望の大雨を降らせた。屋根の水を集めた三つの貯水槽《ちょすいそう》は満水して、総量が百十石を示した。それ以上の水は風呂場《ふろば》に導かれて、二カ月ぶりで風呂が沸《わ》いた。田倉と、通信掛りの須川が俄《にわ》か床屋の店を、動力室の前で開いた。散髪して、風呂に入って、髯《ひげ》をそると、見違えるような男振りになった。ちょっとした環境の変化は、いいにしても悪いにしても笹山《ささやま》の生理を苦しめる。

風呂に入って、ぐっすり眠れるつもりでいたのが、同室の誰《だれ》かが髯のそりあとにつけたクリームの匂《にお》いが、彼の官能の何処《どこ》かのボタンを押したようだった。妻の白い肉体は、いつになく執拗《しつよう》に彼の頭にからみついて、離れなかった。青春を空費している期間が長すぎる。せめて三カ月交替であったならばと、眠れない苦痛は上司に対する不満とからみ合って、のほほんと東京の春風に当っている同僚の誰彼の顔などが横切ったりする。

笹山は子供の死んだ夢を見た。良一は別れた時と同じように、青い顔をして、小さい布団《ふとん》の中で眠るように死んでいた。いくら呼んでも、妻は出てこなかった。妻が押入れの中に隠れているような気がして、良一のいたずら書きがしてある押入れの襖《ふすま》を開けると、胡鳥《こちょう》の腐臭がした。顔をそむけて、良一の顔を見ると、鳥島の蠅《はえ》が、真黒にたかっていた。追っても、蠅は逃げなかった。一匹ずつつまんでは取除いていると、妻が後ろから声をかけた。あなたが良一を殺したのだと言った。

船が芝浦から出港する日、笹山の家族だけが送りに来ていなかった。二、三日前から、良一が熱を出していたからであった。一人子で大事にし過ぎるせいもあったが良一は弱かった。笹山は良一がその後、どうなったかが知りたかったが、島に来ては、どうにもならなかった。無線通信の設備はあっても、それは気象の専用通信にしか使えず、私信は一切扱えなかったから、島に居る十五名は内地に残した家族の安否については知ることが出来なかった。笹山は良一の夢を最近になって何度も見たが、死んだ夢は、はじめてだった。

翌朝は笹山自身だけでなく、誰の顔も憂鬱《ゆううつ》に見えた。食堂でも観測室でも、笑いが、めったに起きなかった。型にはまった島の生活に一つの狂いが生じたようであった。

観測当番はむっつりして、出たり入ったりしている。データーを整理するのも、統計表に書き込んで計算する男も、睡眠不足のはれぼったい眼《め》をしていた。笹山はずっと前から考えていたことを須川に話してみようと思って、観測室に続いている無線電信室に入った。須川が無線機の前の回転椅子《かいてんいす》に腰をかけて、その前に田倉が山猫《やまねこ》の仔を抱いて話し込んでいた。

「すっかり馴《な》れてしまったね」

「まったく、誰が見たって、これが山猫の仔だとは思やあしないでしょう。なあ玉、おいタマ」

と田倉が仔猫の首を持ち上げると、仔猫はそれに答えるように小さい声で鳴いた。田倉は拾って来た山猫の仔に、彼に配給されたミルクを与えて育て上げた。田倉とタマとは常に一緒で気象観測に外へ出る時も、汐汲《しおく》み（海洋観測をこの島ではこう呼んでいた）に出る時も、食堂に出る時も、ポケットに入れたり、膝《ひざ》に抱いていた。

山猫の先祖は、明治の初年にアホウ鳥の羽毛取りの人達《たち》に連れられて来たものか、その後、島に移住して来た人達が捨てて行ったものかわからないが、木や草の一部が残っているように、どうにかして噴火の難をのがれ、島に住みついて野性化していた。十月末頃《ごろ》から五、六月頃までは、胡鳥を食べて生きられるが、夏期になって鳥が島から去ると、猫には飢餓がやってくる。彼等《かれら》は時折り島に来て翼を休める海鳥を襲って餌《えさ》にしているが、それも無くなると、猫同士の共食いが始まる。強い猫は弱い猫を餌《え》食《じき》として、夏を切り抜けて、冬を迎える。こうしながら、山猫は毎年増加して、今では二十匹はいるものと思われる。完全に野性化した大きな猫であった。

「所長、顔色がよくないね、不眠症ですか」

須川が言った。

「このところ続けて、いやな夢を見るんでね」

「所長もそろそろいかれて来たんじゃあないかな、どんな夢です」

田倉が聞いた。笹山が夢のことと、良一が病弱のことをかいつまんで話すと、

「所長は島は始めてだから、気になるでしょうが、そう心配したことはないと思いますよ、いかれて来ると誰でも夢は見ます。家族持ちは、奥さんの夢と子供の夢、それも、不思議に病気だったり、死んだ夢だったりする場合が多いらしい。独身者は女の夢ばかり見る。ほんとにいかれて来ると、自分の結婚式の夢を見る。相手なんかきまってもいないのにね、ハハハ……」

田倉は笑いとばしたものの、笹山が少しも話に乗って来そうもないのを見ると、薄笑いを浮べている須川に向って、

「おい、須川君、所長の子供さんのこと電報で聞いてやれないか」

笹山は自分で言えないことを田倉が言ってくれたことにほっとしながら、須川がどんな返事をするかを、彼の眼を見詰めたまま待っていた。

「目的外の通信は出来ませんね」

「出来ないって君、そこに電鍵《でんけん》と君の指がある以上、やろうと思えば出来るじゃないか」

「そこにドライバーがあるだろう、それでタマの心臓を刺せと誰かに頼まれたとして、僕《ぼく》に刺せるかね」

須川は顎《あご》をしゃくって平然と言った。

「妙にからむじゃないか。結局君はそういった通信をして、電波監視局に傍受されて、無線通信士の免状を取り上げられることが怖いんだろう」

「どう思うか君の勝手だ。出来ないものは出来ないというしか方法はないだろう」

須川はくるっと回転椅子を廻《まわ》して、テーブルに向うと、スイッチのボタンを邪険に押した。機械の回転する音が少しずつ高くなっていく。真空管に灯《ひ》が入って、メーターがピンと張った。そこで、須川は姿勢を正して、定時の気象電報に一応眼を通してから、電鍵を握った。

笹山は平常気が合っている須川と田倉との仲にひびを入らせた責任に対して、小さくなった。ここにも新しい感情の溝《みぞ》が出来、心配ごとが一つ増えた。島の所長は石のように黙っているべきかも知れない。

サイレンが二度鳴った。外へ出ると徳さんが、海を指して船だ船だと叫んでいた。所員は、我先にと初寝岬《はつね》の方向へ走っていった。五十トンぐらいの漁船が島に近づいていた。海が荒れていて船からハシケは下ろせそうもなかった。船の上に二、三十名の漁夫達が集まって、なにか話し合っていたが、そのうちの一人が手旗信号を送って来た。岩の上に立っている所員にはそれが分る者は一人も居なかったので、唯《ただ》わけもなく手を振ったり、叫び声を上げていた。船の上で一人の漁夫が裸になろうとしていて、周囲の者がしきりに止めているのが見えた。裸体になりかけた漁夫が、止めにかかった漁夫と激しく言い争いをしているように見えていたが、やがて船の上は静かになって、裸体の漁夫は海に入って島を目ざして抜手を切って近づいて来た。島の近くで岩に当る逆波にもまれて一度姿をかくした漁夫も、たくみに波をさけて、岩に取りついて登って来た。船と陸とで喚声が湧いた。漁夫は息を切らせながら、所員達の前に来ると、

「あんた方兵隊さんかね」

と言った。突飛な質問なのに所員は驚いて、真黒い顔をした漁夫の顔を眺《なが》めていた。漁船は土佐の鰹船《かつおせん》で、帰途に通り合せたものであった。その漁夫は戦争中、南方の島で行方不明になっている弟が、この島に生きているかも知れないと思って泳いで来たのだと言って鼻水をすすった。所員がかわるがわるここが測候所であることを説明してやると、漁夫はやっと、納得して、それでは船へ帰ろうと言った。四月に近いと言っても、まだ海水は冷たく、男は震えていた。所員が測候所に行って休憩するように誘うと、漁夫は承知して、船との間に素手で手旗の信号を送った。

男は時折鼻をこすっていた。並んで歩いている笹山には、男が泣いているのではないかと思える程、彼は沈み切っていた。初め男達が止めるのも聞かず、この島にこそ弟が居るものと信じ込んで泳いで来た男の心に同情しながら、終戦後四年もたつのに、こんなふうな考え方をしなければならない人達が、日本にはまだ数多く残されていることが、眼《ま》のあたりに見せられたような気がした。

熱い茶を飲んで男は元気を恢復《かいふく》した。

「女っ気のない、こんな島で半年も一年も暮すってことは、ただごとじゃねえのう……、よくまあ気が変にならねえものだ。一体誰が、そんな無理のことを命令するんだね」

漁夫は所員達を前に置いてそんなことを言った。

「誰が命令するって……それは国が命令することにでもなりますか」

北見が答えた。

「国って、日本の国かのう……」

男はびっくりしたようにそう言ったので、所員がどっと笑った。一人の色の黒い新来者を中心として、まるで十五人の世帯は盆と正月が一度に来たような賑《にぎ》やかさだった。沈滞していた空気はどこかへ吹きとばされ、無口だった男ほど、よくしゃべり、所員の顔の輝きまで、一杯ひっかけたように赤く昂奮《こうふん》していた。船との約束の一時間が近づいて来た。所員は慌《あわ》てて、寝室へ走り帰ったり、事務室の隅《すみ》で手紙を書き出した。切手のない者は現金をそえて、手紙の束を油紙に包もうとしているところへ、松木が手紙の束を持って来た。一本一本の手紙に全部切手が貼《は》ってあり、その数は三十通にも達するものだった。いつどこで、松木がその手紙を書いてため込んでいたか、誰も知らなかった。暇さえあれば、釣《つ》りに出掛ける松木の事だから、釣りに行った先で書いたのかも知れない。松木は結婚して半年目に島へ来ていたから、愛妻への思慕が手紙の数で現わされることは当然であると認めながらも、ぽんと出された手紙の数に他《ほか》の男達は、羨望《せんぼう》とも嫉妬《しっと》ともつかない妙な顔をした。書いて置きゃよかった。それが共通した気持だった。笹山も一通書いた。急いで書いたので、妻が読んだら、愛情を疑われそうな気さえした。手紙の中には良一、良一と、子供のことで一杯で、妻にかけてやるべき甘い言葉も、島の生活の事も、彼の健康の事も書いてなかった。漁夫は油紙に包んだ手紙の束を背にしっかり結びつけて、海に入っていった。所員は男が漁船につくまで、はらはらする思いで見ていた。漁夫のことより、背負っている手紙が濡《ぬ》れることを心配した。男が船に泳ぎつくと、すぐ漁船は汽笛を鳴らして、出て行った。残された孤独感に所員達は黙りこくって墓場から帰るような重い足どりで、一人ずつ別々の歩調で、他人とはなるべく長い間隔を保ちながら、庁舎へ帰っていった。松木が一人だけ後に残って釣りをしていた。釣糸を垂れているだけで、眼は消えていった漁船の方にそそがれていた。

四

この島の蠅《はえ》は追っても逃げなかった。箸《はし》でつまめる位の鷹揚《おうよう》さと、一度物についたら殺されるまで逃げない執拗《しつよう》さを持っていた。笹山《ささやま》は蠅を憎んだ。夢のこともあったが、蠅の湧《わ》く所が山猫《やまねこ》に殺された胡鳥《こちょう》の死骸《しがい》であるから、その不潔さから来る所員の健康に対する怖《おそ》れであった。測候所のごみ捨て場も便所も、薬品で蛆《うじ》を殺したが、山猫と胡鳥の居る限り、蠅は絶えるものではなかった。彼は紙を敷いて、その上に甘いものを撒《ま》いて蠅の集まるのを待って、手製の扇のように大きい蠅たたきで殺した。蠅は蠅をみて集まって来て、同類の死んだ上にたかる。それを叩《たた》いて殺す。これを一時間もしていると、室内の蠅の数は減って、半日ぐらい気にならないで居られた。そうやって、蠅を叩いている笹山の眼付《めつき》は、彼が島へ来た当時のように、おだやかではなかった。濁った光が時々壁に貼《は》ったカレンダーにそそがれていた。カレンダーの日付は昼のサイレンが鳴ると半分消され、後の半分は当直員が夜半に消した。人によっては一日を四つに分割して消していった。カレンダーの消されることが所員の最大の楽しみであった。

ラジオはニュース以外はあまり聞かなかった。聞かない方がいいことを誰《だれ》もが承知しきっていた。ラジオから出る女の声は特に気にさわった。声優として有名な女性も、男達《たち》のある一部には、けがらわしい声を上げる女として嫌《きら》われていた。

事件が起きると、サイレンを鳴らした。鶏が山猫に取られた時も鳴ったし、所員の一人が梟《ふくろう》をとらえた時も鳴った。こんな時が所員にとって、ぱっと光を見出《みいだ》す時であった。松木が大物を釣《つ》り上げて、援助を求めに来た時のサイレンは景気よく三つ鳴った。

た。徳さんがねじり鉢巻《はちまき》で、先頭に立っていった。五貫目もあるブリであった。缶詰《かんづめ》料理と、米の不足をおぎなうためのスイトン汁には、いくら徳さんが腕を振《ふる》っても、食欲は出なかった。所員は園田の作った野菜に主として手を出したがったが、これは充分とは言えなかった。五坪の菜園から取れる野菜は各自の皿に盛りわけると、ほんのちょっぴりでしかなかった。ビタミンの錠剤をいくら飲んでも、全身のだるさは取れなかった。こんな時に突然、食べ放題のブリのサシミが食卓に並んだことは大したことになった。園田が大根オロシを作って、これに添え、一人一合という制限で久しぶりに酒が出された。殊勲者として、松木が正面に坐《すわ》らせられ、特に二合の酒と、ミカンの缶詰一個が彼の前に並べられたが、彼は別に嬉《うれ》しそうな顔もせず、酒には手をつけず、飯を食べて、ミカンの缶詰を食べると、さっさと、部屋に引込んでいった。松木はそこで長い日記を書いて、疲れると、トランクにしまって、鍵《かぎ》をかけて寝るのである。

田倉はその夜、当直に当っていたから、サシミは食べたが、酒は飲めなかった。もう皆によく馴《な》れた山猫の子のタマを代理だと言って食卓に置いて、観測室へ帰っていった。

歌が出、かくし芸が出て来ると、酒が足りなくなった。笹山は酒の追加を拒絶することは出来なかった。やってはならないということは禁句と考えていたからである。高調した酒宴のテーブルの上でタマが、行きどころがなく、きょときょとしていた。それを北見が摑《つか》んで、前に坐っている須川にぽいと投げた。須川は軽く受け止めて、北見に投げ返す。猫は恐ろしさで鳴き声を上げる。それが面白《おもしろ》くてみんなで笑った。北見の手元が狂ったのか、猫の爪《つめ》が彼のそでに引かかったのか、再び投げ上げられた仔猫《こねこ》は宙でくるっと回転して、からになっている皿の端に落ちた。タマは起き上ることができずに、弓なりに背をそらし、口からものを吐いた。そして間もなく動かなくなった。

座は一度に白けていった。北見と田倉の間に、どんなことが起るか、笹山は恐ろしさで胸が痛い程鳴った。真先に罪を背負おうとして出たのが徳さんだった。猫を誤って、テーブルから床へ落したと田倉に言おう。俺《おれ》のしたことなら田倉さんだって、と言い出すと、北見と須川が、俺のした事は俺がすると言い出し、結局みんなで田倉のところへ謝罪に出かけて行った。

田倉は観測机の上で、計算をしていた。大勢で来たことが彼には異様な衝撃をあたえたようだった。猫の死骸を前に出して、詫《わ》びごとを言う北見に対して、

「死んだタマなんかいらん」

といって、タマを引つかむと、明いている窓から外へ抛《ほう》り出して、

「今日は観測当番だ、明日になったら、ちゃんと話をつけてやる」

そう言って、風速計の電気盤に向うと、二度と後ろを振向かなかった。

眠れないままに笹山は起き上って、窓の外を見ていた。観測室から洩《も》れる灯《ひ》に庭といっても草のない砂地が、醜い様相をさらけ出していた。そこに捨てられたタマの死骸が横たわって、むき出した歯が白く光っていた。園田の野菜畑の方から何か黒いものが近づいていた。光をさけているからよく分らないが、山猫であることは確かだった。山猫はしばらくじっとして、仔猫の死体をうかがっていたが、一飛び音もなく、砂地を蹴《け》ってタマの死骸によると、いきなり、タマの頭に嚙《か》みついた。笹山は背筋に冷たいものが走った。とうていそれを一人では見ていられなかった。誰かを起そうとしたが、みんなよく眠っていた。観測室で紙を動かす音がした。笹山は足音をしのばせて、観測室に入った。田倉が何か書いていた。背後に近寄って静かに呼びかけると、悪いことをしていたのを見つけられでもしたように、ひどく驚いて、振返った。泣いたのか田倉の眼は赤かった。笹山は眼付と手振りで窓の外を指した。大きなトラ猫が、タマの身体《からだ》にかぶさって、もりもり死骸を食っていた。

「ちきしょうめ……」

田倉は噛みしめた歯の間から、蒸気の洩れて出るような音を立てていうと、直《す》ぐ表に廻《まわ》っていった。人の気配をさっすると、山猫はさっと身をひるがえして、逃げてしまった。

北見と田倉の衝突を警戒して、二人が顔を合わせることのないように皆で気を配り合っていたが、田倉は、別に北見一人を眼のかたきにすることもなく、当面の敵を山猫において、猫イラズをしかけて、山猫を殺すことに専念しだした。この島の山猫は夜になると、測候所のまわりに集まって来て、うろうろする性質があった。先祖がこの島の先住者達の飼い猫であったから、本能的に人に近づきたがるのかも知れない。それとも胡鳥以外の餌《えさ》をあさっているのかも知れない。田倉の猫イラズをしかけたダンゴは一個も食べなかった。色々種をかえても、嗅覚《きゅうかく》が発達しているのか、直ぐ、からくりを見破ってしまって、毒は食わなかった。田倉は毒団子の方法が駄目《だめ》と分ると、夜になっても表口の戸を開けて置いて、事務室の中に匂《にお》いのする缶詰の覆《ふた》を開けて猫の侵入を待っていた。山猫は二度忍び込んで食って逃げたが、ついに年貢《ねんぐ》の収め時がやって来た。真夜中に、フンドシ一つになって起き上った田倉が、走って行って表戸を閉める音を聞いてから間もなく、事務室の中で、大きな物音がした。猫は廊下の片《かた》隅《すみ》に追いつめられて、田倉の棒の一撃に会って死んだ。田倉の猫退治の騒動でみんな眼を覚ましたが、誰も応援には加わらなかった。タマのかたきを田倉ひとりに打たせてやりたい気持と、うっかり出ていって、そばづえを食うのをおそれていた。

朝からライスカレーは珍しいことであった。缶詰の肉にしては切身が大きすぎると思った笹山も、一口食べて見て、それが唯《ただ》の肉でないことが分った。動物園の狸《たぬき》の檻《おり》の臭気を持っていて固くてまずかった。やっと一切《ひときれ》は食べたが、それ以上は食べる気がしなかった。田倉一人がものすごい健啖《けんたん》振りを見せていた。田倉の征伐した山猫の肉だと言うことは誰も気づいていたが、肉を除《の》けながら、懸命に臭気をこらえているようだった。我慢しきれなくなったのか、北見が立上って、席をはずした。

「おい、北見君、山猫の味はどうだ」

田倉が挑戦するように言ったが、北見は唇《くちびる》をかみしめているだけで、それには答えなかった。みんなが我慢してくれたことに笹山は感謝した。徳さんが泣き出しそうな顔をしていた。きっと田倉にせめられて、料理したに相違ない。タマを殺した復讐《ふくしゅう》はこうした形で全員に報いられた。

笹山は田倉のやり方に対して、放《ほう》って置けないような気がして、田倉一人で居る所を見計らっては、近寄って、彼の行過ぎの行動をたしなめようと思ったが、田倉の一《いち》瞥《べつ》に会うと何も言えなくなる。日がたつにしたがって、益々《ますます》弱気ないじけた人間になり切った自分がつくづくいやになった。山猫の臭気は歯をみがいても取れなかった。共食いをする猫を一切でも食べたことで、ひどく人格を落したような気がした。

五

なんでも書きたい事を書くと言う日誌が、具《そな》えられていた。笑話あり、風景描写あり、不満が書いてあり、俳句が書いてあったりする。笹山《ささやま》は毎日、それを読んで、所員の気持の移り変りを観測していた。

「こう同じような無為な日を過すことは堪えがたい、気象学の研究会でも持ちたい」

こう書いてある翌日の日誌に、

「お役所流の点かせぎ主義、出世主義、へつらい主義、前日の記事の内容を憎悪《ぞうお》する」

と書いてあり、更に翌日になると、

「面と向って悪口を言えぬ男、紙に向って悪口をつけり、これを卑劣と言う」

と記されていた。三人とも違った人であった。困ったな、と笹山は心配して、翌日のを見ると、小さい字で色気たっぷりのコントが書いてあった。それからしばらく日

誌は途絶えた後、突然、

「自殺の実現化におののきながら、胡鳥《こちょう》の声を聞く」

と書いてあった。北見の字だった。

実のならない山葡萄《やまぶどう》のつるがのびて、すべすべした葉を広げていた。ショートパンツの北見が、葡萄のつるの中に立って、左の眼《め》のつぶれた胡鳥の頭を撫《な》でていた。

「隼《はやぶさ》に眼をやられたらしいんですよ」

北見はそう言って、胡鳥を手放すと、鳥は一旦《いったん》、海の上へ出たものの、同じところを右旋回を何回も何回も続けた末、ついに力がつきたのか海へ落ちてしまった。

「片眼しかないと、真直《まっす》ぐ飛ぼうとしても結局同じところをぐるぐる旋回することしか出来ないんだね。僕自身もあの胡鳥の様に、同じところを、ぐるぐる廻《まわ》って、結局死ぬんじゃあないかな」

笹山には北見が単なる感傷に落ち込んでいるとしか思われなかった。死と言う事を簡単に字に書いたり、口にしたりする北見には別に警戒することもなさそうだった。

笹山は北見に島の南岸に行って見ないかと誘って見た。島の最南端で、周囲が断崖《だんがい》に囲まれ南は海になっている狭い三角地帯があった。今迄《いままで》そこへ降りて行ったものは一人もいなかった。笹山は渡島以来、噴気口の温度が上昇しつつあることに不安を感じていた。

地形変化は特にそう目立つ変化はなかったが、この二、三日前から、島の南で、何回かの岩崩れの音を聞いた。ひょっとしたら、その辺でなにか新しい兆候でも起きているかも知れない。爆発がなんと言っても、一番恐ろしいことであった。伊豆大島の三原山の活動と照らし合せて考えると、鳥島の地底でも何か、新しい動きが起りつつあるような気がしてならなかった。

地図やロープや測器具を持った二人は、島の外輪山の一角をなしている月夜山に向って道をとり、その頂上から尾根道を伝わって島の南端に向ったが、切り立ったような絶壁にかこまれていて、何処《どこ》からも降りる所がなかった。道を南東の外輪山の子持山の嶺《みね》に取って、そこから地図をたよりに地勢を見ると、南東に張り出している燕崎《つばめざき》が黒く見えた。その先の海に落ち込むあたりに一箇所だけ人が通れる程の傾斜がありそうに思えた。時刻が干潮に当っていて、海水に濡《ぬ》れた岩が頭を出していた。それ等《ら》の岩をつたって行けば、なんとかして南斜面に出られそうな気がした。

「やって見るか」

笹山は海に向ってつぶやいた。気味の悪い程碧《あお》い海に、不規則にちらばる白い潮の目の模様が、それぞれの濃淡と配合を、線や点でつなぎとめながら、島をとり巻いてじっとしていた。水平線の向うにはなにも見える筈《はず》はないが、眼をこらしていると、何かが見えそうだった。二人は崖《がけ》の端に這《は》っていって下をのぞいて見ては、持って来たロープを垂らす場所を探した。干潮を利用して、海を廻って崖の下に出たとしても、潮が上って来れば、帰る道は閉ざされるから、そんな時の用意だった。やっとロープの届きそうな場所を選んで岩の頭にしっかりロープを結び、ロープの先にルックザックを吊《つる》して下へおろしてから、二人は地下足袋を脱いだ。岩に凹凸があって、足場としてはしっかりしていたが、ぬるぬるしていた。岩の窪《くぼ》みに海水がたまっていた。足を突込むと水は温かかった、南に向って大きな洞窟《どうくつ》が口を明けていて、奥には水が光っていた。赤い足の、手の平ぐらいのカニが、物音に驚いて、穴へ逃げ込むと、入れちがいに小さい緑色の魚が、ノミのようにピョンピョンはねて逃げ出して来た。海から迂回《うかい》して、洞窟の黒岩を攀《よ》じ登って入った広場には処々《ところどころ》に八丈茅《はちじょうがや》が生えていた。三面は高い断崖に囲まれ南面が海に向っているせいか、この島に特有な季節風を防いでいる。いわばポケット状の温室のような場所であった。広さは百米《メートル》四方ぐらいの面積であったが、意外に多く八丈茅が生えているのも、この地形のせいであった。地形の異常はなにも見られなかった。二人は三角地帯の奥に向って進んでいった。三方から、せり出している大きな崖の鼻が、頭の上にかぶさって、天然に出来た屋根のような感じがした。三角地帯の一番奥に、八丈茅が特に密生している場所があった。そこだけが別天地のように草の匂《にお》いがして、むっとするように温かかった。胡鳥の巣の穴が小さい口を無数に明けていた。

風もないのに茅が揺れていた。山猫《やまねこ》かと笹山は思った。北見もそれに気がついているらしく、手に石を持っていた。それ以上近づくのが、一寸《ちょっと》恐ろしい気がした。茅のざわめきに混って、唸《うな》り声ともうめき声ともつかない短く、間断なく繰返す奇妙な音響が一面に起って、二人の近づくことを妨げていた。動物には違いないが、正体はかなり大きな獣のような気がした。北見が草叢《くさむら》に向って石を投げた。白い大きな鳥が突然、八丈茅の中から現われた。鵞鳥《がちょう》よりも大きな鳥であった。鳥は二人に向って、嘴《くちばし》をパクパクさせながら近づいて来たが、二人の前まで来ると、口を開いて、緑黄色の油のようなものを吐瀉《としゃ》した。中には形が変りかけたイカがあった。鳥はそこで二人を除《よ》けるように、斜面に出ると、海に向ってヨチヨチ駈《か》けおりていった。ひどく歩き方が大儀な格好であった。十米も駈け下りた所で舞い上った。翼を拡《ひろ》げると、二米もあった。鳥は海の上で大きく旋回しながら、高度を取ると、二人の立っている上に来た。急に草叢の中が騒々しくなった。モーモーと牛の鳴くような声がして、次々と斜面を滑空して離陸していく鳥があったが、長い先の曲った嘴をコツコツ鳴らしながら、八丈茅の巣の中に止《とどま》って動かない鳥もいた。傍《そば》に雛《ひな》がいた。雛はやや暗灰色をしていた。

白い大鳥の集団と離れて、それ等よりもやや小柄な暗褐色《あんかっしょく》の鳥の群れが居た。

「なんと言う鳥だろう」

笹山は北見に聞いた。

「初めてですよ、こんな鳥は。ずい分大きな鳥ですね、一匹つかまえて帰ろうか、そいつを」

北見は手を出すと、鳥は雛を背後にかばって嘴を大きく開いて威嚇《いかく》したが、逃げる気配は更にない。

「逃げることを知らんのかな」

笹山は北見の言った言葉から、あるいは、これがアホウ鳥ではないかと思った。すでに絶滅したこの鳥が、まだこの島に生存しているとは考えられなかったが、その鳥がアホウ鳥であったらよいような気がした。二人は鳥のスケッチをしてから草叢を後にした。

汐《しお》はもう洞窟の入口にまでおし寄せていて、海からの道はとざされていた。笹山がロープに伝わって、崖の上に出てから、ルックザックを吊《つ》り上げた。北見は、崖壁の

高さと、笹山の顔を不安な眼で眺《なが》めていたが、

「ゆっくり登って来たらいい」

と笹山が岩の上に坐《すわ》って煙草《たばこ》に火をつけるのを見ると、あきらめたように、ロープに手を掛けた。

笹山は測候所に帰ると、直《す》ぐ長い電文を作って、須川に打電を頼んだ。目的外の通信と言われはしないかと思ったが、須川は黙って電文の終りに、動物気象と関係があるから、至急調査して回答願いたいと書き加えた。鳥の大きさ、羽毛の色、嘴の基部の桃色のことなど、詳細に書いた電文であった。

次の交信時間になって返電があった。鳥類図鑑によると、その鳥の大きな方は、アホウ鳥、小さな方が足黒アホウ鳥と思われるが、鳴き声については疑義がある。既に絶滅種に属する鳥であるから、尚《なお》くわしく調査する必要がある。その方面に連絡して、明日回答するという内容であった。

アホウ鳥発見で、測候所員は新しい昂奮《こうふん》に顔を輝かせた。北見が得意顔をして、発見の時の有様を手ぶり身ぶりで説明した。田倉は面白《おもしろ》くない顔をして聞いていた。翌日になって電文が来た。アホウ鳥と、足黒アホウ鳥に間違いがないらしいという電文で、世界の絶滅種を貴所員が発見されたことを祝福する、保護に万全を期せ、とむす

んであった。徳さんが、祝いの準備にかかった。鶏舎に残っている、一羽の鶏が、その夜の御馳走《ごちそう》であった。

六時の夕食のサイレンが鳴ったが、田倉一人見えなかった。釣《つ》りに行った様子はなし、火山観測の当番にも当っていなかった。徳さんが、再度サイレンを鳴らしたが、彼は帰って来なかった。

「アホウ鳥を見に行ったんじゃないかな」

北見が言い出した。断崖から降りたものの上れないで困っているだろうと想像された。助けに行く準備をみんなで始めているところへ、田倉が上衣《うわぎ》に何か包んで、小脇《こわき》にかかえて帰って来た。アホウ鳥を生取りにして来たのだった。田倉は手に、アホウ鳥につつかれた傷を受けていた。鋭い刃もので、えぐったような疵跡《きずあと》だった。雄は逃げても、雌は逃げないこと、雄と雌で、一羽の雛を守って逃げないのも居ることなどをつきとめて来た。遠くで聞くと、モーモーと聞えるが、近くではそれが聞えない。鳥の咽喉《のど》の奥の方で鳴る、グーグーと言う音響が、あの特殊の地形をしたポケット地帯に共鳴して、作り出す音ではないかと、田倉が説明した。

アホウ鳥は、空いている鶏舎に入れられた。その夜は、アホウ鳥の餌《えさ》のことでみんなが長いこと相談した。魚の生餌《いきえ》しか食べないアホウ鳥をどうして養うかが問題だった。結局、魚を釣って来て与えるしか方法がないだろうと言うことになり、所員は早速夜釣りに出掛けて行った。園田が空箱をこわして、餌箱を作った。水がもれないために、非常な苦心をしているようだった。餌箱が出来、海水が汲《く》んで来て入れられ、海の藻《も》や、釣って来た小魚をそれに入れて泳がせておいたが、アホウ鳥は見向きもしないで、海の方に顔を向けたまま動かなかった。輝くばかり純白な、すべすべした羽根を持った、可愛《かわい》い小さい眼をした鳥で、およそアホウ鳥と言う名にふさわしくない、高貴な気品を具えていた。蒼白色《そうはくしょく》の足の三趾《みつゆび》の間に張ったミズカキを、きちんと揃《そろ》えて、すべてをあきらめて、死を待っている様子で、そのままの位置を変えず二日間、何も食べなかった。

笹山が自記温度計を修理していると、徳さんが顔色をかえて呼びに来た。田倉と北見が喧嘩《けんか》を始めたのである。北見は餌につかないアホウ鳥を解放すべきだと主張し、田倉は死んだら、塩漬《しおづ》けにして持って帰って標本にしようというのである。既に二人は殴《なぐ》り合いもしたらしく、互いに胸倉を取り合って、真青《まっさお》い顔をしていた。

「喧嘩はやめろ、話せば分るじゃあないか」

笹山は二人の間に分けて入ろうとしたが、組んでいる二人の手の力は強くて、簡単に離れそうもなかった。

「アホウ鳥の処置は所長に任せたらどうだ」

と誰《だれ》かが言った。それに賛成するものが居たが、田倉は、

「俺《おれ》が捕った鳥だ、所長の指図は受けない」

と、言い放った。それには笹山もぐっと来て、

「君が取ったかも知れないが、この鳥は君のものではない、この島のものだ」

そう言っておいて、笹山は全員を集めて、多数決にして、鳥の処分をきめようとした。田倉の意見に賛成のものは手を上げるようにいうと、真先に松木が手を上げて、続いて須川が手を上げた。徳さんが手を上げかけて、他の人達《たち》の顔色を窺《うかが》ってやめた。北見の意見に賛成するものが絶対多数であった。

「田倉君、アホウ鳥は放してやってくれ」

田倉は返事をしなかった。その傲慢《ごうまん》さに笹山は、今まで押しこめていた怒りが一度に出て、よしっ、と一言言うと、さっさと鶏舎に近づいていって、戸を開けてやった。アホウ鳥は人間達の争いには無関心に海を見ていたが、徳さんが中に入って、シッシッと追うと、よちよち動き出して、測候所の広場を横切り、海に向う傾斜面を降りて行き、やがて、はずみをつけて離陸した。三日間餌を食べないのに、少しも疲れた風もなく、悠々《ゆうゆう》とした飛翔《ひしょう》ぶりであった。

六

五月に入ると島は夏のような暑さだった。身体《からだ》の節々にまつわりついているだるさが、温度の上昇とともに、身体の奥深くまで浸透していき、塩気を含んだ、ねばねばした湿気は、観測記録を書き込む紙の上のインクの字をにじませた。

島の測候所には出勤簿もなかったが、休日もなかった。土曜日曜も、祭日も、同じ業務の繰返しだった。定時の気象観測、海洋観測、地震観測、高層気象観測、無線連絡、電源発動機の運転、仕事は山ほどあって、予備の人員がないから、一人が休めば、それだけが皆の負担になった。

笹山《ささやま》は観測結果の整理の仕事については、或《あ》る程度各人の処理に任せておいた。朝の間にデーターを統計している男もいるし、夜になって計算器を使う男もいた。東京に居るように、時間が来ると、きちんと交替者に引継いで、家へ帰れるのとは大変な違いである。区切りのない業務に倦怠《けんたい》がつきまとい、倦怠の累積された結果は肉体の酷使となり、疲労となって現われた。沈滞した空気に新しい風を送るために、時折ピンポン大会をやったり、紅白の二十の扉《とびら》をやったりしたが、やっている間は笑いが起ったが、後を襲って来る空虚はそんなゲームはやらなかった方がよいような反省をさせることの方が多かった。碁盤にむかう人も少なくなり、小説類に手を出す人も、それ等《ら》から与えられるものより、失うものの方が多かった。火がついたように猥談《わいだん》に花が咲く時もあったが、その話に加わらずに、黙って聞いている人の顔が、偽善者の表面的なつくろいに見えてくると、中心になって、しゃべっている男は急に沈黙して、ひどくつまらなそうな顔をして、部屋を出ていくのが常であった。誰《だれ》も自分の経験した女との関係を語ろうとせず、人のことを聞こうとしたがる、そのエゴイズムに、一人ずつ自滅して、しまいには女の話が禁句のようになっていった。

笹山は一週に一度、気象研究会を始めることにした。誰かにやれとは強制せず、話したい人に、やらせて見たがあまり希望者がないから、笹山ひとりの受持ちになった。火山の話、台風に関する論文の紹介、季節風の問題、そう言った仕事に関することは余り所員の興味をそそるものではなかった。

笹山の調べた鳥島の歴史は、案外皆に受けた。徳川時代に、鳥島に漂着して、アホウ鳥を食べて二十年間生きていた漁民の物語、ジョン万次郎がこの島に来て、二年目にアメリカの捕鯨船に助けられたなどの事実は、所員の興味を引いた。鳥島物語と名付けられて、笹山の連続講演になった。

その日も笹山はこの話の続きをやっていると、隣の無線室で須川のどなる声がした。

「なにッ、ねぼけるなっ」

笹山は自分がどなられたような気がして話をやめた。通信室との境のドアーを開けて見ると、須川が真赤な顔をして、まるで見えない敵と喧嘩《けんか》をしているように、電鍵《でんけん》を引っぱたいていた。須川の前に受信したばかりの電報があった。

「配船の都合により、交替は一カ月延期する」

そんな意味のことが書いてあった。直《す》ぐには信ぜられそうもないことであったが、電報の内容は何回確かめて見ても公式の伝達事項に間違いはなかった。須川が、スイッチを切って、机にうつぶせになって頭をかかえ込むと同時に、所員は一人ずつ部屋を出て行った。食事のサイレンが鳴っても、食堂に来ないものがいた。来ても、ちょっと箸《はし》をつけるだけで、半分は残してしまった。

そんなことがあってから、松木の様子が急に変って来た。釣《つり》道具を持たないで、海に出掛けていって、半日も帰らないことがあったし、黙って、月夜山へ登っていって、食事のサイレンが鳴っても姿を見せない日などがあった。前のように日記を書かず、人と顔を合わせることを極度に嫌《きら》うようになった。なぜあんなに欲しいかと思われる程、水ばかり、ガブガブ飲んでいた。

その夜松木は帰らなかった。所員が幾手にも分れて、松木の姿を島中探し求めた。南風が吹く晩であった。松木を呼ぶ声は暗い海へ消えて行って、どこからも反響はなかった。海にはまって、死んだのではないかと言う不安が、皆の顔を暗くした。笹山は、松木の行方不明の電報を打つことを朝まで押えて、夜明けとともに、最後の全員捜査をした。

松木は旭山《あさひやま》の北の斜面からずっと下って、汐見岬《しおみみさき》の岸を背にして、海を見ていた。この島の最北端にあり、日本からの便船を見るとすれば、この岩が格好の場所であった。享保《きょうほう》四年の秋船頭平三郎が、この島に漂着して、

「鳥打ち殺しては肉を食い、北の岩根に立ちては、故郷のことを思いつつ大声にわめき立て候《そうろう》ことも、はかなきことに候えど……」

と二十一年目に内地に無事生還した報告書にある岩根も、恐らく、その付近のことと思われるが、松木が何故《なぜ》そこを選んで一晩明かしたかについて、誰も聞こうとはしなかった。

「松木君帰ろう」

田倉が、なんとなく近寄って、なんとなく腕を引張って、そのまま測候所に連れ帰るまでの間、焼砂を踏みつけた音だけは一生頭に残って消えないだろうと思われる程

の惨酷《ざんこく》な響きを持っていた。

松木は水を飲んで、寝て、夜に食堂に顔を出した。一言も言い訳らしいことを言わず、誰も松木に話しかけようとしない中に、田倉だけが、松木の傍《そば》に坐《すわ》って、しきりに海水の温度の分布がどうの、こうのと面倒くさいことを、話しかけていた。

松木の神経衰弱は、それ以上には進行しなかったが、困ったことには、働き者の田倉が、熱を出したことだった。

田倉はアホウ鳥を生取りにする際、手の甲に疵《きず》を受けていた。そこが化膿《かのう》して、しばらく繃帯《ほうたい》をしていたが、そこが治ると、腋《わき》の下に大きな肉腫《にくしゅ》のようなものが出来た。観測当番を休むように、はたで注意すると、田倉はかえってそれに逆らって、病気を悪くし、ついに四十度に近い高熱を出して、ベッドに倒れたまま動けなくなった。松木が看病に当ったのが妙な取合せだった。松木は殆《ほとん》ど寝ずに田倉の枕元《まくらもと》につきっきりで、水枕をとりかえたり、額の手拭《てぬぐい》をしぼりかえたりした。その水は、タンクの中の溜《たま》り水で、既に温水となっていた。あり合せの薬は何を飲んでも効き目がなかった。

笹山は具《そな》えつけの医書を読んで見た。腋下の淋巴《リンパ》腺《せん》の腫は、胸部疾患から来る重症のものばかりで、どの本にも、こうなると長く持たないように書いてあった。

田倉の病状について、長文の電報を打電して、気象台からの医師の指導を待った。

東京からはペニシリンを打つように返電があり、打ち方について詳しい指示がしてあった。島で注射を打てる男は北見だけであったが、彼はまだペニシリンを臀部《でんぶ》に打った経験はなかった。

「打つ前によく場所を確かめて置かないと」

北見は、責任の重さに青くなっていた。松木がズボンを脱いで、黙ってテーブルの上にうつぶせになった。

笹山と北見は、診療の手引きという本と、電報の文面と照らし合せながら、松木の尻《しり》に手を当てた。瘦《や》せた尻だった。肛門《こうもん》より割目にそって、上部十センチの所に小指が届くように、手の平を尻に当て、拇指《おやゆび》の頭と人差指の間に垂直に二・五センチ針を入れろと指示した電文と本の内容とは、一致していたが、注射を打つ人の手の大きさの相違、尻を出して寝ている松木と、寝室でうなっている田倉の尻の大きさの相違によって、注射針の位置に若干の違いが生ずることについて、問題になった。

今度は笹山がズボンを脱ぎかけると、所長がけつを出すのは、みっともねえと言って徳さんが、毛深い尻をまくって、机の上に寝た。松木と徳さんの臀部の大きさはそう違っていなかった。確信を得ると、北見は敏捷《びんしょう》に準備を始めた。御飯むしで消毒された注射器にペニシリンの液が入れられた。田倉はうつぶせになったまま、なすがままになっていた。注射器を持った髯面《ひげづら》の医者が、平常最も仲の悪い北見であることも、無視しているようだった。北見は右手に注射針を垂直に持って、熱で赤くなっている田倉の臀部を凝視していた。田倉の臀部におかれた左手の爪《つめ》の色が白く変っていた。呼吸を止めて、注射器をズブリと田倉の臀部に刺した。血液が入って来ないのを確かめると、吸子に少しずつ圧力を加えていく。ドロドロした白い液体は田倉の臀部に吸収されていった。

北見は額に汗をびっしょり掻《か》いていた。総《すべ》てが終ると、彼は事務室に引返して、煙草《たばこ》を出した。笹山が火をつけてやった。

無線通信は一時間おきに東京との間に交わされて、逐一結果が報告されていった。注射のききめは直ぐ現われた。三日目には田倉の熱がずっと下り、腫《は》れも引き、痛みも取れた。完全に田倉が元気になってから、「化膿性皮下淋巴腺炎」と言う病名が、東京から電報で送られて来た。

「島の俺達《おれたち》のことを本当に心配してくれるのは、あの医務室にいるむっつりしたお医者さん一人だぜ」

気象台の医務室の医者が、無線室に泊り込んで、島から来る電報に対して一々細かくその場で指示してくれたことに対する感謝が、そんな言葉で表わされていた。医師は称讃されたが、もし盲腸炎でも起したら、死ぬしかない自分達を、一体首脳部はどう考えているのだなどと、上司に対する激しい怨嗟《えんさ》の声がしばらくは消えなかった。

「ここでは、病気になっちゃいけないんだ」

田倉がぽつんと一言言った。島では病気をする事すらも許されていないのだ。そういう意味に聞えた。

七

園田は何があっても驚かない男である。船がおくれても別にくさることもなく、田倉が病気しても、それに較《くら》べて自分の健康を秤《はかり》にかけようとすることもしない。毎日の仕事以外に彼がすることは野菜を作って、炊事場に提供することである。日焼けした顔に、微笑をたたえて、鍬《くわ》を持っている姿はいかにも楽しそうである。読んでは毒になるとして、皆に敬遠されている本を彼だけは平気で読んで大声で笑い飛ばしている。よく食べよく眠る男である。園田の図太さには、誰《だれ》も舌を巻いていた。特に笹山《ささやま》は園田の超人的な暮し方を真似《まね》ようとして、真似られないことにひけ目を感じ、安穏無事に日を過す彼に羨望《せんぼう》を感じていた。園田は考えている時間を自分に与えなかった。

彼は常に何かしていた。胡鳥《こちょう》の雛《ひな》が育って、そろそろ島を去る時期が近づいていることも知っていたし、笹山と北見に発見されたアホウ鳥の生態は園田によって、研究されていた。雛鳥は初め親鳥の嘴《くちばし》のすき間に嘴を入れて餌《えさ》を取り、大きくなると親鳥の取って来た生餌《いきえ》を食べることなども、園田が双眼鏡で観察して来た。海が荒れると、アホウ鳥は胡鳥を殺し、羽根をむしり、肉を食い、臓物を食って、後には頭部にだけ毛を残した胡鳥の骸骨《がいこつ》を残す。

「あの嘴で、どうしてこんな器用な芸当が出来るんだろう」

園田は拾って来た胡鳥の骸骨をこまかく調べながら、ひどく感心していることもある。こんな園田が血相をかえて帰って来たから、サイレンを鳴らす価値は充分にあった。

園田が島に来て初めて見せる昂奮《こうふん》した面持《おももち》で語るところによると、アホウ鳥の親が一羽と、やっと飛べるようになって、羽根が一段と白さを増して来た雛鳥が一羽、山猫《やまねこ》に殺されて、血を吸われた事実であった。断崖《だんがい》絶壁にかこまれたアホウ鳥の住家に、どうして山猫が侵入したかについては、誰も答えることは出来なかったが、寄り集まって色々議論をした末、飼い猫が野性化した山猫だから人の臭《にお》いをつけて歩きたがる習癖があることから想像して、恐らく、汐《しお》の引いた海路から測候所員の足跡を求めて行くのではないかという説と、月が変って、海路から、南斜面に行けなくなった園田が、新しく発見した蛙岩《かえるいわ》の崖《がけ》に伝わって、降りる道を通ったのではないかと言う説に分れた。園田は彼が命名した蛙に似たその岩にロープを下ろして、アホウ鳥の棲家《すみか》を時折訪問していたのであるが、崖の傾斜から考えて、猫には下りることが出来ても、登ることは出来ないだろうという推察があった。

結局、猫の侵入口は分らなかったが、絶滅に瀕《ひん》している貴重な鳥を一羽でも猫に取られることは、許して置けないことであった。

山猫狩りをすることが、その夜の食堂会議で決められた。園田に山猫殲滅《せんめつ》隊長というおかしな名前が与えられた。計画は園田が作って、食事の度毎《たびごと》に、報告し合うことになった。山猫の住んでいる場所をつきとめ、全員でその本拠を襲い、適当な場所に追いつめて殺そうということに大体の案が立てられた。山猫の親分は大きなトラ猫だった。調査をすすめるとその王様を中心として山猫は島の西北西に大体集まっていることが分って来た。山猫の活動する時間、休む時間、頭数、動作する範囲等が何人もの手によって調べられていった。山猫の調査にかかってから三日目に、園田はアホウ鳥の雛鳥が更に二羽やられたことを発見した。それと同時に、猫の通路が、蛙岩であることが、北見によって発見された。北見は岩についている猫の毛を拾って来た。長い毛で明らかにトラ猫のものと推定されるに至って、所員はもう一刻も猶予《ゆうよ》をしている時期でないことを覚《さと》った。

六時に殲滅隊は庁舎の前に集まった。当番の四名を残して十一名が参加した。殲滅隊は三手に別れて出発することになっていた。園田の分隊は猫に気づかれぬように、硫黄山《いおうやま》から、島の北方に下りて北の海岸線を廻《まわ》って、明治浦のあたりに待機する。田倉は山猫を殺した経験があるから、西廻りの隊長に選ばれ、西海岸を密行して、鯱岩《しゃちいわ》の付近で待機する。残りのものは笹山が隊長となって、勢子《せこ》の役を引受け、隊列を分散して、猫を島の北西へ一挙に追いつめ、山猫が崖を廻って西北西の海岸に逃げた時に、園田の隊と田倉の隊で西は海、東は断崖の廻廊《かいろう》を両側から封閉する。後は猫を五寸釘《くぎ》をうちつけた棒で叩《たた》き殺せばよい。これが園田の作戦計画であった。交替船が東京港を出発すると同時に挙げる筈《はず》の祝盃のビールが、山猫退治の賞品として当てられることになった。猫一匹につきビール一本の割当てである。

「一人でビール十本を飲み切れるかねえ」

徳さんが真面目《まじめ》くさって言うと、どっと笑いが起った。彼は一人で十匹をやっつけるつもりらしく、ネジリ鉢巻《はちまき》に、上体は裸であった。

山猫狩りは所員の又とない遊びのようにも見えていたが、勢ぞろいが終り、各自の時計を合わせて行動開始の時間が決って、いざ出発となると、一人一人の顔からは遊びは消えていた。各自の心の中で凝結していた不満が、この朝の行事で一気に解決しそうにも思われた。島の動物を殺すことを、本能的に嫌《きら》っていた所員が、例外なく、むきになって猫を殺そうとしている裏には、御赦免の時期が延びた鬱憤《うっぷん》だけではなく、アホウ鳥の種族保護に対する共通の愛情がたぎり合っている事実に、笹山は驚異の眼《め》をみはって、客観的にのみ所員を見ようとする所長の考え方の根本を、大きく揺すぶられたような気がした。所員が舵《かじ》の向けようで一団となって動くことが嬉《うれ》しいことだったが、怖《おそ》ろしいことでもあった。

四十五分経過した。笹山は胸の中から一気に腐敗しかかった息を吐き出すように、

「一列横隊に散れ！」

と軍隊にいた時の号令そっくりに使って見た。胸がすうっとした。勢子は初めから笹山のその号令を待っていたように、さっと一列に散って、わあっと鬨《とき》の声を上げて、目標に向って突進した。茅《かや》の密生部に近づくと、調査したとおり、その中には確かに猫の集団がいた。一匹の大きなトラ猫が草叢《くさむら》から姿を現わして、近づく人数を見ていた。

「居たぞう」

足の早い須川が、それに向って突かかった。追うことだけを考えるのが勢子の役目

であるが、眼の前に敵の大将を見ては捨てておけなかった。一列の線は乱れて、人と人との間隔に乱れが生じた。猫は予想に反して海の方に逃げず、勢子の動きをじっと見ていたが、一躍すると、間隙《かんげき》をくぐって、山の方へ逃げた。王様が見本を示すと、それに習って、仔猫《こねこ》までが、勢子と勢子との間を逃げまわり、勢子だけがそこに残された。山猫は一匹も、設けられた廻廊へは逃げていかなかった。

攻撃はやり直しとなったが、一度島中に散らばった猫は、もはや十一人の人数ではどうにもならなかった。

その夜、松木は一晩寝ずに事務室に居て、何か作っていた。金物をたたく音や、道具を置く音がした。夜が明けて、彼が作っているのがバネ仕掛のわなであることがわかると、物珍しそうに周囲に人が集まったが、そのチャチな道具で猫は取れそうにもないと言う顔をした者の方が多かった。松木はワナを持って蛙岩へ行った。ワナの鎖を結びつける棒ぐいを砂地に打ち込んで埋め、バネの上には薄く砂を盛り、その上に胡鳥を殺してその血をかけてから、測候所のゴミ捨て場をあさりに来る山猫が、好んで食べる鶏肉の缶詰《かんづめ》のふたを開けて、底の方に肉を幾分か残して、そっとバネの上に置いた。付近には、同じ缶詰の空缶を三つ四つ散らばして置いて、どれにもほんの少しずつ肉を入れておいた。

それから三日目の夜半、島特有のスコールが上って、夜半になって月が出た。サイレンが鳴って所員が起きて出て見ると、松木が片足をバネにはさまれた大きなトラ猫の首に縄《なわ》をかけて引ずって来たところだった。凱歌《がいか》は上ったが、殺す段になると誰も手を出さなかった。山猫はものすごい形相をして所員達《たち》を睨《にら》んでいた。死刑は徳さんの手で、誰も見ていない間に行われた。所員が、朝起きてみると、既に山猫の王様の死骸は、桑の木の根元に埋められていた。

八

笹山《ささやま》は、一時遠のいていた家族の夢に、以前より増して、激しく悩まされるようになった。明け方にみる夢で、眼《め》が覚めても、はっきり夢の内容が頭に残っていた。半分は現実性の濃い夢の構成から考えると、それは夢ではなく、覚めかけた頭の中の考えごとかも知れない。彼は夜明けを恐れた。眼が覚めたら直《す》ぐ起きることに務めているのだが、うつらうつらのぼやっとした時間に、夢を見るぞ、夢を見るぞと、頭の中で脅迫されながら、死んだ良一を抱いている妻の夢などを見るのである。その後が非常に疲労して、朝食がのどに通らなかった。家族になにか悪いことが、起きていてもいいから、事実だけを知れば、この恐怖からは逃れることが出来ると思うのだが、須川の顔を見ると、私用の電報をどうしても打てとは言えなかった。笹山は図太い神経の園田にその事を話して見たが、彼は、家族持は誰《だれ》も同じですよと答えるだけで相手にしてくれそうもなかった。園田は取り入れの終った後の野菜畑に、次から次と種を播《ま》いた。収穫は、彼が内地に帰った後のものであっても、決して手入れを怠らなかった。

台風発生の電報を受け取ったのは六月を半ば過ぎた暑い日だった。この季節の台風は、発生してから、進路を西にとって、大陸に抜けるのが通常のコースであるが、その台風は発生すると、定石通りにちょっと西に移動したが、台湾よりずっと東の海上で停滞しているうちに勢力を蓄え、進路を北西に取ったと見るや、真直ぐに鳥島を目指して移動を始めた。季節前の異常進路を取った台風であった。この種の台風にあり勝ちな、足の速い、中心示度が深いものであった。

中央気象台との間には、毎時情報が交換された。島の風が南東に変ると、海にはまず、兆候が現われ、大きなうねりが、南海岸の岩に当って、無気味な音を立て始めた。

夜半の二時過ぎ、所員は胡鳥《こちょう》の羽ばたきと鳴声に眼を覚ました。今迄《いままで》にない騒々しさであった。空で渦《うず》を巻く胡鳥の羽音で、ガラス窓が細かく震動した。風速計にまで、鳥の作った嵐を感ずるのか、自記のペンが不規則の変化を続けていた。胡鳥の嵐は二時間にして止《や》んだ。

夜が明けてみると、島の胡鳥と言う胡鳥は一羽残らず島から消えていた。園田が胡鳥に譲渡してやった畑の一隅《いちぐう》の巣に育った雛鳥《ひなどり》五羽の姿も見えなかった。前の記録を調べてみると島を去るのは大体六月に入ってからだが、毎夜集団を組んでは島を飛び立ち、すっかり島から去るのには二週間の期間があった。一夜に行動を起し、一羽の例外もなく島を去ったのは異例のことであった。

「台風の襲来を予知したのかな」

園田の言ったことばは、誰も考えていることだった。その日の夕方、所員は不思議な現象を見た。いつも見なれていた赤い夕焼けが、暗紫色に海の上に広くおおい、時間の経過とともにどす黒い不気味な色に変っていった。異常に発達した台風が近づいた場合、稀《まれ》に現われる現象であることは誰も知っていたが、眼の前の空の色の変化は、気象学的な興味を起したと言うよりも、恐怖で身が縛られながら見詰めたと言った方が正しいかも知れない。死を予想させるような空の色であった。

「今夜中に予備の空中線を庁舎の軒下に張って置いてくれ」

笹山は黒い夕焼けが消えると同時に、不安な眼で、水平線をにらんでいる須川に言った。木柱に張られた一条《ひとすじ》の空中線は薄明の中に南東の風を受けて、静かに揺れていた。

やれと言ってはいけない。やるなとも言わない方がよいと先輩に教えられた島の所長の心得を、笹山は黒い夕焼けの前で捨てた。そうしなければならない時だと思った。須川は笹山の命令に頷《うなず》くと、係員と新しい仕事の段取りについて話し合いを始めた。

「翌朝までに、なんとか片をつけようじゃないか」

そんな事を笹山は背後に聞いて庁舎へ入った。笹山は人が変ったようであった。台風に備えて、あらゆる準備が笹山の指揮のもとに進められていった。食糧の箱が物置から庁舎に運び込まれて、風圧のかかって破られそうな場所に積み上げられた。気象器機はよく点検され、風にとばされないように、針金で補強された。屋外に設けられた百葉箱《ひゃくようそう》との間には、観測者が伝わっていく為《ため》にロープが張られた。エンジンが廻《まわ》されて、電池は一杯に電力が蓄積され、物置は釘《くぎ》づけにされた。食堂と徳さんの居室である一軒屋は独立しているだけに、風の圧力に対して心配だった。いよいよ台風がやって来た場合は、徳さんは食堂を捨てて庁舎に移住する手筈《てはず》が整えられた。勤務の体制が、笹山によって立てられた。おそらく島の測候所の開設以来の記録となるだろうと予想される気圧の観測手として、彼は松木を指名した。

「ひょっとすると、世界記録の気圧が観測されるかも知れない。しっかりやってくれ」

笹山はこんな場合、観測者ならば、誰でも名前を記録に残したがる名誉を、松木の仕事の分担としてあたえた、それは新婚早々で、島に派遣された松木が孤独に対しての戦いで得られた報酬のようでもあった。

風向は南東に固定されたまま動かず、風速だけが十米《メートル》、十五米と増加して台風の対策がすっかり終った頃《ころ》、豪雨となった。

その日の朝は風雨と共に明けた。徳さんが用意したにぎり飯一日分が庁舎に運びこまれた。午後になると、風速は三十米に達し、気圧は九七〇ミリバールと降下した。松木は気圧計室に入ったまま水銀柱とにらみ合って、十分毎《ごと》の気圧の変化を観測していた。観測員は、ロープを伝わって交替で気温の観測をしに百葉箱へ匍匐《ほふく》していってずぶぬれになって引返して来た。夜になると風速は愈々《いよいよ》増加して四十米になった。外に出ることは危険であった。笹山は観測に出ようとする田倉に、危険だからやめるように言った。気温の観測は、北口の戸口を開けてそこで通風温度計で行うように言うと、田倉はそれには答えず、雨合羽《あまがっぱ》の上を荒縄《あらなわ》で縛って、提電灯を携《さ》げて外へ出ていこうとした。

「田倉君、やめろと言ったらやめないか」

しかし田倉は、

「僕《ぼく》はこの島へ、気象観測をするために来ているんですよ……」

特に激しているふうもなく、そうすることが当り前のように、いつになく落着いている田倉の顔を見て、笹山は、台風の中に、落着きを失いかけているのは所長一人ではないかと、周囲を見廻した。平常と異なっているのは暗い電灯の光に、床の上に流れている水が光っていることと、観測者が総動員で、仕事にかかっていて、煙草《たばこ》の煙がないことだった。笹山は煙草を取り出して火を付けた。一息吸うと、胸の動悸《どうき》が感じられた。それがこたえて煙草が旨《うま》くなかった。

小石が庁舎のまわりを大きな音を立てて打っていた。機関銃の一斉《いっせい》射撃を受けているようだった。窓の外側に雨戸があって、それを予《あらかじ》め釘で止めておいたが、風はやはりその弱い部分に圧力を加えていた。内部からも板を打ち、箱を積んで、風にたえようとした。一箇所が吹き破られれば、庁舎は風を孕《はら》んで袋となって海にたたき込まれるように思われた。観測をすませて帰って来た田倉は、戸口で、うつ伏せに倒れると、しばらくは起き上れなかった。強風のために呼吸《いき》がつけないことと、風にさからっての匍匐は容易のことではなかった。一休みすると田倉は怒ったような顔で観測室に戻《もど》って、雨にぬれた観測手帳から数字を書き取っていた。

強い風の中にも強弱の周期があった。強い風が来ると、耳がじいんと鳴って痛かった。ひどい豪雨で、滝の中に庁舎が入っているようだった。最大風速が四十五米を記録した時に空中線が切断されて、軒下に張った予備空中線と切換えられた。受信感度は弱いながらも、気象台との連絡は保持されていた。これ以上観測者を外に出すことは無理だと笹山は考えた。彼は戸口に立って、次の三十分目に出て来る観測者が誰であろうと、止めさせるつもりでいた。言うことを聞かなかったら、手を出してもいいとまで考えていた。雨の音が幾分落着いたと感じた瞬間、突然のように風速が落ちて二十米になり、十米と変った。

「台風眼に入ったぞ」

笹山は勝利者のような声を上げた。その後には気抜けしたような時間の間隙《かんげき》が生じたが、笹山の戸口を開ける音に気付いて、手のあいた者は外に飛び出した。頭上に星がうるんだ色をして光っていた。夢の中に見る星のように、距離の観念がぼやけて、あたたかみをおびた淡い光点として狭い限られた空に並んでいた。星にまたたきが全然感じられないのが、奇妙であった。無風になった。星のあかりで、海上を見ると島は高い雲の堤にかこまれていた。堤の高さは制限がない程高かった。堤と海との境がはっきりしていて、島は地獄の底に落ちこんだような奇観であった。

最低気圧九四〇ミリバールを示してから、気圧が上昇を始めたことを松木が知らせた。そのまま嘘《うそ》のような静寂は二十五分続いた。突然雲の堤の嶺《みね》が崩壊を始めた。雲の雪崩《なだれ》は、谷底に向って四方から落ちかかり、砲撃のような風音とともに、大粒の雨になった。風向はくるっと北西に変った。台風の中心が島を横切ったのだった。風が北寄りになってから玄関が風の襲撃するところとなった。南側に積んであった箱は北側に移された。玄関の外で、戸を叩《たた》きながら人の叫ぶ声がした。開けると徳さんが、バケツを手にして、ずぶ濡《ぬ》れになっていた。バケツの中には熱い味噌汁《みそしる》が半分程入っていた。徳さんは食堂から来る途中で、風にやられて、半分程こぼしたことを、残念そうにつぶやいていた。笹山は入って来る徳さんをきびしい眼をしてむかえた。

「なぜそんな余計なことをするんだね、徳さん。台風の最中は握り飯だけでいいと言っといたじゃあないか。こんな風の中で火を起して火事になったら一体どうなるんだ。こう言う際は僕のいうことを聞いて貰《もら》わなけりゃ困るね」

朝から握り飯だけで働いている所員に、せめて暖かい味噌汁でもと、徳さんの気持は分っていたが、言いつけを守らなかったことに対して、笹山は許そうとしなかった。

笹山はたしかに人が違っていた。徳さんの全身から床にしたたり落ちる水音が、外を吹く風の音とは別のように静かな音をたてていた。

「すみません、所長さん。でも俺《おれ》には、台風が来ても、他《ほか》にすることがないものねえ」

徳さんは悲しそうな顔をして手拭《てぬぐい》で顔をふいた。所員は、台風の吹き返しに抵抗することに精一杯で、笹山と徳さんのことに気をつかっている暇がなかった。

「おおい、交替で味噌汁を飲んでくれ」

笹山はそれ以上、味噌汁については文句を言わなかった。時計を見ると八時を過ぎていた。北の出口は危険だから、観測者は南側の水槽《すいそう》の下から出はいりすることにした。そこを出るときに水槽から溢《あふ》れて落ちる滝に頭を叩かれる危険もあったが、それより方法がなかった。風が北に廻ってからの方が、風速は強く、瞬間風速は五十米にも達したが、雨は前程ではなくなっていた。風は少しずつ衰えを示し、翌朝には十米の西北西の風となり、空は次第にはれていった。

被害は甚大《じんだい》であった。三つの水槽のうち、二つは風のために支柱がやられ、屋根の一部は、はがされ、無線柱の一本は中途で折れていた。風の猛烈さの記録のように尖《とが》った小石が、板壁に突きささっていた。畑に立った園田は流石《さすが》に一言も口がきけないようだった。島を襲った台風は北東に去って、内地には被害はなかった。ラジオのニユースで台風は鳥島を通って北東に去ったと簡単に報じられた。アナウンサーの言った鳥島の二語は鳥島測候所員には、外部からはねかえって来た効果としては過少だった。気象台から所員に対して打って来た奮闘を感謝する旨《むね》の電報を夜の食堂で笹山が読み上げたが、誰も嬉《うれ》しそうな顔をしなかった。横を向いて聞かないような振りをしている者さえいた。

「感謝するなら、船を一週間でも早くよこしてくれればいいのにねえ」

徳さんが言った。それを合図に食卓を立つ者がいた。

笹山はよくやってくれたと所員には感謝しなかった。笹山は、やれと所員に号令して、見事に所員がついて来たことに大きく満足した。そして失われつつあった所長としての自信を取戻したことが、この島における台風の新記録を得たよりも大きなものだと考えた。所員に対して気を配りすぎて、遠慮しすぎていたような気がした。所長の細かい神経の使い方が、かえって所員の心を落着けなくしていたのではないかとも思われる。小さい島の社会程、引張って行く中心の力の強さが必要とされるようにも考えられた。その夜、笹山は、夢を見ずに、ぐっすりと寝た。

何カ月ぶりかで気持のよい朝であった。天気もよかったし、べたべたする湿気も感じなかった。園田が窓を叩いて笹山を呼んだ。

「所長、アホウ鳥は大丈夫でしょうかね。今朝起きると、それが心配で、しようがないんです。飯を食ったら、みんなでお見舞に行こうじゃありませんか」

そう言われてみると、笹山もアホウ鳥のことはすっかり忘れていた。忘れていたことが、アホウ鳥に対して、ひどくすまないことをしたような気がした。アホウ鳥の話になると、朝の食堂はいつになく活気を呈した。胡鳥と共に島を去っただろうと言う楽観説と、台風のため一羽残らずやられたかも知れないと言う、悲観説が出た。田倉が悲観説をとなえ出すと、みんな沈み込んで、飯もそうそうにして、島の南端へ出掛けることになった。蛙岩《かえるいわ》からロープを垂れて一人ずつ下に降りて行った。アホウ鳥は一羽もそこには姿を見せなかった。死んだ鳥も居なかった。羽根もなかった。草の根から、岩の隙間《すきま》まで、あらゆる点を調べても、アホウ鳥が台風にやられたと言う証拠は一つも見出《みいだ》せなかった。台風の襲来を予知して、島を去ったことはもはや疑う余地がなかった。所員の顔が明るくなった。

「畜生め、うまく逃げやがった」

田倉は棒で茅《かや》をたたきながら、歩き廻った。

「一足お先に北の海へお帰りというわけか」

「来年又お目にかかりましょうってね」

そんな話が交わされている中《うち》に、園田はその辺の植物をしきりに採取していた。

「なあおい、この辺には八丈茅しか生えていないぜ、この土だったら、ヒメシバもタンポポもアザミも立派に生える筈《はず》だ……帰るまでに移植してやろうかな。アホウ鳥の数を増すには、まず寝床のことを考えてやらなくちゃだめだ」

そんなことを言う園田に、

「いや、植物よりも、山猫《やまねこ》を退治しなきゃ、またやられるぜ。今度の船で鉄砲を持って来て貰えないかな」

北見が言った。

「鉄砲はあぶない。今度の補給船に有刺鉄線を積んで来て貰って、蛙岩の上に張るのはどうだ」

田倉が言った。鉄砲が島に持込まれた場合、それを兇器《きょうき》として使う立場か、使われる立場になる者として、田倉が自分自身をまず、おそれて、そう言っているように笹山には思われた。

「それもいいが、結局この場所に人が近よらないことが一番いいのじゃないかな。ほんとはこの島には人が居ない方が鳥のためかも知れない。この島に人が居る限り、やがてアホウ鳥は亡《ほろ》びるような気がしてならないんだ」

笹山はそう言って、足もとの石をぽんと蹴《け》った。笹山の言葉が結論のようになって、みんな黙ってしまった。

海は碧《あお》い色を静かにたたえていた。

「あと一カ月か」

誰かがつぶやくように言った。昼のサイレンが、地形のせいか、風のせいか、いつになく悠長《ゆうちょう》に余韻を引いて鳴っていた。笹山は島へ来てからの八カ月を回想した。とても長かったが、どうやら所長としては、無事つとめ上げたと言う満足感で一杯だった。後一カ月は惰性だけで押していけるような気がした。一人ずつ順々に蛙岩をロープに伝わって登って、庁舎に帰る頃には、カレンダーの今日の半日分は消されているだろう。そうすると、東京へ帰れる日は、あと二十七日半であった。

この小説の中に出て来るアホウドリは昭和二十六年一月六日、当時の鳥島測候所長であった、山本正司技官により発見され、その数は百羽内外であると報告されている。その後アホウドリの事が新聞に書かれるようになり、鳥の専門家も渡島している。農林省林業試験所宇田川技官の昭和三十年一月の調査によると、親鳥最高十六羽、雛鳥、五十日を過ぎたもの三羽と報告されている。満四カ年の間に百羽のアホウドリが二十羽に急減している事実をどう見たらよいであろうか。この数字の上から見ると、日本人には信天翁《アホウドリ》、欧米人にはアルバトロス（ラテン語でお人好しの意味）と愛称され、しばしば文学の上にその可愛《かわい》らしい姿を見せていたアホウドリも、ここ数年を出でずして絶滅するのではないかと思う。悲しい運命を背負った孤島の白鳥の行く末を思うと、私の胸は痛む。なんとかならないものだろうか。

昭和四十年十一月に鳥島気象観測所が閉鎖されて以来アホウドリは少しずつ増え出し、昭和四十八年十一月のＮＨＫの調査（四十九年三月放映「日本の自然シリーズ・鳥島のアホウドリ」）では、親鳥六十二羽、雛鳥十一羽が確認されている。

解説

小松伸六

昭和三十年に第三十四回直木賞をうけた「強力伝」をはじめ、ここにおさめられた六つの短編は、いずれも作者の初期の作品だが、密度の濃い、たしかな充実さをあたえる好短編集である。小説的背景はそれぞれことなり、あるいは富士山頂、あるいは絶海の離島、あるいはおとし穴という異常な環境が設定され、時代も必ずしも現代ではない。それにもかかわらず、これらの作品の主人公たちは、私たちに、生きた人間とむかいあっているような感じをつよくあたえるのである。とくに「おとし穴」のような、穴の中で山犬と対決するという民話風な冒険譚《たん》でさえも、読者に、そこにいるようなつよい臨場感をあたえるのである。私は、この作品だけは、こんどはじめてよんだのであるが、その強烈なリアリティに全く感心したのである。初期の新田さんが、すでに短編の本源的な意味を知っており、短編の独特の効果を算出している完成した高度の技術家であるのに、あらためて眼《め》をみはったのである。

「強力伝」は、作者の処女作であり、昭和二十六年、「サンデー毎日」の大衆文芸賞に入選したものである。氏の年譜によれば、この作品は、新田氏（本名藤原寛人《ひろと》）の奥さんである藤原ていさんの満州ひきあげの記録「流れる星は生きている」がベスト・セラーになったことに刺激され、「強力伝」の筆をとったという。そのとき作者は、満州よりひきあげ、気象庁に復帰していた技官であった。そして「強力伝」は、作者が「昭和七年から昭和十二年まで富士山頂観測所に勤務していた」ときの体験であり、主人公の小宮正作は、その当時の炊事係の小見山正さんがモデルになっている。このことは、作者が「朝日新聞」に連載した随筆集「白い野帳」に書いているので、少し長いが引用する。

「私が富士山頂観測所の交替勤務をやっていたのは今から三十年前である。その当時は、ウマと人間の背によって、あらゆる物資が頂上に運びあげられていた。富士山はあまりに高く、あまりに急峻《きゆうしゆん》であるがために、ウマと人以外の方法で物資を持ちあげることはできないものとされていた。強力という言葉は、いつごろからあったのかよくわからないけれど、富士山で荷揚げをする人たちは驚くほどの力を持っていた。（中略）私が富士山頂へ行っておったころ、特にすぐれた強力が二人いた。一人は御殿場口の小見山正君で、この人は三十貫（約一一二キロ）近いエンジン・ボデーをひとりで担《かつ》ぎ上げた人である。力が強いだけでなく、話もじょうずだし、どんなに仕事につかれても、その日の日記はかかさず書いていた。観測所につとめていたころも、その誠実な働きぶりと人柄《ひとがら》で所員たちに深く愛されていた。この小見山君がある新聞社の仕事で白馬岳の頂上に五十貫（約一八七キロ）近い石を担ぎ上げて、その時の労苦が遠因となって死んだ。」（強力とヘリコプター）

この強力小宮正作を、あたたかく見まもっているのが、その春大学を出て、富士山頂観測所に出張を命ぜられる石田である。小宮は自らを金時《きんとき》さんの再現だと信じている素朴な男だが、一方、新聞に書かれることは何よりも尊いものだと感じ、自分にかんして書かれた、どんな小さな記事の切抜きをも、宝のようにしてもって歩く強力である。昭和十六年、小宮は、ある新聞社に自分の名前が出ることに誘惑され、五十貫もある花崗岩《かこうがん》の風景指示盤を背負って白馬山頂にのぼることになる。これを知った石田は、かつて小宮に助けられた恩義を思い出し、この無謀きわまる計画を思いとどまらせようと、現地におもむく。しかし小宮は言うことをきかない。石田はあきらめて、「功をあせるな、ゆっくりやれ」という手紙をおいて帰る。小宮は、同業者の白馬の案内人鹿野に案内されて、山へのぼる。鹿野は、初め小宮に敵意をいだいていたが、小宮の憑《つ》かれたような姿をみて、いつか敵愾心《てきがいしん》も忘れて、小宮にアイゼンや背負子《しょいこ》をかして応援するようになる。そして小宮は山頂に最後の石を下した。しかし小宮は、「その輝かしい最後に、少しも嬉《うれ》しそうな顔をしなかった」。鹿野は「あきらめに似た小宮の笑いの中に、通り過ぎる死の影を発見して、慄然《りつぜん》とした」。

以上のような作品だが、小宮の無謀さをいさめる石田は、作者の若き日の分身であろうか。そしてこの作品は、無垢《むく》な自然人であり、強力をほこりにしていた小宮が、新聞にのるという小さな名声に駆られて命を失ってゆく盲目的な意志を、行動の面から描いていったものである。それとともに、小宮をめぐる石田、鹿野たちの男の友情の物語でもあるようだ。

「強力伝」は、前述したように昭和三十年第三十四回の直木賞をうけた。当時の選評では、「文章はゴツイが、作品の印象は鮮明」（永井龍男《たつお》）、「文学青年やつれのない作品、謙虚だが素直に書けている」（井伏鱒二《ますじ》）、「特殊な世界の物語だが、授賞対象の意識を忘れて感心した」（川口松太郎）といった批評がみえる。たしかに新田氏の文章は、具象的、直截《ちょくせつ》的でムダがなく、文学青年じみた汚れがみえず、人間が生きているのである。

「凍傷」は、昭和七年、富士山頂観測所設立に成功する佐藤順一技師を中心に描いた作品である。明治二十八年、野中到夫妻の冬期富士山頂滞在という壮挙、この「劇的事実よりも、気象観測の記録そのものを何よりも貴重とする学者」のなかに山階宮菊《やましなのみやきく》麿王《まろおう》や、田《た》中館愛橘《なかだてあいきつ》博士がいたこと、さらに強力の鶴吉《つるきち》、治三郎などの協力によって、佐藤技師は富士山頂の正式気象観測に成功する。その苦心談というわけだが、「山に憑かれて人生を歩む」佐藤技師の半生が、よく書けている。第八章で、山案内人の梶《かじ》が、佐藤独特の凍傷の荒療治をさせられる度に、「こんなに苦労してまで気象観測を続けなければならない佐藤の行動を、単に学問のためというよりも、富士山を取りまく一群の信仰家達の業《ごう》のような執着を持っているのではないかと思った。佐藤は富士行者の一人に見えてならなかった」という感慨のなかに、佐藤技師の妄執《もうしゅう》が語られているようである。なお、富士山を舞台にしたこの系列の作品のなかでは、「蒼氷《そうひょう》」という、すぐれた中編の恋愛小説があることをつけくわえておきたい。

「八甲田山」は、明治三十五年一月、青森歩兵第五聯隊の二百十名の八甲田山の悲劇的雪中行軍を描いたものである。青森を出発して三十時間、すでに一人の兵が銃を捨て、背嚢《はいのう》をなげうち、上衣《うわぎ》をはぎとり、雪の中に坐《すわ》ったままげらげら笑い出す発狂者が出、一夜にして三十名が凍死し、五十名は凍傷をうける。救援隊がきたという幻影、狐《きつね》にばかされているかもしれないと考え、やがて失神する伍長《ごちょう》の挿話《そうわ》などもある。吹雪というものが、どれほど恐しいものか、この作品ほど、端的に語っているものはない。これは、じっさいにあった話だが、誰《だれ》でも書けるものではない。「山」を知り、「雪」や「風」を知っている作者なればこそ、これが書けるのである。つまり短編というものが「選択された事実、または事件に、いやおうなく読者をひきこむ力があるもの」（E・T・オブライヤン）とするものならば、「八甲田山」（のちに「吹雪の幻影」と改題）は、この定義にぴたりとあてはまるものである。好短編。

「孤島」は、笹山《ささやま》所長を中心に、鳥島の測候所員たちの生活を、リアルに描いた作品である。離島という一種の限界状況のなかで、六カ月も一年も男だけで生活することの異様さ、やりきれなさが、これを読むとよくわかるのである。アホウドリや山猫《やまねこ》の話、そして女の話はタブーであること、台風にあらわれる「自然と人間」とのたたかいなど、正確にうつされてゆく地味な作品で、物語性はなく、読者に「問いかける文学」といった風なものである。いずれにせよ、リアリスト新田次郎のきびしい眼がうかがえる佳作である。

これとは反対に「山犬物語」は、フォクローア（民俗学的）風な物語であり、作者のたくみな話術がみえる。山犬（おおかみ）によって愛娘《まなむすめ》を失ってしまった太郎八夫婦が、山犬様を殺すと村中にたたりがあると信じている村人の反対があるのに、復讐《ふくしゅう》のために山犬を殺す。その子犬を育てる女房のおしんも、太郎八も、やがて病犬にかまれて死んでゆく。均衡のとれた構成でローカル・カラー濃厚な昔話である。この作品の背景は、八ヶ岳に近いところらしいが、新田さんは、山国の長野県生れで、中学時代までそこで育ったことと無縁ではないようである。

「おとし穴」は傑作である。「山犬物語」と同じように、山犬をあつかった作品だが、これはまたがらりとちがったスリリングな作風を示す一種の冒険小説である。山犬のおとし穴におちこんだ万作は、牙《キバ》（？）をむく山犬と一瞬も眼をはなすことのできない死の対決をするわけだが、万作の心のうごきと行動が、実に鮮烈に描かれているのには感心した。こういう非日常的世界の啓示というものは、大てい失敗するものなのである。作者はそれを、スピードのあるショット（場面）でつみかさね、金銭欲にからむ意外な展開から、悲惨なクライマックスでおわらす、生気ある描写は、まことにみごとというほかはないのである。これは作者の「精神の冒険」が、おとし穴という虚構の設定により、うまく実現されたことを意味するものだと思うが、諷刺《ふうし》的な意図ものぞけるようである。

以上六つの短編は、いずれも山岳小説に新風をひらいた作者の初期の代表作であるが、このほか新田さんには、「火山群」「毛髪湿度計」などの科学や技術の世界に生きる人たちを描いたものや、「関の小万」「武田金山秘史」などの時代小説や伝奇小説、さらにスリラー小説などの分野においても、面白《おもしろ》い短編をみせているのである。

（昭和四十年七月、文芸評論家）

初出一覧

強力伝　サンデー毎日　昭和26年中秋特別号
八甲田山　昭和31年3月　光和堂刊『孤島』収録
凍傷　文学者　昭和30年2月号
おとし穴　オール讀物　昭和31年4月号
山犬物語　サンデー毎日　昭和30年陽春特別号
孤島　サンデー毎日　昭和30年中秋特別号

新田次郎著

アイガー北壁・気象遭難

千八百メートルの巨大な垂直の壁に挑んだ二人の日本人登山家を実名小説として描く「アイガー北壁」をはじめ、山岳短編14編を収録。

新田次郎著

銀嶺の人（上・下）

仕事を持ちながら岩壁登攀に青春を賭け、女性では世界で初めてマッターホルン北壁完登を成しとげた二人の実在人物をモデルに描く。

新田次郎著

チンネの裁き

北アルプス剣岳の雪渓。雪山という密室で起きた惨劇は、事故なのか、殺人なのか。予想が次々と覆される山岳ミステリの金字塔。

新田次郎著

アラスカ物語

十五歳で日本を脱出、アラスカにわたり、エスキモーの女性と結婚。飢餓から一族を救出して救世主と仰がれたフランク安田の生涯。

藤原正彦著

若き数学者のアメリカ

一九七二年の夏、ミシガン大学に研究員として招かれた青年数学者が、自分のすべてをアメリカにぶつけた、躍動感あふれる体験記。

藤原正彦著

数学者の言葉では

苦しいからこそ大きい学問の喜び、父・新田次郎に励まされた文章修業、若き数学者が真摯な情熱とさりげないユーモアで綴る随筆集。

吉村昭著
羆（くまあらし）嵐
北海道の開拓村を突然恐怖のドン底に陥れた巨大な羆の出現。大正四年の事件を素材に自然の威容の前でなす術のない人間の姿を描く。

吉村昭著
破船
嵐の夜、浜で火を焚いて沖行く船をおびき寄せ、坐礁した船から積荷を奪う――サバイバルのための苛酷な風習が招いた海辺の悲劇！

吉村昭著
破獄
読売文学賞受賞
犯罪史上未曽有の四度の脱獄を敢行した無期刑囚佐久間清太郎。その超人的な手口と、あくなき執念を追跡した著者渾身の力作長編。

吉村昭著
脱出
昭和20年夏、敗戦へと雪崩れおちる日本の、辺境ともいうべき地に生きる人々の生き様を通して、〈昭和〉の転換点を見つめた作品集。

吉村昭著
仮釈放
浮気をした妻と相手の母親を殺して無期刑に処せられた男が、16年後に仮釈放された。彼は与えられた自由を享受することができるか？

吉村昭著
プリズンの満月
東京裁判がもたらした異様な空間……巣鴨プリズン。そこに生きた戦犯と刑務官たちの懊悩。綿密な取材が光る吉村文学の新境地。

新潮文庫最新刊

高杉良著
破天荒
〈業界紙記者〉が日本経済の真ん中を駆け抜ける――生意気と言われても、抜群の取材力でスクープを連発した著者の自伝的経済小説。

梓澤要著
華のかけはし
―東福門院徳川和子―
家康の孫娘、和子《まさこ》は「徳川の天皇の誕生」という悲願のため入内する。歴史上唯一、皇后となった徳川の姫の生涯を描いた大河長編。

三田誠著
魔女推理
―きっといつか、恋のように思い出す―
二人の「天才」の突然の死に、僕と彼女は引き寄せられる。恋をするように事件に夢中になる。新時代の恋愛×ゴシックミステリー！

南綾子著
婚活1000本ノック
南綾子31歳、職業・売れない小説家。なんの義理もない男を成仏させるために婚活に励む羽目に――。過激で切ない婚活エンタメ小説。

武内涼著
阿修羅草紙
大藪春彦賞受賞
最高の忍びタッグ誕生！ くノ一・すがると、伊賀忍者・音無が壮大な京の陰謀に挑む、一気読み必至の歴史エンターテインメント！

宇能鴻一郎著
アルマジロの手
―宇能鴻一郎傑作短編集―
官能的、あまりに官能的な……。異様な危うさを孕む表題作をはじめ「月と鮟鱇男」「魔楽」など甘美で哀しい人間の姿を描く七編。

新潮文庫最新刊

角田光代・青木祐子
清水朔・友井羊著
額賀澪・織守きょうや
今夜は、鍋。
―温かな食卓を囲む7つの物語―
美味しいお鍋で、読めば心も体もぽっかぽか。大切な人たちと鍋を囲むひとときを描く珠玉の7篇。〝読む絶品鍋〟を、さあ召し上がれ。

P・オースター
柴田元幸訳
冬の日誌／内面からの報告書
人生の冬にさしかかった著者が、身体と精神の古層を掘り起こし、自らに、あるいは読者に語りかけるように綴った幻想的な回想録。

C・R・ハワード
高山祥子訳
ナッシング・マン
連続殺人犯逮捕への執念で綴られた一冊の本が、犯人をあぶり出す！　作中作と凶悪犯の視点から描かれる、圧巻の報復サスペンス。

清水克行著
室町は今日もハードボイルド
―日本中世のアナーキーな世界―
日本人は昔から温和は嘘。武士を呪い殺す僧侶、不倫相手を襲撃する女。「日本人像」を覆す、痛快・日本史エンタメ、増補完全版。

加藤秀俊著
九十歳のラブレター
ぼくとあなた。つい昨日まであんなに仲良くしていたのに、もうあなたはどこにもいない。老碩学が慟哭を抑えて綴る最後のラブレター。

望月諒子著
大絵画展
日本ミステリー文学大賞新人賞受賞
180億円で落札されたゴッホ『医師ガシェの肖像』。膨大な借金を負った荘介と茜は、絵画強奪を持ちかけられ……傑作美術ミステリー。

強力伝《ごうりきでん》・孤島《ことう》

新潮文庫　　に-2-2

昭和四十年七月三十日 発行
平成二十三年七月五日 七十五刷改版
令和六年一月二十五日 八十二刷

著者 新《にっ》田《た》次《じ》郎《ろう》

発行者 佐藤隆信
発行所 株式会社 新潮社
郵便番号 一六二―八七一一
東京都新宿区矢来町七一
電話 編集部(〇三)三二六六―五四四〇
読者係(〇三)三二六六―五一一一
https://www.shinchosha.co.jp
価格はカバーに表示してあります。

印刷・錦明印刷株式会社　製本・錦明印刷株式会社

ISBN978-4-10-112202-1 C0193